格尔木文学丛书
（第四辑）

回家的路

杨 莉 著

青海人民出版社

图书在版编目（CIP）数据

回家的路 / 杨莉著. -- 西宁：青海人民出版社，
2023.10
（"昆仑圣殿"格尔木文学丛书 / 李明主编. 第四辑）
ISBN 978-7-225-06556-4

Ⅰ. ①回… Ⅱ. ①杨… Ⅲ. ①散文集 — 中国 — 当代
Ⅳ. ①I267

中国国家版本馆 CIP 数据核字（2023）第176219号

"昆仑圣殿"格尔木文学丛书·第四辑

李 明 主编

回家的路

杨 莉 著

出 版 人　樊原成
出版发行　青海人民出版社有限责任公司
　　　　　西宁市五四西路71号　邮政编码:810023　电话：（0971）6143426（总编室）
发行热线　（0971）6143516／6137730
网　　址　http://www.qhrmcbs.com
印　　刷　青海德隆文化创意有限责任公司
经　　销　新华书店
开　　本　787mm×1092mm　1/16
印　　张　16.5
字　　数　200千
版　　次　2023年10月第1版　2023年10月第1次印刷
书　　号　ISBN 978-7-225-06556-4
定　　价　76.00元

《"昆仑圣殿"格尔木文学丛书(第四辑)》
编　委　会

主　　编　李　明

本辑编辑　陈劲松

主办单位　格尔木市文学艺术界联合会

杨　莉

　　祖籍河南南阳，1979 年 4 月生人，毕业于青海省财经学校，青海省作家协会会员。1997 年发表第一篇小散文，后陆续在《格尔木日报》《中国档案》发表散文。散文作品主要有《向暖而生的碎片》《次第花开》等。

总　序

　　癸卯初春，万物萌动，一切即将现出欣欣向荣之姿，而"昆仑圣殿"格尔木文学丛书第四辑书稿编竣，即将付梓出版，这些都是让人愉悦的事。

　　文化是一个民族、一个国家的根，而文学则是文化的重要组成部分。近年来，习近平总书记在多次重要讲话中都强调要积极推动文化建设和文艺繁荣发展。过去的几年中，在中央文艺工作座谈会、中国文联第十次全国代表大会、中国作家协会第十次全国代表大会以及青海省作家协会第八次代表大会精神指引下，格尔木市文学创作取得了优异的成绩，迎来了大发展、大跨越、大突破的黄金时期。无论从小说、诗歌、散文等文学作品的文体丰富度来看，还是从文学作品的数量与质量来看；无论从创作人员数量，还是文学创作队伍的人员结构来看，格尔木市的文学创作都呈现了崭新的样貌，都取得了优异的成绩。近几年来，我市作者的数百篇（首）小说、诗歌、散文作品发表于《诗刊》《十月》《星星》《花城》《作品》《光明日报》《中国青年报》等数十家国家级、省级刊物、报纸，获青海省政府文学艺术奖、青海省青年文学奖等省内外文学奖项数十个，入选中国作家协会重点作品扶持项目三次，有两部作品入选中宣部 2022 年主题出版物，市作家协会主席唐明以格尔木为创作背景，出版了儿童文学作品集 18 部……这些亮眼的文学创作成绩，积极、高效地向外界宣传了格尔木，成了一窥格尔木样貌的窗口，对提高格尔木市的文化品位、推动当地文化建设都有着积极的现实意义。

高原新城格尔木，建政时间虽不长，但因其独特的地理位置和昆仑文化影响，各民族文化相互交融，共生共长，各种优秀的文艺作品不断涌现。尤其是近年来，借"文化大发展大繁荣"的东风，格尔木的文化事业取得了显著成绩，格尔木市文联也紧紧围绕省、州、市委的工作大局，紧扣时代脉搏，积极投身社会实践，在育人才、出精品、铸品牌上下功夫，组织开展了一系列丰富多彩的文化活动，营造了浓厚的文艺创作氛围。

"昆仑圣殿"格尔木文学丛书第四辑共6本，体裁涵盖了小说、诗歌、散文、随笔、散文诗等文体，其中有盛明渊的中短篇小说集《迭代时光》、王嘉民的随笔集《槐影阁随笔》、杨莉的散文集《回家的路》、井国虎的诗歌集《错失的风物》、王瑾的诗歌集《水印集》、李宝花的散文诗集《盐的光芒》。丛书作者来自我市的各行各业，既有机关工作人员，也有已退休的教育工作者，还有企业工作者……他们虽从事着不同的职业，但都深沉地爱着这片土地和文学，都在用各自不同的视角和文笔表达着、抒发着自己对人生、对生活、对这片雄浑之地的爱恋，具有鲜明的地域特色。纵观这一辑的文学丛书，文字特点和艺术特征各异，王嘉民的作品洗练老道，井国虎的作品粗犷豪放，盛明渊的作品平实从容、娓娓道来，李宝花、杨莉、王瑾三位女性作者创作的文体不同，但都呈现出细腻娴静的特点。六位作者的文字或充满哲思，向生活的深处挖掘，探骊得珠，或注目于脚下这方雄奇的大地，以深情的歌喉赞美着这里绚丽的山川河岳。他们在文字中挥洒着哲思与情思，引人入胜，有助于更多人了解格尔木，走进格尔木，描画格尔木。

背依昆仑山，以柴达木盆地为主的海西地区，远古时期就有人类在此居住活动。这里不仅是矿产资源的"聚宝盆"，同时也是文化资源的"聚宝盆"。这里的昆仑神话、西王母神话以及柴达木开发历史等独一无二的历史文化矿藏吸引着许多专家学者的目光，也吸引着一批近代著名作家、诗人探寻的脚步，诗人昌耀、海子、李季等人就曾流连于这方热土。这里也走出了王宗仁、王泽群等一批在国内卓有影响力的著名作家，近年来，有越来越多的文学作品从这片神秘的土地走向全国，一批年轻的作家、诗人也走向了国内更广阔的文学大舞台。江山代有才人出，也衷心希望能有更多年轻的作者在这方高大陆上茁壮成长，以笔作舟楫，从这里走向全国，走向世界。

  "昆仑圣殿"格尔木文学丛书的编辑出版得到了市委、市政府及相关部门的大力支持和帮助，在此，再次向关心和支持丛书出版的各位领导和有关部门致谢！向为本辑丛书奋力笔耕的作者及一直默默书写的众多文学爱好者一并表示崇高的敬意和深深的感谢！

格尔木市文学艺术界联合会主席 李 明

2023 年 2 月

寻　找（自序）

起初，对于回家的路这个主题，我是想写关于马海的一些记忆，毕竟我的童年时光是在那里度过的。虽然只有十年时间，但我在那里有记忆以后的每一寸光阴，似乎都铭刻在血液里，成为我日后丰厚的回忆。

后来，慢慢成长。这个可爱的、五颜六色的世界里，我们每一个人都有喜乐、幸福和开心，当然也有迷茫、伤痛和焦躁。我们一直在寻找一种能让自己温暖且坚定的力量，这种力量能够让我们面对尘世的纷扰，能够让我们坚守安静的内心。因为，这世间从来不缺乏鸡毛和善变，缺乏的是我们在这其中穿行的安宁。

生活中，我喜欢记录温暖的片刻和平淡的琐碎，我把这些称之为"碎片"。这些碎片中有我的亲情和友情，也有我的工作和生活。如果这些温暖的碎片能够给你带来些许同感，能够稍稍打动你的心，能够让你对生活保持原有的小热爱，那么，我就很满足了，也算这些不够成熟的文字最好的归宿。

另外，为自己写序，实在是心有忐忑，因为我也在回家的路上笨拙地寻找着。

是为序。

2022 年春

目录 CONTENTS

第一章　回家的路

格尔木文学丛书 （第四辑）

GEERMU WENXUE CONGSHU

第一章

回家的路

味　道

写下"味道"二字时，竟有各样的场景，各样的面孔，一一而过；各样的感觉，各样的酸甜苦辣，也扑面而至。是的，总有一些细小的，本该忘记的片段在记忆里偏偏历久弥新，任时光荏苒，也清晰如昨日。

最初，味道是属于肚子的。

记得儿时有几个要好的玩伴，我们是青梅竹马一起长大的。所谓的"青梅"，我们生活在大西北的孩子没有见过，可"竹马"我懂。小时候我们经常玩一种游戏，每个小孩都骑着一根竹竿当战马，玩打仗，没心没肺地疯跑，跑在后面追敌人的小孩边跑边对其他的小伙伴喊：打呀打，打呀打，打的鬼子逃跑了！我这样版本的"竹马"总是没有书本上"郎骑竹马来，绕床弄青梅"那般诗情画意。

那时，我们这班从小长大的小伙伴总是一起在外面玩耍，过家家、捉迷藏、打沙包、跳皮筋、骑大人的二八自行车，男孩子们则是打纸牌（那纸牌是用大人的烟盒叠的三角纸牌）、打弹弓、弹玻璃珠，玩得不亦乐乎。天黑时分，伴着渐暗的薄暮，总会有谁家大人开始呼喊自家孩子回家吃饭，那拖长的余音缭绕在烟囱吐出的袅袅的炊烟里，竟成了记忆里最温暖的画面。

从我记事起，家里一向都是父亲做饭。在我的记忆里，父亲总是能为我们做出很多好吃的东西，譬如爽滑的凉粉、有淡淡酒味的醪糟、羊油炸的香喷喷的油条油饼、腌制的萝卜干和雪里蕻，还有刚蒸出锅的热腾腾的馒头。那热馒头想捏在手里掰开夹点油泼辣子，可那种未散去的热气不得不让人来回倒手，等迫不及待地夹好辣子，终于送入嘴巴的那口松软热辣，便成了绵长的美味，在唇齿间留香。

20 世纪 80 年代，我们每家都有面积不等的菜地，上至领导，下至百姓，闲余时间都要到菜地里侍弄一番。我们家的菜地里种有土豆、白菜、豌豆角、麦子和蔓菁等。每年春天开播时，父亲就带着哥哥和我去菜地里翻地。那时我还小，去菜地里只是玩耍。我在旁边看着父亲一锹一锹地翻地，觉得那黑色的泥土真听话，在父亲的铁锹下被翻得又深又齐整。翻完用耙子把土耙顺，用锄头锄出一道一道的小沟，把蔬菜种子撒到沟里，再把土耙好埋住种子。最后我的任务就来了，父亲让我从田地的一角开始一点一点地把土踩实，来来回回，看着自己的小脚印整整齐齐，田地的另一角是父亲和哥哥的大脚印，我们把土地的颜色从深黑踩成浅黑，心里着实快乐。

现在想来，那种源自土地的快乐和踏实一旦根植于内心，在今后的岁月里便难以剔除了。

夏天，哥哥会带着我给菜地浇水。我们在绿油油的菜地里穿行，从一道道整齐的塄坎上走过，有清凉的风拂面而来，安静的只有我们轻快的脚步声，无车马喧嚣，无人群攘攘。旁边的麦浪随风轻盈起伏，沙沙作响，蔚蓝的天空干净莹润。有时我和哥哥浇完水，会顺便在田地里拔个大萝卜，揪掉缨子，在水渠里一洗，把萝卜皮剥掉，我们就开始"嘎吱"地吃起来——那时我的指甲总是很短，剥完萝卜皮的指甲和肉连接的地方都在痛。但萝卜的清脆和甘甜我更喜欢。

秋天，我们几个小伙伴会跑到不知谁家的菜地里揪把金黄的麦穗，找个避风的地方用火柴点着干红柳枝，把柔软又有些锋芒的麦穗燎着，直到把麦皮烧黑，用两只小手不停地搓，手里搓着嘴里吸溜着还会跳着脚，然后嘟起嘴巴轻轻一吹，皮就落了，最后迫不及待地把温软的麦粒往嘴里送，结果小手掌黑了嘴巴也黑了一圈。时光流逝，那种手心里的烫和香暖的麦子清香却一直不曾散去。

　　记得当时我们场部就两家商店，一家是布店，一家是卖杂货的。四建的母亲总在杂货店买成箱的黑棒子烟回家抽，而我则在旁边买那种一毛钱一袋的姜粉。我的母亲、四建的母亲，她们有一个统一的称呼——老兵家属。因为我们的父亲都是 20 世纪 60 年代在内地当兵复员后响应国家建设大西北的号召参加了青海生产建设兵团，那时允许老兵们可以带自己的爱人一同来，所以我们的父母在 20 世纪 60 年代中期来到这个叫马海的地方，参加农垦建设，开始一个普通家庭平凡的生活。老兵家属来了后，连队安排她们在砖窑干活——打土坯，这活很辛苦。想来老兵家属们既要照顾孩子，又要打土坯挣工分，为了解乏，所以杂货店的黑棒子烟才会如此畅销吧。

　　看到四建妈妈买烟的时节，已是 20 世纪 80 年代中期，当时的我不过是七八岁的小女孩，过两天就会去杂货店买姜粉。姜粉装在很小的塑料袋子里，有时候干吃，有时候被我咬开一个很小的口，然后跑到公用的自来水管下接点水泡湿，揉匀后仰起脖子倒到嘴里——我的小伙伴们都是如此。

　　说起姜粉，就不得不提糖水罐头了。小时候感冒了能吃一个糖水罐头是一件很奢侈的事情。那时的罐头是玻璃瓶的，圆形，口很大，薄薄的铁皮盖子，每次用起子撬两下就开了。一般都是大瓣的苹果、梨或者桃，品种很少，但味道似乎格外甜美。隔着玻璃瓶看糖水里荡漾的水果，肚子里的馋虫已经开始悄悄蠕动了。

　　那时谁家有病人了，大人们也习惯用网兜兜两个罐头去探望，这已经是很好的礼物了。罐头吃完，剩下的东西对我们小孩来说是一种让人兴趣盎然的玩具。那种薄铁皮盖子一般是我们玩过家家游戏时必不可少的道具，在游戏里我们把它当餐盘——其实我们盛的就是一盘沙子、一盘小石子，过家家嘛。透明的玻璃瓶子用处更大，元宵时节，我们这些小孩没有那么多琳琅满目的灯笼，除非有个别小孩家里有大人在外地的给带回来一个亮眼的，大部分都是自己做——当然是家里的哥哥姐姐们做。玻璃瓶外面的商标被细细扯掉，然后把瓶子洗干净，把彩色的皱纹纸剪成细条粘在瓶子的下端，瓶子里面滴点蜡油粘一根短蜡烛进去，瓶口缠圈铁丝系根小麻绳，绳子绑住一根短竹竿，灯笼就做成了。小孩们挑着灯笼在大人的缝隙中钻来绕去，笑着、跑着。

　　我们的场部机关有一排平房，东边是电视塔，电视转播由"廖土豆"（大人们都这么叫他，我压根不知道他的大名）负责。我们没事时会爬电视塔，看谁爬得高。我每次爬上三四节就不敢再往上了，就站在下面仰着脖子看别的小孩爬，那时觉得电视塔好高，仰起的脖子都和天空平行了。

　　"廖土豆"除了转播唯一的电视频道外，还会做冰棍，粉红的、淡绿的，一毛钱一根。冰棍装在那种白色的木箱里，我们每次捏着一毛钱去买，目不转睛地看着他撩开木箱里厚厚的棉垫，就像看他变魔术一般，棉垫下面是五颜六色的冰棍，小朋友们叽叽喳喳，我要粉色的，他要白色的。那时觉得冰棍很好吃，"廖土豆"真厉害，居然会做这么好看又好吃的冰棍。

　　场部机关的旁边有一个职工之家，里面堆满了书籍。有时和小伙伴无处可玩时会到这里看小画书。我坐在长条木凳上，一张张、一本本入神地看。有时板凳那头的人蓦然起身，这边的人"咚"的一声坐到了地上，一下从故事情节中跳了出来，瞪那人一眼，起来往板凳中间坐坐，觉得心里踏实了，又慢慢走进小画书的世界，兀自一个人轻笑着，一个人悲伤着。巴掌大的小人书讲述了各种有趣的故事，流浪儿三毛、鸡毛信等，甚至还有雨果的《笑面人》，等上了初中学了曹禺的话剧，脑海里总有似曾相识的印象，细细一想，原来是在童年的小画书里看到过繁漪、周冲的形象。在这个稍显拥挤的空间里，我总是看得津津有味，任时光一寸一缕地悠然走过。

　　当时家里的杂物里，有两样东西我至今记得，一个是木制的跳棋棋盘，长方形的，大概有现在普通的电脑屏幕那么大，配一套木制棋子，精致而颀长的棋子手感很好，捏在手指间时，让人生出专注而踌躇的感觉来，拿起安静，落下无声。这张棋盘不用时是我们家一个木箱的盖子，木箱里装着白糖之类的东西；还有一样东西是一个圆形的塑料片，黑色，中间有一个小圆孔，塑料面上有细细的好像树木年轮一般的纹理，圆孔的周围是一圈几厘米宽的红边，这张圆片是我们家的痰盂盖。我那时不知道这是什么东西，只是觉得用这个当盖子真好，中间的圆孔用食指一拈就起来了。后来长大在电视里看到才知道，这张圆片叫"唱片"。想来，这真是一个小小的不和谐，唱片上面流淌着舒缓悠扬的乐曲，它本应是一个优雅的物件，本应由一个优雅的耳朵去聆听它的心声，可现在，它竟然成了痰盂的盖子。在我们这样一个荒僻的地方，是谁把唱片和木制跳棋带到了这里，还有那么多让人沉迷的书籍，让我们这些小孩子在懵懂中感受并初尝了精神的味道，这样的味道是在任何荒僻中都不觉荒僻的丰盛。

童年有味道吗？我想是有的。

场部机关的后面是一个大花园，四四方方的，里面种满了雏菊和满天星。这片花园在我的记忆中是美丽而热闹的，美丽是因为有花的缤纷的色彩和它们馥郁的芬芳，热闹是因为有我们小孩子的喧笑打闹。每当傍晚来临，大人们三三两两地到礼堂去看《射雕英雄传》里的黄蓉和靖哥哥，而我们小孩子就像放了羊一般，三五成群，在满天的繁星和花朵的清香里欢声笑语，追来逐去。

场部机关的正前方，是一条笔直的石子路，也是马海通往外面的道路。每到冬天，路两旁的沟渠里结满了冰，我和小伙伴们会跑到这里捞冰吃。吃的次数多了，也会吃出经验来，知道捞出的哪一种冰好吃。那种透明的薄如饼干一样的冰最好吃，里面会有一些大大小小的气泡，牙齿一咬，冰块脆生生地就裂开来了。冰在嘴里被咀嚼的声音也格外好听，充满了甜美——我总是喜欢捂着自己的耳朵吃，那种咀嚼的声音一下子变得格外真切，让我入迷。那种厚实的冰块，里面气泡小，"嘎嘣、嘎嘣"咬着也很爽，但不如薄冰酥脆。如果谁捞到了那种薄冰，大家都会用充满羡慕的眼神看着他，运气好的还会把自己的薄冰让给老捞厚冰的小孩，分到薄冰的那个小孩子就会很开心，好像自己拿到的是一块甜蜜蜜的糖。后来我们的哥哥姐姐告诉我们说"沟渠里会有小狗在里面撒尿，听话，再不要吃冰了"，我们才慢慢地不再热衷于吃冰。

我们小孩子喜欢捞冰吃，像我哥哥那样的小青年们则是热衷于滑冰。哥哥尤其滑得好，我见过哥哥在冰面上背着双手像滑翔的鸟儿一般自如，我在旁边煞是羡慕。像哥哥一般大的男女高中生们，一群群地在冰面上兴高采烈地滑翔着。他们有他们的热闹，我们也有我们的热闹。

这条石子路不长，大概五十米左右。夏天的傍晚，哥哥会骑着爸爸的二八自行车，让我坐在前面的横梁上，带着我从家绕过电视塔骑上这条石子路。尽管颠得屁股疼，可是很开心。路的尽头分成了两条路，东边的通往柴旦，西边的通往马海老场部。伴随着这东西两条路的就是马海渠。

据说马海渠是 20 世纪 60 年代屯垦戍边的知青、复转军人，诸如我的父辈们刚来到马海时修建的，引鱼卡河水用于灌溉农田，一直到现在渠里的水还在清澈地流淌着，已经过去了半个世纪，却也不曾干涸。

那时的夏天，我和四建等好几个小伙伴会到渠里蹚水玩，清凉、欢快的渠水在腿边迎来绕去。渠边长有盎然的野葱和野蒜，我们将之拔来在水里一涮便送到嘴里，轻轻一咬，还真有点涩涩的甜。有时候我们也会把脱下的袜子在渠水里洗，稍不注意就有一只袜子随波逐去，袜子的主人则忙不迭地踩水去追，后面便是一阵阵轻盈的巧笑。

我记忆中关于马海的味道，零零碎碎，我更愿意称之为故乡的味道。期盼，回归，一种温暖，一种简单。多少年来，它不曾干涸或褪色，而是在心间开出了一亩田，任其自在，清香弥漫。

童年的小院

童年的小院，简朴而温暖。

小院一边的院墙是一堵柴火墙，那是爸爸和哥哥用空闲时从野外背回来的柴火垒成的。

家门口挂着一把自制的拂尘。

爸爸妈妈下班回来后，走到门口先用拂尘打打身上的灰土再进门。我在家待着，听到那种拂尘甩打的声音就知道他们回来了，如果我正在看小人书，就赶紧藏起来，正襟危坐在书本前。他们掀了门帘进来，看到我和我的作业本，总是不作声地笑笑，就挽起袖子进了厨房。

每逢星期天休息时，一大清早，妈妈先罩上纱巾用大扫把扫一遍院子，然后爸爸找来黑皮管套在自来水管上，往院子里洒水。每每此时，我都要从爸爸手里拿过水管，往院子里喷会儿水，这对我更像是一种休闲般的娱乐。在我的水管下，妈妈养的鸡在院子里热闹而慌张地东躲西藏，张开翅膀跳来跳去，"咯咯"叫着，无奈又尴尬。爸爸在一旁忙不迭地叮嘱：别呲到煤砖了，别呲着那些兔子了。我也只好又还给爸爸。

小时候，我经常做的事情就是喂兔子。我喜欢安静地蹲在坑边看它们吃草，它们吃得津津有味，我看得盎然有趣。其实小兔子很聪明，先吃它们最爱吃的苦苦菜，碰到青草，用鼻子嗅一嗅，味道不对就会往旁边挪一挪。有时，也会有勇武的兔子奋力地往上跳，从铁丝网边的空隙处跳出来，来到大大的院子里和鸡争食。有厉害的鸡不甘示弱地去叨兔子，兔子动作灵活一扭身跑了，远远地望一会儿，又会试探着走近，长耳朵竖得直直的，趁鸡不注意吃一点儿，被发现了又被叨。有时妈妈抱着一盆剁好的鸡食，倒在院子中间的大食盆里，这时兔子和鸡都饿了，一窝蜂地拥上前去一阵猛吃，这时鸡和兔子倒还相安无事，大家都还没反应过来，吃一会儿，鸡的肚子不是那么饿了，脑子也反应过来了，有所察觉后开始抬起头叨旁边的兔子。

小院的一角有一口菜窖。冬天，窖里会储藏很多大白菜和萝卜，夏天则会存放一些西瓜。窖口有一架木梯，方便上下。

记得有一年夏天，爸爸说，天很热我们吃个西瓜吧。我高兴地跟在爸爸后面。爸爸说："我下去拿西瓜，你在上面等着接就行了。"我说："好。"结果爸爸站在木梯上把西瓜递给我的时候，我没接稳，西瓜一下掉在爸爸的头上。我一下傻眼了，想笑又不敢笑，爸爸的黑头发上有红瓜瓤、黑瓜子挂着，我以为爸爸要说我，结果爸爸抹把脸拎下头爬上木梯，对我一句训斥的话也没有，回屋洗头去了。

小院里拉了两根粗铁丝。每逢休息时总会晾满妈妈洗好的衣服，爸爸的中山装、妈妈的花衬衫、我的小手绢，还有哥哥的白球鞋，在铁丝上一溜排着队，在和风中暖洋洋地摇摆着。天气暖和时，妈妈还会把我们的被子扛在肩上甩到铁丝上晒，太阳要落山了再收回来。晚上睡觉时，我蜷在被子里总会嗅一嗅被角——上面沾满了阳光的味道。

院子的一角停着爸爸的二八大杠自行车。有时哥哥会带着我在场部的石子路上穿梭漫游，坐在大梁上虽然很颠，但那份开心却暖暖地印在了心里。偶尔，我也会自己推出去，在自家院子附近和其他小伙伴一样掏裆骑车，半圈半圈地蹬着。

小院的热闹，除了我们和小动物们的烟火生活外，有哥哥清晨早起转来转去背英语单词的身影，因为妈妈总对我们讲，一年之计在于春，一天之计在于晨；天气渐冷的时候，有爸爸和哥哥用铁锹和煤灰，用打煤砖的木坯子像变魔术一样做出一块块长方形的煤砖；冬天，有妈妈坐在院子里的小板凳上切很多萝卜条，用粗盐和辣椒面揉拌均匀后腌在大坛子里的腌菜；还有我站在院子外喊

哥哥出来帮我挡公鸡的身影，炊烟四起时，妈妈便站在院子里一声声地喊着我们回家吃饭了。

几年后，我们把家搬到了格尔木。

二十多年以后，我们回来寻找童年的家，房屋和院落还在，只是在风雨中破败了。

我们隔着院门看过去，爸爸打回来的柴火早已烧完，围墙已经砌成了砖墙，挂在门口的拂尘早已不在，院子里也没有了煤砖，没有了乱跑的鸡和兔，那些温暖的笑语似乎已经封存在时光的盒子里。

一切都是那么安静。虽然时间流逝，但记忆可以留住那些温暖的片刻，然后在日后某个不经意间，活泼泼地跳出来，让你觉得，其实生活很美好。

回家的路

2009 年 3 月，妈妈、哥哥和我三人在时隔十九年后，第一次踏上回马海的路。

一

回家的路，漫长而遥远。多少次，在梦中见到故乡的影子，醒来，只有无尽的向往，悠长，而遗憾。悠长，是因为有十九年的时间我们不曾回去；遗憾，是因为平淡的生活里被那些表面上的忙碌忽略了这份回家的感觉。

当我终于可以有这个机会的时候，好像去赴梦里久违的盛宴，迫切，激动。

因为没有从格尔木直达马海的班车，所以我们在泰山路汽车站先乘坐了去柴旦的车，然后在柴旦转车。

从格尔木到马海这条路，在童年的记忆里曾经走过。出了北出口收费站就是万丈盐桥。车轮过处，有白色的盐沙弥漫，公路两边是一眼望不到尽头的荒漠，我生活着的小城，渐行渐远，融入了无尽的戈壁。天空，是干净的淡蓝，天空的边缘和戈壁的尽头柔和地相接，像一场旷大的寂寞与另一个寂寞的约会。

记得上高中的时候，语文老师说渺无人烟的沙漠里因为有人的存在，才有了生机，才是一幅动人的画。当时我听了不以为然，感觉沙漠的纯粹是不需要有人的，人，只会惊扰沙漠。可是，当我处在这无边的荒漠中，我终于体会到老师的话是对的。临窗远眺，天空莹润的蓝下面，一簇簇骆驼刺点缀在黄沙细

土间。车在走，车窗外的景致几无变化，若在这其中看到有一点一点挪动的人，就会觉得这幅画有了灵动的生气。有一句话这样说，困苦是生命的本质，是我们不能选择的，可是用什么样的态度对待生活，却是取决于我们自己。人的生命像一株小草，不管环境是怎样的恶劣，坚强的人总会用自己的生命力鲜活地成长。

在柴旦，我们找了一辆去马海的面包车，车很小，路很颠。沿路又拉了几位哈萨克牧民，他们带着简单而粗糙的行李，大家都安静不语，车里一下局狭起来。

过了柴旦，路不太好走了，有一段公路被上涨的河水淹没并结了冰，我们的车就从鱼卡河的冰面上缓缓移动，当时我没觉得有什么，因为大家都很沉默淡定，没有看出谁在害怕，牧民们也许习惯了这样的路况。只是到了以后，妈妈和哥哥无意中说起走那段路时心里的担忧，让我也有些后怕。

到马海的时候，已是傍晚时分，我们却没有感觉到一点疲倦，就像将要看到故事的谜底一般，心中充盈着激动。透过薄薄的暮色，我记忆中马海的模样，一点一点，真实地出现在我眼前。

我睁大双眼，想让这真实清晰一些，我努力地回想，这是以前的哪个地方？环顾四周，那个曾经高耸的电视塔亲切而突然地映入眼帘，心中顿时盈起小小的温暖。铁塔旁的平房依旧矗立，我们正身处平房的正前方，也就是昔日的花园方位，虽有朦胧的黑夜遮掩了我们的双眼，但却依然能看出花园里长满了杂草，破旧的栏杆已无人倚，冰凉而破旧，不知道为什么，那种遮掩不住的杂乱和随之而来的陌生气息粗鲁地压低了心底那一抹属于旧日的温暖，我不喜欢这样的感觉。

正当我们茫然四顾时，北面平房里出来一位大姐，和妈妈相顾良久，猜测了一番，原来她是妈妈曾教过的学生海莉。她把我们带到电视塔旁的平房住宿——爸爸曾经办公的场部机关平房已经成为招待所了。

二

招待所的夜，宁静而温暖。只是一夜无眠。炉子里的煤一直在烧，房子外的风不知疲倦地吹着。

清晨，风住了。我们在院子里随意转悠，天空蓝得让人心醉，没有人声的嘈杂，没有车马的喧嚣，安静的只有几只小鸟婉转地鸣叫。

只是，太安静了，那些热闹的身影，那些温暖的笑脸，都去了哪里？曾经的布店和杂货店早已大门紧闭，门旁杂草丛生，似有很久没有清理，我的心，有些失落，那似曾相识的房屋和我脑海中依稀的记忆交叠在一起，却不肯吻合，这，就是我一直魂牵梦萦的故乡吗？我记得这是一个干净的、温暖的、充满欢笑的地方，可我现在面对的这一切，让我觉得有一些陌生，有一些凌乱。

也许，是我离开得太久吧。

出了院子，大门上那块牌子让我眼前一亮——马海农工商公司，白底黑字的牌子斑驳不已，却让我们感受到故友般的亲切。

我们第一天的行程是要去马海四站。妈妈讲那是我们在马海最先居住的地方。

沿着新修的公路前行，路边是新迁移来的哈萨克移民村，不时有没拴住的狗跑来跑去，我们只有在马路的另一边漫步，路上，只有我们三人。

昔日的四站早已成为一片废墟，房屋被人为推倒后用围栏围住成为哈萨克牧民的草场。

我们跨过围栏，来到四站曾经的烽火台。20世纪五六十年代，马海农场是劳改农场，烽火台的作用就相当于现在的瞭望塔，是用来看管犯人的。我们走近烽火台细看，塔身用泥土和芦苇秆搅拌后层叠垒成，历经五十多年的风雨，如今它已经成为旧日的马海人回访旧地的标志物，看到烽火台，就知道这一片是昔日的四站。

我们正谈笑流连之际，一位哈萨克牧民闻声而来，交谈过后才知道，我们现在是在他的"地盘"上。他叫艾特哈孜，是烽火台周围一千亩草场的承包人，有三个孩子，有几百只羊。他热情地邀请我们去他家做客，我们客气地婉拒了。之后，他和哥哥在烽火台前照了一张合影，分手之际他说希望我们回到格尔木能把这张照片寄给他，我便询问他家的详细地址及邮政编码，他有些茫然没有回答，我想着从别人那里再打听一下他的地址。

回去的路，比来时更长。回头随意一瞥，一位骑骆驼的老人悠然而来，高

原戈壁冬日的蓝天下，这景象，很美。老人扬起小鞭，在骆驼轻快的步伐里惬意而去。

望着骆驼与老人渐行渐远的背影，我不禁心生羡慕，说他们这样的生活真好，像在世外桃源一般，"采菊东篱下，悠然见南山"。妈妈说，如果真让你们过这样世外桃源的生活你们也许还过不了，我说为什么，妈妈说因为你们不会骑骆驼，不会放羊，更不会天天吃牛羊肉、喝酥油茶。我笑了笑，心中细想，确实如此。看似悠然的生活，总有你看不到的辛苦和隐忍在里面，选择桃源，便要舍弃心中的各种欲念和贪恋，这红尘中，入世的人多，想出世的人也不少，可往往在蓝天白云下所谓的心灵朝圣后，转过身还是要继续回到红尘里。我们只有且行且珍惜，生命本就是一场修行。

吃过晚饭，海莉姐来招待所看我们，聊天中说起了居住在马海的100多户哈萨克族牧民。这些牧民的故乡在新疆，几年前从格尔木的拖拉海和鱼卡河迁移过来，从此就安置在了马海。政府的政策非常好，对每一户都投资40万元，给他们盖了新房，一户一院，院里有菜畜两用棚，夏天种菜，冬天圈羊，他们搬来的头三年，政府给他们送米、送面、送煤、送羊，家里的成员从老到少包括新生儿，只要落了户口，就享受国家的低保，每个月领低保金。从四道班到马海的一段几公里的路交给了他们养护，一年给30万元的养护费。

海莉姐还说哈萨克族牧民刚搬来的时候，饮食习惯和汉族是不同的，他们看到周边的汉族群众买蔬菜吃，他们也买来莴笋，却不知道怎么吃，又把莴笋拿回来，告诉那些汉族群众说这个菜吃不成，又苦又硬。一问才明白，他们没有把莴笋去皮，听到这里，我突然想起艾特哈孜听到我问邮政编码时脸上的茫然。

三

赵松龄老先生，是一位把自己的青春岁月奉献给马海的西宁籍知识青年。他在自己著作《激情岁月》中写道："马海农场的居民点称之谓'站'，这是沿袭了劳改农场时期的地名称呼，从东往西，依次为一站，驻西宁青年；二战位于一站西南面，20世纪60年代由石油局农场管辖；四站驻山东青年；五站位于四站的西北方，互相可以看见房屋；三站位于马海大自然沟以南，驻有两个山东连队。"当时，我家住在团部（新场部），从那条笔直的石子公路出来，往西去三站的路上就可以望见大自然沟。大自然沟，这大概是每一个马海人脑海中挥之不去的烙印。

在我的记忆中，大自然沟美丽而神奇，它是一条长几公里，宽约五十米的大沟，在这条沟里，夏天绿草如茵，小野花点缀其中，鸟儿在树丛中安家，沟边是一簇簇红柳，若站在沟底，仰头看红柳枝条柔韧地绽放在干净的蓝天里，这美丽而动人的图画似乎随手拈来。在自然沟的土壁上有不知道是以前的牧民还是后来的知青留下来的岩画，简单而粗犷。整条大沟就像大地老人额头上的一条皱纹，里面蕴涵了岁月的美好与丰富。

带着久别后即将相逢的美好，我们又一次来到这里。天是柔软的蓝，沟里的冰也是晶莹而淡蓝的，淡黄的苇草伫立在冰中摇曳生姿，我们在冰上慢慢地行走，安静的似乎连时间都忘记了流动。

从沟里上来，已经到了老场部。昔日的马海是原兰州军区生产建设兵团二团，老场部是最早的场部，我对于这里没有什么记忆，现在已经变成一片渺无人烟的旷野。在无际的空旷中，天是静的，地是静的，没有俗世的纷扰，没有人群的喧嚣，似乎我们来与不来，他就在这里。当你习惯了醒来时窗外的车声人声不经商量地闯进耳朵，习惯了在来来往往的人群中行走，习惯了每天的电脑手机平板和微信，习惯了每天心情的纠结或舒畅，然后有一天，你置身于这旷野中，突然会觉得过去所有的生活和习惯似乎都是在另外一个世界，那是另外一个我，此时，是与之隔绝的真实与平静。

出了老场部，我们去了以前的砖窑。砖窑是妈妈年轻时干活的地方，那时妈妈很辛苦，作为老兵家属一边带着哥哥和姐姐，一边还要出去干活。

在砖窑的附近，我们意外地发现了马海新成立的林业管护所。看到门边墙上印制的简介才得知，这里主要管护的是唐古特白刺和沙棘红柳，其中唐古特白刺是属于世界级珍贵植物，目前只有德令哈、诺木洪和马海有这种植物，白刺的果实里有药用价值很高的成分，它的根是根雕的绝好材料。看完介绍，我

觉得我对马海的了解又深了一步，先前的失落逐渐地淡去。如果说，以前我对马海是单纯的故土留恋，那现在是这留恋之上越来越真切地欣赏。

马海之行就这样仓促而短暂地结束了，我想我还会再来的。

2015 年 2 月春节期间，姐姐一家从千里之外的都江堰回到格尔木，时隔六年后，我们再次踏上去马海的路。

四

就好像一个已经知道谜底的人，陪着另外几个想去猜谜的人，我的心中不仅装满了理性和平静，还想听到他们看到"真相"后的感慨。如此这般，我们就有了同样的感受。

姐姐大我一轮。从我记事起，姐姐就已在格尔木上班。格尔木——那时对我来说是一个多么遥远的地方，只有逢年过节，姐姐才会回来与我们全家团聚。许是我是家里老小的缘故，姐姐每次回来总会给我带各种各样的礼物，好吃的、好玩的、新书包、新衣服，这些温暖的小礼物让我的童年充满了甜蜜。而每到我放暑假，爸爸总会让我坐小薛哥的吉普车去格尔木姐姐那里。姐姐白天去上班，就让我待在她的宿舍里写暑假作业，姐姐很聪明，有时会在我的暑假作业里夹一张叮嘱的字条来测试我到底写作业了没，如果我没写，自然看不到字条。现在我把这招偶尔用在阳阳身上，看到阳阳撒谎后认真而无辜的表情，好笑又好气的同时就会想到姐姐。

妈妈对我说长姐如母，从小，姐姐就是我的另一个长辈。在我的记忆中，我们从未吵过架红过脸。待我长大后有了自己的生活，姐姐对我说过，不管你有怎样纠结的心事，都记得要告诉我，不管你做怎样的选择，我都会在你身后。就像温暖的泉，这些只言片语时时在我的心底涌现，让我觉得我不是一个人在行走。

比起我，姐姐对于马海有更加深厚的情感，她在马海学校从小学上到高中毕业，她的老师、同学、关于青春岁月的记忆都在这里。

有人说，喜欢怀旧说明这个人已经老了，我不这样认为。当过去的一切在我们的脑海中烙下或深或浅的印记，无论是富足、贫穷，还是美好、伤痛，选择记住只是丰满了人生经验，如此，心性才会豁达。当一个人独处安静的时光，回忆里流淌的温暖已远胜这世间似锦的浮华。

五

按照计划，我们想在马海招待所住两晚，毕竟我们一同回去的机会是这样难得，所谓的下一次还不知在何时。但非常遗憾，听朋友讲马海公司已经被改为青海中航生态农业有限公司，原来的招待所也撤了，因此我们要在当天傍晚之前赶回来。

早晨七点我们出发，姐姐一家三口，哥哥和嫂子，我带着阳阳，一行七人。

看过内地的青山绿水，再来到青藏高原的荒漠戈壁，两种截然不同的美各有各的风姿，相比起来，我更喜欢高原，纯粹的蓝天，新鲜的空气，开阔的视野，本色的风景。

记得有一位朋友说，高原的山就像高原人的性格，裸露出的就是山的本色，没有多余的点缀和装饰，所以我觉得高原的风景也是本色的。无论荒漠，无论戈壁，无论生命，无论人心，原本就是这样的颜色，盎然的绿意也好，摇曳的红花也罢，你想怎样书写，生活就会回馈给你怎样的风景。

路遇小柴旦湖，让我们有了意外的惊喜。虽然之前也有远观，但从未近距离接触。一泓湖水远远地望去，安静而美丽，蓝的天，蓝的水，温柔相接的天际线上是皑皑的雪山。天，莹润纯净；水，波光粼粼；山，洁白绵延，他们是相约好的吧，要在彼此最美好的时候恰巧相遇。

湖边的风清冷得有些刺骨，湖水清澈见底，我们想把这最好的风景在眼底多留片刻，然后印在心底——有些地方，走过了，也就擦肩而过，不知道还有没有机会第二次遇见。

湖边有大片白色的盐滩，外甥说我们是多么的奢侈啊，一步一步踏在盐上。

带着偶遇小柴旦湖的喜悦，我们继续前行。这条孤独的公路一直延伸向北，

路边是不变的风景，戈壁、荒漠、雅丹地貌。其中有一段公路给我的印象尤为深刻，笔直向前的上坡路，路的尽头消失在无垠的蓝天里，似乎我们要走到天上去（后来这段315国道上的公路成了网红打卡地，称为"最美U型公路"）。

有时，我们会在路边看到成群的骆驼，却看不到赶驼人，也不知道它们要到哪里去。驼群中有很多白色的骆驼，因为是第一次看到，所以让我们着实新鲜。我们以骆驼为风景，骆驼们会不会也把我们当成另类的风景——坐在车的牢笼里，自以为融入了自然，却不肯让自己的脚踏在荒漠的砂砾上。

旅行，总是会给人带来充盈的喜悦和丰厚的历程，当我们看到开阔的天和地，才会逐渐发现自己内心的狭隘和粗糙，才会在行走中磨砺心性的懒惰和自大。

公路两旁的白杨树逐渐多起来，绿色掩映下有星星点点低矮的平房。马海，又一次展现在我们的眼前。

六

站在马海村新修的柏油公路上，极目望去，烽火台还在，因为距离的缘故低矮了不少。路边的灌木丛后小羊"咩咩"地叫着，吃草的牛儿温顺地扭过头，大眼睛安静地看着我们。艾特哈孜，你还好吗？时间真是一个奇妙的东西，这里曾是我们的故乡，可此时，我们多么像一群过客，无论穿着，无论心灵，想一再追寻什么却又无法融入，回忆里的烟火还温暖着如今的心。

姐姐说，我们去我们的家看看吧。几经曲折，终于找到我们从小长大的院子。怎么说呢，只能用"破落"二字来形容吧，一排排的平房其实都已经破落，因为没有多少人在住的缘故，很多已经坍塌。从院子外往里看，院落狭小而零落。

记得我们小时候的家，院墙是爸爸和哥哥从野外背回来的柴火垒成的，院子宽阔敞亮、干净温暖。院子里有爸爸的二八自行车，有储藏大白菜的菜窖，有冬天烧火的煤砖，还有妈妈晾晒衣服和被子的铁丝；院子里有一群"咯嗒、咯嗒"叫着的鸡，有袅袅升起的炊烟，有我们跑进跑出的身影，也有妈妈扯起嗓子喊我们回家吃饭的余音。

也许是我们长大了吧，现在看来院子狭小了许多，一切都归于寂静。也许没有什么东西会一直在这里等我们，除了自己的记忆，而我们的记忆就像一张发黄的相片，温暖又明亮。

<h2 style="text-align:center">七</h2>

离开曾经的院落，哥哥说我们去看看大自然沟吧。姐姐说好。大自然沟是我们每一个在马海长大的孩子都熟悉也喜欢去的地方。

上一次去大自然沟是冬天。这一次还是冬天。我以为会是一样的景色。

但是，马海总会给我不一样的惊喜。

这次带了阳阳，原本是想让孩子到一个陌生的地方，以此来激发他的新鲜感和求知欲，哪知他在来的路上就已经哈欠连天，对我们即将到达的马海毫无兴趣，为平板快没电了而感到惋惜，只是问我马海是一片大海吗？

生活在这个电子信息时代，我们是否还能回到过去过一种纯粹的生活，早晨呼吸新鲜的空气，傍晚在夕阳下散步，尝试做一两样自认美味的小菜，买一两本手指能触摸到的书卷，和很久不联系的挚友小坐，说说真诚的话语，发发伪愤青的牢骚。可是，从什么时候开始，环顾四周，不管何时何地，手机已成了人们亲密的伴侣，每天有事没事刷微信发说说，一天不上网就觉得生活中缺少了什么，亲，你是这样的吗？高科技和电子信息化在带来便利的同时还有感情的逐日淡漠和幸福感的下降，很怀念小时候点着蜡烛听收音机的日子。孩子只是一张白纸，我们怎敢说大人没有责任。试想一下，选择一天，或者两天，手机不连 Wi-Fi，不用电脑和平板，你会不会觉得手足无措，心里空虚，如果是，恭喜你，你需要治病了。

不过还好，阳阳来到大自然沟，孩子的天真和童趣毫无遮拦地蹦出来。他立即被成群结队的羊群吸引住了，平板是什么，哪里有跟动物近距离接触带来的感觉鲜活。

成百上千只的羊被牧羊犬赶到大自然沟里的水地旁饮水，牧羊人是两个哈萨克族男人，戴着墨镜骑着摩托，在羊群旁像一道不可逾越的界线。

千余只羊蹄扬起的尘土滚滚而来，羊群顺着沟边依次下到小河旁，三两一堆，四五一排，不紧不慢地喝水，有一对落后的大羊和小羊在最后姗姗而行，敬忠职守的牧羊犬慢慢地迂回到小羊的后面，逼着它们赶上队伍，看到所有的羊只都下去喝水了，牧羊犬才拖着尾巴回到主人的摩托车旁，安闲地卧在地上，望着不远处的羊群。

羊群喝完水老老实实地依次爬上来，排好队并不着急走，它们在等还没喝完水的羊上来一起走，最前面的应该是头羊吧，似乎要格外高大些，羊群全部上来后，它们在头羊的带领下要回家了。其中有一只小羊似乎体格要弱些，脚步总是落后于同行的伙伴，一骑彪悍的摩托车开过去，抓住它的四蹄再顺势拐个弯，赶上前面的队伍，一大群羊扬起蹄子奔跑，扬起了滚滚的尘土，如同来时。

天色已晚，回家的人还要赶路，我们带着一身尘土走在羊群留下的蹄印上，绕过红柳，穿过围栏，准备回家。

2020 年 8 月，我和哥哥第三次踏上回马海的路。

如我所愿，夏天时节我们又回来了。这一次回家的路，感触颇深。

八

这次是我第一次开车上高速。临行前，妈妈叮嘱我一定要注意安全，哥哥坐在副驾位子上监督我，过一会儿就会告诉我："你好像开得太快了。"

沿柳格高速一路行驶，陆续经过盐湖、柴旦，还有我最喜爱的小柴旦湖。就像照相时手抖动了一下，成的像便会有虚有实，那虚的是我的记忆，实的是我现在所看到的，一会儿重叠，一会儿分叉，回忆的魅力如一杯让人微醺的酒。

一路走来，路过了一些新开发的景点，翡翠湖、雅丹地貌、中国的马尔代夫——东台吉乃尔湖、最美 U 型公路、星空基地等，前去游玩的游客里有很多不乏从内地大城市千里迢迢赶来的人，原来我们生活的天空也是别人向往的所在。

中午时分，我们到达原新场部院落，院落一旁是通往新疆的公路，停满了大车，我们找了个缝隙钻进去，就近走进了马海阳光饭馆。我们和其他司机一样要了两份拌面。

吃完拌面，我和哥哥沿着安静而蜿蜒的公路前行。

<h1 style="text-align:center">九</h1>

不一会儿，我们来到马海村口。村口矗立的门柱底座上绘着淡蓝的吉祥花纹，两只鸟儿展翅站立在门柱上，大门中间是用汉语和哈萨克语书写的"马海村"。

我们走进安静的村庄，路边有滩间山派出所和马海卫生所。两边的围墙上绘制着各种哈萨克族民俗故事的图画。一家一户安静整洁的院落，有蓝色花纹的大门都是朝向马路开的，相邻的两个院落间还有一个互通的小门。院子里停着摩托车、停轿车或皮卡车，每一户的房顶上都有太阳能，院子里都有暖棚；偶有小孩子在路边玩耍；马路旁新栽的白杨还没有长大。我们五分钟转完整个村，没有听到一声狗吠，蓝天白云下的村庄安静、悠闲。

走出马海村，沿着去新疆的公路，我们想寻找四站的烽火台，因为烽火台是进入马海后最好辨认的标识物。我记得烽火台是在艾特哈孜家的牧场里。和以往不同的是，现在每一家的牧场都用铁丝围住了，并作了简易的门，上了锁。我们几经辗转，找到附近正在往车上装牧草的牧民，征得主人同意后，我们打开牧场的门——原来那把缠绕的锁条并没有锁住。

我和哥哥深一脚浅一脚地在长满野草和野花的牧场里向远处那个貌似矮了一些的土台走去，鞋子和裤脚沾满了土。我觉得故乡情结是一种温暖的、潮湿的又略显奇怪的东西，它像一种无法改变的执念，让我们一点点向着别人眼里不足为奇的地方靠近，只是一些破落的房子而已，只是一堆低矮的土台而已，可却让我们充满激动、充满热情，因为它和我们记忆里某些暖洋洋的事物有着千丝万缕的联系。这些事物似乎不染凡尘，像我们终生要守护的故事。

我们很欣慰，如今的烽火台已经被大柴旦行委于2019年7月作为县级文物保护起来，也围了铁丝网，并树了一块石碑，上面刻有简单的文字说明。我和哥哥仔细阅读后，才知道这是一处清代遗存。在雍正十三年（1735年），新疆战事结束后，清廷在依克柴达木（今青海大柴旦）卡伦派驻了绿营兵100名、蒙古兵200名，也就在那时修起了这个烽火台。算起来，这座烽火台已有近

300 年的历史。我和哥哥在烽火台旁踟蹰留连了好一会儿，觉得心中的念想不再是飘摇的浮萍，一段历史被记住被关注，就是对它最大的尊重。

从烽火台牧场的木门出来，把那段缠绕的锁条依原样绕住木门后，我们去了另一个马海地标处——老场部商店。其实，我印象中没有半点关于这座商店的记忆，我出生在新场部，哥哥姐姐对老场部商店印象是很深刻的。

到了老场部商店所在的公路边，哥哥让我先别下车。公路边有一处院子，记得第二次来时这座院子里有几条凶猛的大狗，冲着我们狂吠。哥哥先下车，捡了一块石头和一块破铁皮，"叮叮当当"地敲起来，敲几下听听有没有狗叫，确定真的没狗了，我们才放心地往昔日的商店走去。

和烽火台一样，商店前也立了石碑，写着"马海村知青团部商店旧址"，背面刻有详细的介绍："马海村知青团部商店始建于上世纪 60 年代，是一处山东知识青年居住地的商店，建筑呈'L'形布局，接头处为弧形，砖混结构，由宽 9 米，长 20 米的两列房屋构成。为知识青年的生产生活提供了便利的保障和贡献。"其实当时的老场部，除了山东知青外，还有一些来自其他地方参加农垦建设的复转老兵。这座商店的建筑风格很有异域风情，半圆形的玻璃窗，工整美观的木梁构造，玻璃早已在几十年的风雨中破碎，但房顶木梁错综对称、结实美观的架构还在，不知当年是请哪位专家设计建设的，现在已经看不到这样的房屋了。

我和哥哥跨过商店门口简易的挡板，一股浓重的羊粪味冲来，地面上是厚厚的一层羊粪球，大概是之前哈萨克牧民把这里当成羊圈了。商店的墙壁依稀残留有过去的印痕，还有商店破败后像我们一样来的人留下的图画和文字，墙角处写着不大的字"马海，我回来了！"

我们站在商店破碎的玻璃窗前。外面明媚的阳光照在地面的羊粪上。

昔日这里是年轻的知青、老兵们生活的舞台，他们会在这里用网兜装两罐水果罐头，会拿一盒黑棒子烟；会有像我一样的小孩用一毛钱买袋姜粉，嚼一支天山泡泡糖；也会有和妈妈一样的女人在这里买管马牌棒棒油。他们嘻嘻哈哈，她们叽叽喳喳，他们会大声地开着玩笑，她们带着南北乡音寒暄着。后来，他们和她们都陆续走了，这里彻底安静下来，只有旷野的风穿梭而过。沉寂了多年后，一群哈萨克牧民赶着羊群来了。

这里似乎是两段时光的交融，也是两段历史的留痕。马海，这样一个安静的小地方，先后经历了中国人民解放军生产建设兵团农业生产第十二师第二团的农垦建设和格尔木哈萨克群众的移民安置。如今，这里有羊群、骆驼、牧羊犬和骑着摩托放羊的牧民，有大片枸杞林、红柳管护站和像我一样的"垦二代"。

离开知青商店，我们把挡板放好，穿过铁丝网，远远地照了一张商店的景。

扭过头，马海已在我们身后。我在想，下次来我还要看看这些美丽的牧场、野花、青草和房梁。

十

经过三次回家的历程，我的内心已平淡了很多。当相见成为一种习惯，平淡并不代表忘记。其实这三次回家的路，细究起来，每一次都值得铭记。第一次回家，我们激动而热切，当然也有失望。我和妈妈、哥哥三人坐着班车到柴旦，换乘小中巴，司机在鱼卡河冻住的冰面上小心翼翼地行驶，我们也是提心吊胆；第二次，我们带着姐姐一家和阳阳回马海，开着借来的中巴车，走的315国道，路况不错，风景也很美；这一次，我们开着自己的车，走的柳格高速，一路畅通，新开发的旅游景点已成了网红旅游打卡地。

我们的生活在变，但回家的路没变。我们每个人，都需要找到回家的路，都需要一条回家的路。

附记：还原本色之马海的前世今生

一个人，洗去铅华，除掉伪装，面对的是真实的自己。一件事，抛掉委婉，去除铺垫，露出的是本质。这个世界，褪去浮华和艳丽，就是本色。本色，无谓美丽，也无谓丑陋，所谓美丽或丑陋，不过是人的感觉。

这篇附记写于 2009 年 3 月，我们第一次回到马海时。记得当时马海公司的负责人是段玉青，给我们从一大堆杂乱的书籍里找到了一本《兵要地志》，是中国人民解放军兰州军区生产建设兵团第二十七团于 1971 年 4 月编写的，我和哥哥如获至宝。虽然我们在这里出生并长大，但对于这片土地却不甚了解，或者说了解太少。当时我们住的招待所没电，哥哥找来一小截蜡烛，我趴在床上翻着书，一句句把和马海有关的东西抄下来。手里边抄写着，心里边有一点点笑自己太傻了，怎么要对这些东西感兴趣。但是现在看来，还挺感谢当时抄写的这些东西，后来又查阅了《格尔木市志》和相关文史资料，对马海历史的后续进行了整理。

马海盆地位于柴达木北缘中部，海拔 2845—2920 米，三面相邻于戈壁滩，西与大片季节性沼泽地相连，北靠赛什腾山，发源于达肯大坂山西端西麓的鱼卡河流经马海注入德宗马海湖，扼守青（海）新（疆）公路，敦（敦煌）格（格尔木）公路的交叉要道，鱼卡又是盆地北部的咽喉。马海盆地的风成地貌主要分布于花海子、南八仙一带，地貌类型有各种各样风蚀残丘及沙丘链。风蚀地貌主要集中在南八仙一带，是由于风力作用而形成一种奇特的风蚀地貌景观——雅丹地貌。

清康熙五十六年（1717年）至乾隆七年（1742年），清王朝为防准噶尔部东侵青海，南掠西藏，便于主要隘口屯兵，在马海驻兵600人，其中还有部分由阿尔纳统领的配有鸟枪火器的满族绿旗兵。从大柴旦通向尕斯库勒和敦煌的道路上，设有许多台站。现在大鱼山和原鱼卡煤矿的小山尖上都各有一个断壁残垣的古堡，那就是当年"台站"的遗迹（台站作用：备报声息）。

清雍正三年（1725年），和硕特北左旗在马海、花海子逐水草驻牧，人口不详。

1872年至1906年，沙俄探险家普列热瓦普斯基曾四进柴达木盆地，到达大柴旦湖及马海等地进行考察。印度探险家辛格由西藏北部入青海，经格尔木、达布逊湖、马海等地，考察当地地理、气象、风俗人情。瑞典人斯文·赫定两到柴达木进行考察，著有《斯文·赫定穿行亚洲要述》。

民国二十七年（1938年），经可鲁沟旗大王爷索南邦吉同意借草场居住，哈萨克头人艾力斯汗、豪其带领400多户哈萨克人迁入花海子。1940年，为摆脱马步芳的残酷统治，艾力斯汗、胡赛英等率900户哈族牧民西迁，马步芳十九旅旅长韩进宝、韩三成带兵追杀，其中一路牧民逃往马海。

1950年7月10日，原国民党新疆阿山专区专员乌斯满为司令的"反共救国军"400余人窜入马海、台尔吉一带。

1951年2月19日，乌斯满被擒，余部于3月19日在花海子、乌图美仁被歼，少数匪徒逃往西藏。

1954年，国家决定对柴达木盆地进行大规模的勘探、开发和建设，对马海、南八仙等地进行油气勘查。同年，石油部成立青海石油勘探局，调4000多人在柴达木进行大规模的普查，地质部派出632石油普查分队，中国科学院组成柴达木石油研究队，三支队伍在柴达木协同作战，曾足历马海一带。

1955年6月，地质部西北地质局632分队在柴达木中部北缘发现鱼卡煤田。

同年10月23日，中共中央同意成立马海临时县级党政工委，属柴达木工委的马海工委于1956年4月10日成立。

1956年马海农场建立，为青海省劳改局下属单位。1960年3月撤销。

1956年，马海水渠竣工。同年，地质部632分队在柴达木盆地北半部开展1:20

万区域地质调查和构造细测中，在马海发现地下油气显示。

1957 年，地质部石油普查大队在马海构造上钻探，见到多层良好的油砂层，并流出原油，喷出大量天然气。

1958 年 9 月 1 日，马海工委机关报——《马海报》出版，1960 年 9 月 3 日停办，共 86 期。

1958 年 11 月 15 日，马海人民公社成立。

1958 年，马海工作委员会成立 3 所小学，在校学生 752 人，教职员工 30 人。

1959 年 4 月，安于吉任中共马海工委第一书记兼马海农场党委书记。

1959 年 5 月，马海地区有 400 多人患综合性营养不良症，后全部治愈。

1959 年 11 月 12 日，柴达木第一座大型水库——马海鱼卡水库完工并蓄水，举行蓄水典礼。

1960 年 3 月 18 日，首批来马海参加社会主义建设的 504 名河南青年到马海。国营马海农场撤销，成立马海青年农场，先后共有 3960 名河南青年到马海垦荒种地。

同年 3 月 22 日，中共马海工委举行欢迎河南青年参加马海建设大会。

同年 4 月 20 日，大柴旦市 187 名青年垦荒远征突击队奔赴马海。

1961 年，撤销马海工委、马海行委。9 月 20 日，撤销马海青年农场，由青海石油管理局接办为职工农场。

1962 年，马海职工农场 190 人误食有毒野草中毒，后经抢救 140 人脱险，50 人死亡。

1954 年 12 月 5 日，新疆军区生产建设兵团正式成立，下辖 8 个农业师，共 43 个农牧业团场。此后的 1963—1965 年期间，大批上海知识青年进入新疆兵团，原有的 8 个农业师被扩编为 10 个农业师。由于建设兵团在新疆的开发建设和祖国西北的稳定保卫中发挥了巨大作用，因此，中央决定推广新疆生产建设兵团的形式。因此在 1965 年，中共中央、国务院批准在甘肃、青海、宁夏、陕西四个省区建立农业建设师。其番号由新疆的十个农业师之后续编下来，甘肃称农建十一师、青海称农建十二师、宁夏称农建十三师、陕西称农建十四师。青海农建十二师的全称是"中国人民解放军农业生产建设兵团第十二师"，第一任师长郑昌茂由新疆生产建设兵团抽调而来。

1964 年 12 月 14 日，青海省人民委员会向国务院呈送《关于设置农业生产建设师的请示报告》，1965 年 3 月 22 日，国务院批复青海省人民委员会（[1965]国农办字 91 号文）："国务院同意你们开发海西柴达木等地区的意见，请即着手进行规划。1965 年先接收和扩建格尔木劳改农场，办好基点，为今后进一步开发做好准备工作……。农场工人来源，主要是安置退伍兵和城市青年。"1965 年 10 月 14 日，农垦部对中共中央西北局农村工作部《关于陕西等省区成立农建师的全称的答复》中明确：青海省农建师的全称为中国人民解放军农业生产建设兵团第十二师。

1965 年 9 月 21 日至 10 月 22 日，山东省青岛市、济南市等 1947 名城市知识青年和西宁市 800 名城市青年同 1286 名干部、复转退伍军人组成中国人民解放军生产建设兵团农业生产第 12 师第二团在马海进行农业生产。截至 1966 年 3 月，又调进就业职工 79 人，吸收临时工 5 人，家属 901 人，总计 5194 人，组建五个营，22 个连队，1 个水利指挥部，12 个股室和鱼卡石棉矿、高原煤矿、柴旦牧场、石灰厂、阿拉尔牧场、卫生队、服务社、子弟小学共 47 个单位。

1966 年 5 月，青海省人民委员会发出《关于正式成立农业建设第十二师和省林业独立团的通知》，正式在格尔木组建中国人民解放军农业建设十二师，成立五团一营的建制，开始高原农垦的创业历史。1969 年 12 月，农建十二师改为兰州军区农业建设第四师，番号为 940 部队，隶属兰州军区；1974 年 2 月，改为青海省农建师，隶属青海省军区；1976 年 2 月，改为青海省海西州格尔木农场总场，隶属海西州；同年 1 月 21 日，中共青海省委决定，原青海省农建师第二团改为马海农场；1980 年 6 月，改为青海省格尔木农场总场，交由省农林厅管理；1987 年 3 月，更名为青海省国营格尔木农场；2000 年 1 月，交由青海国有农牧控股有限公司管理；2001 年 1 月，更名为青海省格尔木农垦（集团）有限公司，2003 年 3 月移交格尔木市属地管理，副厅级级别。

2009 年，马海公司（不含高泉北露天煤矿）整体移交至大柴旦行委实行属地管理。

老杨同志

老杨是我的爸爸。

爸爸的字写得很好。因为喜欢写字，爸爸有很多支笔。他有一只好看的长木匣，铅笔盒大小，七八厘米高，上面的木盖可以从凹槽里滑出来。木匣里整整齐齐地放着几支钢笔、毛笔，还有铅笔，这让当时正上小学的我很羡慕，总想据为己有。盒子里的铅笔都削得很好看，笔尖不粗不细，削出的木头表面颀长而光滑。木匣安静而朴素，躺在爸爸办公桌抽屉的角落里。

在我的记忆中，我每次开学时发的新书本都是哥哥用挂历纸给我包书皮，把白色光滑的那面露在外面。哥哥包好书皮，爸爸就给我在每一本书皮上工整地写上课本的名字和我的名字，他运笔前认真的表情我如今还记得，似乎每一笔画里都融进他的心意。而每一次考试的前一天晚上，爸爸都要检查我的铅笔盒，把我的铅笔削得跟长木匣里的一样好看，叮嘱我尺子橡皮都要带好。

如今，我对阳阳也是如此。虽然现在的孩子们已经不流行用挂历纸包书，但开学前我都要带着阳阳去挑选几张他喜欢的塑料书皮，诸如奥特曼之类的，回来后给他的新课本套上书皮，然后在每一本书上写下阳阳的班级和大名。每每此时，阳阳都在旁边站着，看到我做这些好像很安静、很喜悦的样子。也许，习惯的传承是不经意的。

爸爸的年轻时代

我们家的相册里，有爸爸平生照的第一张黑白照片，那是他初中毕业后考到郑州市地质专科学校照的，有父亲从学校毕业后参军着军装的照片，头戴军棉帽，英姿飒爽，还有父亲从部队复员后响应国家建设大西北的号召参加青海生产建设兵团的照片，比如和战友站在大卡车旁边的，手拿红宝书蹲在河边的，还有握着毛笔准备写字的，这些照片里的父亲，无一例外都绽放着灿烂的笑容。

我们一家五口最早的全家福里，父亲戴着黑墨镜，姐姐梳着麻花辫，我坐在父亲的腿上似乎还不满周岁的样子，那时的我们衣着朴素，可是每个人的脸上都笑意盈盈的。我尤为喜欢的一张照片，是20世纪80年代中期父亲在当时的格尔木昆仑商场前的照片，那时父亲正值中年，成熟稳重，表情坚毅淡定，姐姐站在父亲的一旁，穿着当时很流行的喇叭裤。

一张张照片传递着我们这个家庭的温暖，也记录着岁月流逝的痕迹，似乎有时间轻柔地呼吸，绕过这些发旧的照片轻灵地飞向远方，时间都去哪儿了？时间一丝一缕深深浅浅地印在父母一同走过的岁月中，他们脸上的皱纹多了，皮肤干涸了，步履蹒跚了，而我们，逐渐地长大了。

老杨同志是我的爸爸，我以为自己很了解他，起码从这些照片中。可是当我静下心去做一件事时，会发现很多我之前不知道的细节。我一直以为爸爸年纪大了，又不太爱说话，过去的很多事情可能都记不太清楚，可事实证明，我的以为很肤浅，当我试探着问爸爸的过去时，爸爸清晰地记得自己上小学是哪一年，哪一年转学到其他学校，会把很多经历都向我娓娓道来。我只是没有真正地尝试去靠近我的爸爸，觉得我们之间有最大的亲情就足矣，却忽视了我们彼此也应该有如朋友般的交流和倾听。

在倾听中，我知道了爸爸在家中行五，上面有四个哥哥。爸爸说他五六岁时奶奶想把他过继到三姨家，但那时爸爸已经稍许懂事，一送过去就瞅空悄悄地跑回家，几次之后，奶奶就不再送了。

1959年8月初中毕业后，爸爸因家境困难上不起高中，于是考到郑州地质专科学校学习化学专业，那时中等专业学校的学杂费和伙食费是免费的，而上高中需要花家里的钱。

爸爸去郑州上学时带着借来的二十元钱——这在当时已经是一笔巨款了，这二十元钱就是那位三姨给借的。为了筹措爸爸去郑州上学的路费和要还的二十元钱，爸爸的四哥吃了很多苦。爸爸说四哥没有进过一天学校，从小在家里做农活，喂牛种地。为了给爸爸筹钱，四爸到山里砍柴，一担柴火大概有一百八十斤左右，他对爸爸的唯一要求就是让他在担柴回来的路口接一下，因为担着将近二百斤的柴火走四五里的山路，对于一个二十刚出头的男孩子来说太沉重了。两个人换着担到老城镇集市上去卖柴，一斤柴火四厘钱，一担卖下来也就六七角钱而已。

所以，爸爸到老都在感念当年四哥的辛苦，为了让自己的弟弟上得起学，用了一个多月时间，担了三十多趟的柴，这份恩情，爸爸一直铭记在心。

上了两年学，爸爸于 1961 年 8 月中专毕业后自愿报名应征入伍，到河南安阳某部队当兵。入伍时间不长，爸爸所在的部队接到上级命令，为防止蒋介石反攻大陆，需调往福建厦门备战，一待半年。1964 年元月，爸爸入党。1966 年元月，爸爸在当了五年半的义务兵后退伍，是年二月，爸爸便远赴大西北参加了青海生产建设兵团。

听爸爸讲，当时他有两个选择，可以去青海或者新疆，爸爸当时考虑新疆离老家太过遥远，便选择去青海。

在倾听中，我甚至知道了我的奶奶叫李香，一个多么陌生的名字，我只是在家里的相册里看过爷爷奶奶的黑白照片，他们的故事又是怎样呢？我不是一个钟情于写故事的人，只是想尽可能多地了解我们这个大家庭的过往。

爸爸这一来青海就待了五十多年。

爸爸刚到马海时，在马海公司房建营食堂干了四年会计、司务长。之后的十年在四站六连先后当排长、副连长兼技术员。1980 年，调到马海公司场部机关。1990 年，调到师部也就是格尔木农场总场工作。

时光总是在弹指一挥间。几十年的经历说起来挺轻松的，短短几句话似乎就总结完了，可年轮总是磨出来的，漫长的时间沉淀下来的是平淡和豁达。

看父亲年轻时的照片，有颔首挥毫的安静，有和同伴坐在大解放卡车上的洒脱，眼神里透出对生活的热情和认真。这就是那个火热的年代，爸爸的年轻时代。

爸爸的两三事

关于爸爸曾经的两三件事，我也是从妈妈的讲述里得知的。有时很佩服妈妈，妈妈虽然已是七十多岁的老太太，可思维依然敏捷，表达清晰，过去很多年的事情，妈妈依然能把当时的处境和心情表述得有如昨天才发生过。譬如"一打三反"时期的爸爸。

"一打三反"时期，我不清楚这是一个什么时代，上学时历史成绩也从来没怎么好过。为了更多地了解爸爸，我查询了有关资料。"一打三反"运动，是以1970年元月中共中央发出《关于打击反革命破坏活动的指示》为开端的一场政治运动，主要是打击反革命破坏活动，反对贪污盗窃、投机倒把和铺张浪费的现象，因为当时"左"的思想，这场政治运动制造了不少冤假错案。

1970年，爸爸在四站房建营食堂当司务长。有人诬告他有贪污的嫌疑，因此爸爸被监禁起来。

那时妈妈带着姐姐和哥哥住在老场部，一连几天没见爸爸回家，以为是爸爸在连队里工作忙。几天后，妈妈在割猪草回家的路上遇到连队指导员，指导员告诉妈妈说你家小杨可能出事了，别人说他有贪污的嫌疑，我觉得小杨不会有这回事的。妈妈心里一惊，知道爸爸遇到了坎，但清楚了爸爸的境况，心里也就有了数。

之后没几天，便有人来家里调查。那些人详细询问爸爸老家的情况、经济状况如何、每个月给老家寄多少钱等。妈妈如实道来，但心中着实不安。第二天，妈妈就去四站连队找爸爸，结果没有找到。不过有个好心的班长给妈妈说老杨自从被监禁后，整天在屋子里不吃不喝，中午和晚上都不见他出来打饭，每次我们把饭打上便给他送去一份。班长说班里有个山东老青年每天晚上扛个铺盖卷睡在爸爸房子门口，担心爸爸心里想不开，晚上生出意外来。妈妈心里

既感谢又难过，不知此事因何生起又如何解决。班长说嫂子你别难过了，不会有事的。

妈妈回来后就给爸爸写了一封信。信中说，老杨，从我们结婚到现在，我和孩子没有占过你一分钱便宜，你贪污的钱在哪里，是不是寄回老家了？你仔细地回想回想，如果你真贪污了，就交出来，如果没有贪污，那你心里无愧还承认啥，你要做一个诚实的人，把腰挺起来，该吃吃，该喝喝！

妈妈给我讲这些时，我在心里充满了感叹。妈妈是一个心里敞亮，做事干脆的人，做了就承认，没做就问心无愧，没有拉拉扯扯的纠结和背后的阴暗晦涩。

几天后，妈妈又去了一次四站。她找到班长，把没封口的信递给他，说这是我写给老杨的信，你看看也无妨，麻烦你转交给他。几天后，班长见到妈妈说，那天你信里跟老杨说了什么，第二天他就雄赳赳气昂昂地从屋子里走出来，下地干活去了，领导以为他不服改造。妈妈笑了笑，没多说什么。

那时，妈妈没有工作，也没有出去当临时工。爸爸不在的那段时间，正是冬天最冷的时候，但家里没有煤。一天大清早，妈妈趁姐姐和哥哥还在熟睡的空当，一个人跑去红柳包里拣了一车柴火，拉着架子车回来时从团部后面经过，有一个愣坎，妈妈怎么也拉不过来，刚好住在团部的指导员经过，帮妈妈推了一把。边推边说，嫂子，小杨的事情我可能帮不上忙，之前我去过连队，为小杨不会做出贪污的事情作证，但不起什么效果，嫂子你把心放宽，我想小杨不会有多大的事，你有什么难处就只管说。妈妈心里涌起一股难受，说："我没啥事，我自从跟他来青海也没享过什么福，现在别人说他贪污，也不知道他贪污的钱在哪里，我也相信他没有做这样的事情，可为什么会有人去告他呢？"

又过了一个星期。吃过午饭，妈妈带着姐姐拉着哥哥到房后的土坡上晒太阳。晒了一会，眼尖的哥哥看到远处一个人骑着马飞奔而来，哥哥赶紧跟妈妈说那是爸爸，但那人与马拐了个弯后朝另一个方向去了。

几天后，爸爸回来了。

爸爸说连队让他回家看看，因为没事了。妈妈说几天前有个人骑着马往房建营的方向去了，是你吗？爸爸说是。爸爸说连队查他当司务长期间的账目，一笔一笔发票进行核对，发现少了一张发票，说如果找不到这张发票就是贪污。

爸爸仔细回想说这张发票在房建营，领导说那你去拿回来。当时班长和指导员们给他从马号里找了一匹最老实的马，那骑着马从妈妈和哥哥眼前一晃而过的人便是爸爸。

现在想来，当时骑着马的爸爸是怎样一种心情，应该只有迫切吧，为了自己的清白，为了重负即将放下。

之后，爸爸带着一家人搬去了四站，在六连工作了十年。

爸爸和老家

因为爸爸，我认识了我的老家。

"老家"，在我的脑海里，只是一个名词，是我履历表上籍贯一栏必填但却从未去过的地方。

2008 年，爸爸带着我和妈妈，回了一趟老家。

父亲的老家在河南南阳山区一个叫泉沟的地方，从南阳市区乘坐班车到老城镇，再从镇上找车到泉沟村。几经辗转，我们跟着爸爸终于回到老家，看着父母盼望而激动的表情，我想，"家"是一个多么温暖的字眼啊，给每个无着落的心一个充满慰藉和踏实的归宿，哪怕这家朴素到尘埃里。

我们回来当天的傍晚，我见到了爸爸的四哥也就是我的四爸。他和爸爸一样清瘦，身材还要略矮些，脸膛黝黑，嗓门洪亮。看着四爸，我的脑海里总是会浮现出他瘦小的身材担着两捆旁逸斜出的柴火，晃晃悠悠地走在山间崎岖的小路上的情景，辛苦劳累，承受着重担却从不会去埋怨。

两位老兄弟见面，笑语寒暄，表情和言语里多了几分激动。不善表达感情的人就是如此，说着平常的问候话语，情感却在心间流淌。

晚上，四妈让我睡在偏房里。

因为是自家盖的房子，房屋很宽敞，房顶很高，一根根房梁悬空架着，晚上睡不着时会看到有猫咪在房梁中间跳来跳去。清早起来，才发现我睡的床和房中的柜子椅子都古色古香的，很好看。四妈说这房子以前我奶奶住过，房中的家具也是奶奶结婚时娘家陪嫁过来的。我心里算了算，奶奶应该是 19 世纪初的人，就是家里相册中那个慈眉善目的老太太。知道了来由，我便站在柜子旁仔细地瞧了瞧，似乎想在柜子的花纹和气息中感受到奶奶的温暖。我轻轻地摸了摸柜子门，当年的奶奶经常使用这柜子吧，我们也只是手指的气息过了一百年后触碰了一下。

天色大亮。我们吃早饭时，不见四爸，堂哥说天没亮四爸就扛着锄头上山干活去了，一直到下午五点左右，才扛着锄头回来。一家人吃罢晚饭，四爸洗洗脚，和我们闲聊了一会儿，大概八点多就上炕歇息了。我想这就是"日出而作，日落而息"的生活吧，简单而朴实。

无事时，我跟着我四妈见到了泉沟村的泉。"泉"是在一个幽静的山缝里，汨汨流出，形成一个安静的潭。因为没通自来水，四妈经常挑着担到泉边挑水，我跟在她身后，看水桶随她肩头的扁担有节奏地一上一下，而我，歪歪扭扭，穿着拖鞋的脚上早已满是泥泞。

四妈的家，以前是我爷爷奶奶的家，父亲在这里出生长大，对院子里的一草一木都颇有感情。

我看到父亲经常站在院中，静静地看着，似乎在回忆几十年前儿时在院里嬉戏的场景。彼时，尚是年少的穷困学生，此时，已是两鬓斑白的归家老人，岁月的沉淀，留给父亲的，是无尽的回忆与感慨。

父亲不善言辞，很少和我们讲过去的事情，更多时候，是母亲给我们讲。有时，我和妈妈在村里闲走，妈妈会跟我说这是谁家那是谁家，这些名字对我来说都很陌生，都是妈妈跟我细细讲完，我才恍然大悟般知道和我们家是什么关系。有时也会到别人家院子里坐坐，听妈妈和大娘们聊天，我坐在小板凳上笨拙地搓着玉米粒，搓出来的玉米粒可以碾成玉米糁子，再细点就是玉米面。我手里搓着，听着她们聊过去的事情，大娘说那位当年借钱给爸爸的三姨奶早已因病去世了，妈妈唏嘘一番，说过去的恩情总是难以忘记的，其实自己也紧巴巴的，但却舍得拿出钱来。我心里想着，是啊，一定要珍惜那个肯对你好的人。大娘看了看我搓的玉米粒，笑着说现在咱们农村也先进了，有专门脱玉米粒的机器呢。

我们老宅的房前屋后，种满了南瓜、丝瓜、柿子，做饭的时候，随手一摘，就是一盘美味新鲜的菜。

在这里，我第一次吃到了脆柿。堂哥扛着长长的木杆，杆的那一端是一个笊篱，笊篱的下面是一个小袋子，这是专门打柿子的工具。我跟着他到山上打了一篮子脆柿，回去后把皮一削，又脆又甜很好吃。

我和哥哥姐姐们生在高原长在高原，从没有回过老家，也不知道老家的风土人情，为此我还闹了一个笑话。一天，妈妈带着我到村里的一位大娘家串门，进了堂屋，环顾四周，陈设简单，只是在堂屋的角落里摆放了一只木箱子，口宽底窄，我好奇地问道："这是什么？"那位大娘微笑着平淡地说："这是棺材。"我傻傻的不再说话，妈妈笑着打圆场说不知者不为罪。出来后，妈妈说老家农村是有这样的风俗，老人在世时会把自己的后事安排好，也会把棺材摆放在自家堂屋里，我想我们终究是年轻见识少了。

一直生活在青海，第一次来到老家，所有的一切对我来说都很新鲜。爸爸带我到农田里教我认识这个是棉花，那个是芝麻，棉花是怎么摘的，芝麻又是怎么收获的，我就像一个小学生，一点一点地认识了我们的老家。

临走的前几天，爸爸说想爬山，我们三人就沿着崎岖狭窄的山路一路互相搀扶着缓缓而上。

站在泉沟的山顶，心境豁然开朗，山下的一切尽收眼底，深深浅浅的绿，还有绿中掩映的屋角，似一幅清新的画，画在了我的心底。山顶上有别人家种的花生地，爸爸知道我没有见过，就拔出一棵花生给我吃，花生上带着新鲜的泥土。我像懵懂的孩子带着好奇剥开一个花生壳，里面露出粉白的花生粒，我随便一抹，不管脏不脏了，就填到嘴里吃起来，花生甜嫩的清香萦绕在嘴里。扭头一看，爸爸也在剥着吃。一路走着来到一片开阔地，那里种了很多松柏，爸爸说这一片地是四爸家的，我心想四爸家好富有，有房有地有树，吃的蔬菜和水果是自家种的，每天呼吸的空气都是新鲜的，听到的音乐是虫鸣蛙叫。我想生活的本质就是朴素的，只是我们的欲望把它装饰得五颜六色。

老杨同志的老年生活

远在四川的姐姐大约每隔两年就回来探望一次父母。

2016 年猴年春节，我们一家又团聚在一起。

年三十晚上，我们做了一桌丰盛的菜，团团围坐在茶几旁，准备一起吃除夕的团圆饭。妈妈吩咐哥哥把酒拿出来，我们一看竟是茅台。

倒酒的工夫，姐姐悄悄地对我说："你知道为啥今天喝茅台？"我说："因为你们回来了。"姐姐说："不是，今天喝酒有特别的意义。"我傻傻地问："有啥意义？"姐姐眨眨眼，笑眯眯地说："你等下就知道了。"

我们每个人的面前放着斟满的酒，妈妈举起酒杯笑吟吟地说："今年的 2 月 6 日是我和你们的爸爸结婚五十周年的日子，我们全家人也都团聚在了一起。在这五十年里，风风雨雨，我们吃过苦，受过累，哭过，笑过，走到现在不容易，三个儿女也都争气孝顺，我们很知足，也很高兴，我们一起干杯吧！"

我恍然大悟，原来前两天是父母金婚的日子。我看看爸爸，瞅瞅妈妈，再望一遍大家，除了两个小孩子貌似还在自己的世界里，每个人脸上都笑意盈盈，心有感动。

我们姊妹三人从不知晓父母的结婚纪念日。在我们的央求下，爸爸从小卧室书桌的抽屉里拿出一个干净的牛皮纸袋，从里面抽出一张纸展开，小奖状般大小，这是父亲和母亲当年的结婚证，平整的连一个折角都没有。被父亲保存得这样完好，必是当作珍爱之物，即使过了五十年，除了纸张泛黄外，字迹还是那样清晰，虽然少了光泽，但却多了一份安宁古朴的意味。

姐姐说："你看妈妈的手腕。"我一看，一只金镯正在妈妈的腕间悠然晃动。

姐姐说，2 月 6 日那天，爸爸带妈妈去金店买的。镯子的花纹是爸爸挑的，买好后也是爸爸给妈妈把镯子戴上去的。我脑子里出现了一幅场景，一个老头带着一个老太太，两个人头发花白，衣着朴素，互相搀扶着在珠光宝气的柜台前，他们弯着腰挑选着，然后爸爸粗糙的手拿起金镯子，认真地给妈妈戴在手腕上，妈妈欣喜地晃晃自己的手腕。这样的场景里我似乎还能看到服务员眼里的暖意和羡慕，因为这种感觉此刻也在我的眼里，我觉得这场景真的很浪漫。

从始至终，从我们举杯到看完妈妈的镯子，爸爸一直坐在一旁，默默地笑而不语。爸爸这一辈子，生性耿直，不善言辞，在单位上踏实工作，老实忠厚，不懂也不屑溜须拍马之术，也许看似失去很多，但我一直觉得只求心安之人必有后来之福。

几年前的一天，爸爸在街上走得急摔倒了，嘴巴磕到马路牙子上被豁开了一个口子，同行的哥嫂急忙把他送到二十二医院缝针。那是我印象中爸爸第一次住院。

有一天我去探望，妈妈也在。妈妈看到爸爸躺在病床上吃不了饭喝不了水的样子，对爸爸说："老杨你不能有什么事，你也不会有什么事的，你是老天赐给我的好老公！"爸爸妈妈一辈子没有在我们面前说过情啊爱啊之类的话，可是年近七十岁了，用这种方式来表达心里的急切，我只有感动二字。

爸爸和妈妈如今都有高血压。妈妈每次亲手把温水和降压药送到爸爸手边，两个人一起吃，而爸爸会记得妈妈喜欢吃什么，一日三餐做好端上饭桌。有时我们一起出去吃饭，走在路上，妈妈总会叮嘱我们去扶爸爸，现在不叮嘱了，因为两个人互相搀扶着，哪怕走得慢，但总是在一起。他们偶尔也会因为一点小事拌几句嘴，譬如今天的菜盐放少了，肉没有煮烂等诸如此类的，妈妈总是那个唠叨而心软的人，爸爸也总是那个沉默而宽容大度的人，两个人一起走过的五十年里，形成的默契和习惯、亲情和温暖是给我们姊妹三人的一笔丰盛的财富。我们即使在外经历了风雨，但回到他们身边，就是回到了家，哪怕只是和爸爸妈妈柴米油盐地闲聊，但那种来自心底的安宁和踏实会润物无声地弥漫开来。

老杨同志与我

小时候，我放学一进家门，爸爸在厨房里就会喊先吃个苹果吧，红彤彤的苹果已经洗干净放在茶几上。

从我记事起，爸爸每个月发工资后都要给我十块零花钱，这在当时已经很好了。我想吃的零食想买的书，自己总会有计划地花费，有时钱用不完也会攒起来，到高中毕业时，自己已存了一笔小小的存款，大概有二百多块，我还去银行给自己开了个账户，拿着存折的感觉是那种模糊的喜悦和独立感。

在我的成长岁月中，爸爸从未训斥过我，从未用大人的口吻说你应该这样，你应该那样。从小到大，我做的每一次选择都是我自己完成的，从初中毕业选学校到高中分文理科，从高中毕业是否补习到自己的婚嫁，老杨同志从未用家长专属的控制欲去替我规划人生，只是默默地给予我温暖，允许我有自己的想法，尊重我生活的方式，我要出去时不阻拦我，我受伤回来时他总在等我。我觉得，这是爸爸对我最大的疼爱。

记得我出嫁那天，爸爸一大早起来做了一桌可口的饭菜。迎亲的人来了，家里热闹而混乱。也许是我太专注于自己的感觉，一直没有注意到爸爸的情绪。婚后的某天，我的伴娘也是我的高中同桌对我说："你结婚那天，你爸一直都不太高兴，你出家门的时候，你爸一个人转身进了厨房。"我听了后心里好半天难受不已，为自己的不懂事而内疚，脑子里尽是爸爸消瘦而孤独的身影。我知道爸爸一个人进厨房是心里难过不想让别人看出来，那时我应该走过去说一句：爸爸，我走了。可我却把这一天最应该对父母表达的感恩疏忽了，从此便有了遗憾。

如今，爸爸老了。有时打电话过去，他都因耳背听不清我在说啥，就算听清了，好像一时也反应不过来我说的是什么意思，最后都要叫妈妈来听，每当此时，我心里说不出是什么滋味。曾经那么健康洒脱的一个人，骑着自行车驮着我上学上街，如今却走路蹒跚，腰腿佝偻。回首望去，光阴似箭，其实万水千山，我们每个人都抗拒不了时间的流走。

每每回家，陪老杨同志聊天，因爸爸少言寡语，我们就一起看新闻频道。虽然我一直对各种新闻兴趣不大，但有时也会发表一些幼稚的言论等爸爸来评价，国外新闻中这个党那个党的我搞不清楚，也还会去问爸爸是怎么回事。我们两个人就那么有一句没一句地聊着。

我们这一代过的是和平生活，而我们的父辈们却经历了社会的动荡和变迁。

记得前两年电视上说台海局势紧张时，爸爸和妈妈两位七十多岁的老人也在家里义愤填膺，那种朴素且坚定的正能量让我起初想笑，然后感动，最后是惭愧。

这两年，老杨同志得了老年帕金森病，两只手会不自觉地抖动。有时，我会忍不住去握住爸爸的手，粗糙而苍老的一双手，指甲长得很厚且有些变形，这双手让我心里似乎被一根细小的刺扎了一下。好像此时，我才知道爸爸真的老了。

一天，看爸爸在阳台养的花草茂盛娇艳，一副被悉心照料的葱茏。阳光透过干净的玻璃洋洋洒洒地把明媚铺满整个房间，厨房里，爸爸摊煎饼的香味一点点地弥漫开来。

好在，这时光虽荏苒，我们一同走过。

故乡的伙伴们（三篇）

小 欣

再次见到小欣哥，是在 2008 年的夏天。

那一年，因为汶川地震，姐姐所在的城市都江堰成为重灾区，一向不爱出远门的爸爸决定要去看望姐姐。

从都江堰出来，爸爸说我们回一趟老家吧。妈妈当然是愿意的，多年在高原生活，拖家带口回老家的计划总是不能成行。而我，因为从来没有回过老家，心里便有了一份期盼。所以，我们三人一同坐上成都到南阳的火车。

南阳，不仅是我们的老家，也是小欣哥的老家。

小欣哥的妈妈，曾和我的妈妈一起在马海学校教书。我们的父亲都是当年一起在河南安阳部队服役，转业后又一起参加了青海生产建设兵团，最后又一同来到马海工作生活的。我和小欣的两个妹妹小萍和小琪都在马海小学部读书，平时一起玩耍一起吃冰。小欣哥的姐姐小环姐和我的姐姐曾是马海中学部的校友。我们的生活轨迹如此相似，以至于多年后将要重逢时，仍然有亲切的感觉。

我的爸爸妈妈也在回忆的念念碎中期待着再次相逢。

童年的小萍是妈妈总要我学习的榜样。因为我上学早，刚开始是一年级的旁听生，后来妈妈看我还跟得上，就按部就班地上下去了，但有些课会考不及格，我的小学成绩册被爸爸保留下来，上面不及格的红色分数现在看来还是挺触目的。而小萍不一样，小萍学习很刻苦，小学阶段的六年制义务教育，小萍只用了四年，中间连跳了两级。妈妈总对我说你看人家小萍，后来我上完四年级，妈妈便直接让我上了六年级，小学毕业时我只有十岁。

小萍的哥哥小欣比我们年长三四岁。

那时我们家已经搬到新场部了，小欣家还在三站。有时妈妈带我去串门，妈妈和王阿姨在屋里聊天，我和小萍、小琪还有小欣在外面做游戏。

我们当时玩的最多的是一种叫"鸡毛信"的游戏。"鸡毛信"的故事里一个叫海娃的放羊小男孩帮助父亲把一封粘着三根鸡毛的信送到另一个村庄的八路军手里，但路途中可能会遇到鬼子搜身，海娃便把鸡毛信藏在羊群头羊的羊尾巴下面，最后顺利把鸡毛信送到了八路军叔叔手里。

我们喜欢这个游戏的原因是可以把自己扮作那个英勇的小孩子，把一张其实什么都没有写的空字条在自己身上藏着，看其他扮作鬼子的小伙伴怎么找，他们找不到就急得抓耳挠腮，转着圈找却无从下手，扮成海娃的小孩子就会洋洋得意地哈哈大笑。

有次轮到小欣当海娃，我们翻遍他衣服的角落，甚至让他脱鞋子袜子也没找到，最后还是小欣自己笑着翻开他衣服上的一个补丁让我们看，原来纸条藏在小补丁里。

那时每一家的生活条件都差不多，小孩子们经常穿着带补丁的衣服，从来不会觉得有什么丢人的，尤其是裤子后面爱磨烂的两个屁股蛋会被妈妈们用缝纫机缝出一圈一圈的补丁。

小欣是家里的独子，他还有一个姐姐两个妹妹，姐妹们之间小一些的孩子总拣姐姐的衣服穿，小欣是男孩子，没有衣服可以拣着穿，衣服就补丁摞补丁。现在想来，我们那时对此并不在意，穿着土气的衣服，却高兴得没心没肺，一个现在看来索然无味的游戏却玩得兴致盎然。

小欣的妈妈王阿姨是一个坚强的女人。

1990年春节一过，王阿姨带着四个孩子从青海回到老家南阳。虽说是回老家，但时过境迁，环境的陌生和生活压力像一张巨大的网扑面而来。

当时在马海，虽然生活也贫穷但并不觉得日子难过。而初到南阳，在这个

熙熙攘攘的城市里，生活的拮据就真实地显现出来了。

当时王阿姨一家，只有老大小环姐刚高中毕业，下面的一个弟弟两个妹妹尚未成年。

王阿姨当年在马海，和我妈妈一起努力学习，费心费力后考到的教师资格证在南阳不予承认，说马海学校是农场自办的子弟学校。当时南阳市还有一项政策，外来人口想要在当地落户是可以的，一个大人可以带两个孩子落户。王阿姨咬咬牙先给小环姐和小欣落了户，把两个妹妹的户口落到周边的一个小县城里，然后她费尽周折地找到一份在黄牛厂子弟学校当老师的工作，而小环姐也在工厂打工，两个人一起供三个孩子上学，没有房子，一家人就租房子住。

1991年，小欣哥初中毕业，那年他15岁。为了减轻家里的经济负担，他报名去当兵，可身形瘦小，小欣担心人家不要他，他就往自己身上套了好几件衣服，以期看上去稍微壮实些。最终，小欣如愿以偿当了一名消防兵。

一年半后，王阿姨也把两个妹妹的户口转到南阳市。

生活总是不会亏待老实厚道的人，凭借自己的努力和辛苦，王阿姨一家的日子逐渐过得好起来。

有时会想，一个女人对生活苦难的承受度不亚于一个男人。当王阿姨身处无可依靠的境地，独自带着四个孩子，没有工作，没有经济来源，没有房子，更重要的是没有外在的力量让你依靠，这般生活的境遇，逼得你除了坚强别无选择。

有一次，我悄悄地问妈妈，"王阿姨家的叔叔呢？"妈妈叹口气说："在马海那几年，日子不好过，你叔叔人不在了。"具体如何，我也不想探究。命运的河流里，每个人的酸甜苦辣都像一朵小小的水花，虽波澜不惊，却是拼尽了全力。

和王阿姨一家的重逢和想象中一样充满了温暖。

老友重逢，自然少不了一番寒暄，从二十多年前的分别一直絮叨到如今的家长里短，似乎有说不完的话题。爸爸一直坐在旁边安静地倾听着，虽然没说多少话，但我想他的心里也在翻涌着往事。

我一边听着两位妈妈的谈话，一边打量着这个朴素而温暖的家，干净整洁，洒满了阳光，厨房里飘来饭菜的香气。我循香来到厨房，看到小欣哥正在热火朝天地炒菜，小环姐在一旁打下手，笑语寒暄里，我们互相地打量，岁月的痕迹还是不知不觉改变了我们的模样，儿时记忆里模糊的印象在眼前人身上一点点重叠并吻合起来。时间，真好，见证了真情，磨炼了心灵，沉淀了记忆，经历了人生。

一席人在摆满了饭菜的桌前坐定，为将近三十年后的重聚感慨不已。

我悄悄地看向王阿姨，眉眼虽已老去，眼角伏满岁月的褶皱，头发也已花白，但衣着朴素大方，一头短发整齐利落，眼神和祥坚定，曾经当过老师的那种气质淡淡地散发出来。

恰巧，小欣的姑娘放学回来。六七岁的小孩进了家门便将沉重的书包拖在地上准备拉进来，引来奶奶一顿呵斥，小姑娘虽不情愿但还是听话地把书包抱起来走向书房，大家一阵善意的笑。我心想王阿姨和妈妈一样，对子女的教育也是带着老师般的严厉。

如若经历了种种苦难后，依然善待生活，善待自己，不埋怨，不自大，从容微笑，这该是一种境界了吧。

听王阿姨讲，如今她与老二小欣一家同住。小欣待她非常好，有新鲜的水果上市，小欣总是惦记着买回来，家里有什么好吃的也是先让给妈妈吃。下班后，小欣也是赶忙回家，下厨给家人做好饭菜，很少让妈妈在饭食上劳累。

饭后无事，王阿姨带着妈妈在每个屋子转一转。在王阿姨的卧室，我们看到了供奉的菩萨。王阿姨的佛缘也许就是在过往的艰难里结下的，这一选择其实也影响了孩子们。小欣的别名叫一念。在佛的世界里，一切都是清净的、圆满的，不清净、不圆满的是自己的心，凡夫成佛就在一念之间。

看到王阿姨供奉的佛像，我想人的精神总是要有所依托的，有时单靠自己的力量，总有崩溃和坚持不下去的时候。我不懂佛，但我知道生活需要修炼，红尘的修炼远胜于遁世的修行。

到了南阳，总要看一看白河。

白河离王阿姨家不太远，步行大概五十分钟就到了。白河旁，大家席地而坐，微风拂面，凉爽宜人，岸边小草的清香扑鼻而来，河水"哗啦啦"地流着，

水汽氤氲，空气湿润温和，一眼望去，似乎河水也随着眼神远远流走。

爸爸妈妈和王阿姨一行在白河边流连了很久，说着过去的事情，如歌的往事如同流淌的白河水，"哗啦啦"地轻吟浅唱，从这一边流过来，往那一边远去。

行走在这个城市，总有些特别的感觉，不仅因为我们的老家在这片土地，也是因为有故人在。

军 军

走到门前，心里有些忐忑。不知道即将见到的面孔会不会陌生到有如初次见面。

毕竟，有二十多年没有见面了。

这些曾经一起长大的小伙伴，是我记忆里的温暖。童年，好似在明媚的阳光下一把疯长的草，没有父母太多的管束，却有一大群和你一样贪玩的小伙伴。大家一样背着妈妈做的各式布书包，穿着哥哥姐姐们已经穿不上的衣服，脚上踩的是妈妈在午后的阳光里拿着针锥纳出来的布鞋。小伙伴们会互相串门，去你家的院子里踩踩爸爸的大自行车，去我家找点好吃的拿出来一起吃，也会三五成群到房后的菜地，拔个谁家的萝卜再薅把谁家的麦穗，或者藏到红柳包里玩捉迷藏。直到薄暮四起，炊烟缭绕，直到妈妈们喊着回家吃饭的声音在场院响起。这样的童年，总是充满了明朗的暖意，每每想起，眉眼也舒展灵动起来，似乎想穿越时光回到过去。

推开门，一屋的人。各种视线不约而同地聚来，微笑的、讶异的、疑惑的、探寻的。我略微紧张，局促地笑着，一一扫来，我的小伙伴们，是你们吗？

应该没有军军。也许是没有联系到吧。

我一直觉得自己是个无趣的人，尤其是在各种以聚会为名义的饭桌上。我不会插科打诨，不会笑意逢迎，总是旁观着别人的热闹，安静地填饱自己的肚子。

还好，在这个童年伙伴重聚的时候，不需要这些东西。不知道哪位同学端起茶杯说，我们今天的相聚不为别的，只为了童年。是啊，一路走来，虽然我们走散了，虽然再见时陌生了，但因为有相似的童年，所以我们生活的根是联系在一起的。

饭罢，还是不能免俗地去某个 KTV 玩耍。

杂乱的间隙，我去了一趟卫生间。回来推开门，便看到沙发上躺着一个人，穿着蓝色棉袜的脚冲着门口。走过去打量一番，瘦削的身躯蜷缩在一起，裤腿有些脏，脸朝里，不知是谁，刚才是没有他的。听霞霞说，这是军军，在别的地方喝得烂醉，才来。

从来没想过再次见到军军会是这样一个场景。

记得在马海时有一年的冬天。那时我们年纪尚小，记忆也不是很清晰，我跟在大人的身后前行，仰首四处望去，不知道发生了什么事情，马海场部的大人们都聚集在一起，黑压压的一群人，神情严肃。我从人缝里往前看去，看到军军和他的哥哥们头上缠着白布条，身上穿着白衣低头走来。后来听大人们说是军军父亲去世了。很多年过去，有些事情已经模糊了，但是当年看到的这个场景却一直留在脑海里，军军瘦小的身形，白色的衣裳，像一张旧照片定格在那一刻。

那时年纪小，不懂生死，亦不懂安慰。

在我的印象中，童年的军军相貌俊秀，性格安静，有些忧郁。那时，我们上小学的女生流行一种欺负男生的方法，用指甲掐男生胳膊上的肉，是用指甲尖掐，掐住的肉也是一点点，狠点的，指甲还会转圈。小时候的我跟着同班女生也学会了，不过很少去掐别人，掐过一次军军。记得当时他的表情安静而隐忍，嘴角还露着一丝笑，不像其他小男孩会疼得大叫，我心里暗想难道不疼吗，不自觉手上加了一道力，他还是那副表情，最后是自己讪讪地松开了手。

那时我们还喜欢在土堆上挖陷阱，挖好后往里面灌点水，陷阱口用干草虚掩，干草上再撒一层薄土，做好后便开始兴奋地寻找"猎物"。我们一步步引诱那人走到陷阱口，看到他失足时惊慌尖叫的窘样，周围本来佯装无事的小朋友便爆发出幸灾乐祸的大笑，那人气急想要打来，小孩子们早已四散逃走。一个游戏玩久了就没了新鲜感，就像狼来了喊三遍就没人再相信一样。

他父亲去世后不久，军军和他的小伙伴在电视塔旁的一棵大树下，费了几天工夫挖了个很大的地洞。挖好后我和霞霞钻进去参观了一番，虽然光线阴暗，但借着洞口的光可以看出里面很宽敞，洞壁也还算平整，上面还嵌着几块好看的毛玻璃。我至今还记得在这个洞里时，心里涌现的好奇和欣喜，好似进入了一个现实之外的无比特别的世界。阴暗的光线里，军军还是那样一副不忧不喜的神色，他是想体会一下在地下的感觉吗？

喝醉的人总有清醒的时刻。坐在面前的军军已不是童年时那个安静俊朗的少年了，他熟练地吐着烟圈，眉头的皱纹若隐若现。当酒意不再浓，便开始只言片语回忆过往的经历。他说，他还学过相声呢，我说，真的吗？军军大笑一声，说，这你也相信。是的，时过境迁，随着时光的流逝，有些东西早已改变，不变的是我们的记忆，我们以为自己没有改变，其实在别人的眼光里，早已满目沧桑。

我想，我不是讲故事的人。我们每一个人的经历也许很平淡，没有大风大浪，更没有曲折迂回，但是用慈悲的眼神去审视，用点滴感悟的心态去回忆，似乎，我们每一个人走过的岁月又都是一部丰富的、充盈的诗歌。

军军越走越远，从童年的马海，到故乡的平安，再到遥远的南京。也许是因为生活牵着，不由自主地走到那里了吧。

从那年的相逢到如今，我和军军也只是断续联系着。有时会在微信上看到他生活的一角。他会和朋友在下班后小聚，杯盘狼藉。他会在"光棍节"那日晒一下自己的照片，一本正经地提示别人看右下角的时间，不过是 11 月 11 日的 11 点 11 分。他也会在过大年时发一张家里亲人热热闹闹聚会的照片，并配上文字说明，"看我老娘这扇子舞的"。偶尔也发首歌，或者，发张去哪里游玩的风景照。仅此而已。成年人的世界都有些相似，但肯定是各有各的不同。我们努力用流光影色来掩饰内心的浮躁和孤独。

有一天，军军说："以后我们一起去尼泊尔徒步吧？"我嗫嚅着。脑海里突然出现两个问题，第一，尼泊尔在哪里？第二，我可以吗？这是对自己的质问。我缺乏锻炼的体能，已经病态的颈椎，还有不喜外出的宅，无一不在这个问题上给我自己画了一个大大的问号。我的嗫嚅源于自己的犹豫。我想说我喜爱旅行，我喜爱在路上用心听景，我也想说世界那么大，其实我也想去看看。可是，好姑娘，你要明白，你的喜爱需要你的努力才可以实现，拖着虚弱的身体，你能走多远呢？

所以，亲爱的军军，我的好朋友，谢谢你给我这个问题，虽然只是闲聊，因为，从未有人这样问过我。我在百度上专门搜了尼泊尔，并且认真地看完。这个提议不错，很好。

虽然实现的可能性不大，但是有希望总是好的。愿我们的每一天虽没有面朝大海，但依然春暖花开。

雁　姐

从没想过会在那里遇到他们。

大概是十几年前的一个夏天了，有一天去医院看病。看完病走到医院门口，忽然听到有人叫我，回头望去，是雁姐，站在杨树下，她身旁是占营哥，坐在花坛边的木凳上。两人看着我，亲切地笑着，那种笑不是寒暄客套的笑，而是带着一种兄长和大姐的朴实和关爱的笑容。我猜他们当时心里一定在想，当年那个上幼儿园的小丫头已经长这么高了，毕竟，我是他们从小看着长大的。

那时正是高原八月时节，杨树叶绿意正浓，偶尔一阵风吹过，叶子沙沙作响，他们背后的天空湛蓝如洗。我走过去，也笑着看着他们，寥寥数语，就此分别。转身离开时，似乎还能感觉到他们关心而温暖的目光。那种暖，一直记在我的心里。

只是这一别，再也没有见过占营哥。

那时的他，已是病入膏肓。

我认识的雁姐是一个典型的陕西女人，说她"典型"，是因为她身上有陕西女人特有的泼辣和贤惠。

三十年前，她的那个他，也就是占营哥有了外遇，这在我们那个偏僻的农场引起了很多风言风语。

二十年前，作为司机的他因为领导的一桩贪污案牵扯进去，和领导一起坐了监狱。

十五年前，他在监狱里得了绝症，被保外就医，不久便撒手离去，留下雁姐和他们尚年幼的女儿。

最后一次遇见他们的那个场景，真的就像是一幅静止的画面，深深地烙印在我的心上。干净的蓝天，温暖的笑容，雁姐站着，占营哥坐在她的身旁，安静地看着我。我也说不清楚是什么感觉，有一点感动，还有一点心疼。

那时候的占营哥已经没有工作，雁姐在一所学校的后勤上班。我知道他们一同经历的坎坷和忍耐。他们是我父母在马海的朋友和同事。我的手机里一直存着雁姐的手机号，但从未去拨过。

我只是觉得，不离不弃才算是真正的夫妻吧，看清了对方的不完美，却还是和他割舍不掉亲密的联系，那一缕心田的幽香让人深深地沉醉。

有人把爱情比作茶，回味无穷，比作酒，历久弥香。我却觉得，爱，如水无香，喝一口平淡无味，却是一生之中都需要的，没有浮华的修饰，朴素而温暖。

就像他和她。

潘阿姨

2010 年，我们档案馆曾经做过一次面向全社会的档案征集活动，意在从民间和个人手中征集到一些能够反映格尔木建设历史的有纪念意义的物件。这次活动中，我遇见了潘阿姨。

当时的潘阿姨应是年近七旬，朴素干净的衣着，脸上架着一副黑边近视眼镜，花白的头发有些凌乱。她给我们送来的是一张两寸大小的黑白照片，照片上是两位年轻的姑娘趴在平房的窗台上，向窗外看去，脸上洋溢着朝气蓬勃的笑容，从眼神里似乎都能看到对美好生活的向往，窗台上放着三盆大蒜泡发的蒜苗。

潘阿姨说这张照片拍摄于 20 世纪 60 年代，靠右边的那位女孩就是她。当潘阿姨把这张照片递给我时，我的心中不禁感慨万分，那时她正青春年少，此时她年已老矣，时光的消逝似乎在一眨眼间就倏忽过去了。

十年间，我常在垦源小区（农场职工家属院）见到潘阿姨。小区的老人们都喜欢坐在楼房拐角的阳光处，三五一群地晒太阳或者拉呱，暖洋洋的，有兴致好的人便在树荫下围成一圈打纸牌下象棋，还有的老太太叫上老伙伴一起去超市排队买鸡蛋，顺便聊聊彼此的子女们。潘阿姨不喜凑热闹，不爱去那拐角处和树荫下。她总是一个人，戴一顶米黄色的遮阳帽。她一个人踽踽独行，去超市去公园，偶尔遇到熟人，停下脚步攀谈一番，而后一个人继续慢行。有时见她，是去超市的路上，有时是从超市回来的路上，提着一袋蔬菜或一袋水果。我也从未见过她的老伴，或者子女。

潘阿姨的那张年轻小照总是在我心头萦绕。我还记得当时她送来照片时，我问过她，"怎么没回老家？"潘阿姨说，"一身病痛回不去了。"

后来，我想去拜访一下潘阿姨。我们每个人的足迹在时间的长河中可能不值一提，但那张年轻小照会提醒着我们。但真正去拜访潘阿姨已是十年后，此时的潘阿姨已年届八十。

去年，我在超市遇到她。我们边走边聊，我提到了当年她送来的那张照片，潘阿姨思维清晰，说："那是当年在拖拉海照的。"我说："我可以在你方便的时候去你家，你给我讲讲当时的事情吗？"没想到，潘阿姨委婉地拒绝了我，说："我不喜欢有人来找，当时的很多事情都记不清了。"我心里愣了一下，觉得有些遗憾。说声打扰了，便跟潘阿姨告辞了。

回来后想想，觉得这样的拜访可能也不需要了，老人喜静不愿被打扰也是可以理解的。我知道，潘阿姨是 1966 年来格尔木参加军垦建设的山东知青，这就足够了。

20 世纪 60 年代，青海省生产建设兵团筹建处在山东招收城市知青，得到了广大青年及家长的热烈响应，社会上掀起了一股送子女报名参加祖国西部建设的热潮。1965 年国庆节前夕，青岛市首批 800 名青年被批准前往青海。在纪念建国十六周年的游行队伍中，这 800 名刚被招收的知青也组成一个方阵，成为最受市民注目的一个特殊方队。

1965 年至 1966 年间，从山东青岛、烟台、潍坊等八个城市招收来的知青被分别安置在格尔木和马海地区。

潘阿姨，就是这山东知青中的一员，被安置在格尔木的拖拉海地区。

　　拖拉海，在格尔木以西，曾经是中国人民解放军生产建设兵团青海省农业建设第十二师三团所在地，二团驻地马海，一团驻在格尔木以东至大格勒，工程团驻地小岛。像潘阿姨这样的知青来到格尔木拖拉海地区，成为军垦战士后，主要从事修渠、垦田、播种、收割等劳动。

　　在我馆馆藏资料中，我发现了一本出版于2006年的画册《情系拖拉海——青海生产建设兵团三团十一连40周年纪念》。在这本画册里，一张张图片记叙了山东知青们1966年4月从黄海之滨来到柴达木盆地劳动、生活的场景，四十年前的那些青年们满脸稚气、青纯可爱，也有漫漫四十载后他们历经沧桑、欢聚一堂的图像。在这些照片里，我又一次看到了潘阿姨的那张年轻小照。

　　我想，一个人的时光，柴米油盐，抑或酸甜苦辣，在历史的长河里渺小如一粒尘埃，但对于我们每个生命个体来说，那些曾经热切盼望过的日子，那些我们痛哭流涕的日子，那些阳光灿烂温暖的日子，那些漫天风沙吹过的日子，却是我们拥有的全部，这些都藏在我们的记忆里，似乎被铭刻了一般。多少年后，偶然想起来，可以笑一笑，愣一愣，也可以摇摇头，然后湿了眼眶。

纪念伊洛和苏德

　　两年前的一天早晨，我上班的路上被一辆车追尾。那辆车是个女司机，我们两个在马路上纠磨了好一会，她说："你为啥要紧急刹车？"我说："你干吗离我那么近？"

　　想起这个日子，就会顺带想起这个追尾小事故。

　　我之所以会把这个日子记得这么牢，是因为那天早晨，我在医院参加了一个追思礼拜，那个相框里黑白色的人，是我的朋友伊洛。

　　虽然每个人的死亡都是最终的归宿，但伊洛的离去第一次让我觉得"死亡"离自己这么近，近得不可思议。

　　那天，我站在人群的最后，看着相框里从容的伊洛。他的小儿子捧着他，小小的身躯因为悲恸、因为寒冷有些发抖。伊洛看着大家的悲伤，平静无语。我在想，你是和大家开了一个天大的玩笑吧，就这么猝不及防地走了，就像江湖退位，躲在安静的一角看别人继续演戏。也许，这是死亡的本来面目，来不及预约，来不及商量。

　　伊洛是做养生的。之前他一直在研究如何治疗、改善少儿眼睛的假性近视，经他手调理的三十多个孩子的视力都有了明显提升，他曾经说他一直以为导致近视的主因眼轴距是不可逆转的，但他最后发现眼轴距其实也可以逆转，但需要很长的时间，大概一个月甚至更长的时间能降一微米。虽然我不太懂，但觉得一个人有自己热爱的事业总是一件好事。

　　从伊洛的朋友圈，我第一次听到了"成人达己"这个词。伊洛的原话是：成人达己真的是一件很开心的事情。简单地说，就是帮助了别人也实现了自己的个人价值。就这个话题，我们专门有过一次探讨，他说其实所有的工作都是在为人民服务，这是毛主席说的，个人价值的体现其实就在于对社会对他人的付出，这种付出得到的幸福感是物质消费后获得的幸福感远不能比拟的。他的这段话，让我一直记到现在，记忆犹新。

　　说实话，伊洛所有的时光都不在体制内。高中毕业后，他打工，开商店，干快递，最后和妻子一起进入养生行业。虽然经历普通，有些不起眼，但他所拥有的智慧，是我所欣赏的。而我，我们，已经习惯了单位带给我们的生存安稳感，不知不觉地，我们有了表里不一的虚伪，流于世俗的世故，自以为是的狭隘，和莫名其妙的优越感。我们以为世界就是这样了，其实就像井底之蛙，窥一方而谈天下。

　　伊洛的一儿一女，依偎在他妻子身旁，年迈的母亲步履蹒跚。他的离去，就像家里的支柱突然坍塌。生活本不易，所谓的坚强是在时光里练就的。以后的岁月，不因你的幸福而延缓一分，更不会因你的悲伤而疾走一秒。直到今日，我还是不愿相信一个人就这样悄悄地从生活里消失了，永远也不会有联系。一位患淋巴癌的好友姐姐，做了六次化疗，头发全部脱落，再见我们时，头发已经长出来。我们的内心还在想着合适的措辞，想着如何安慰她，她却谈笑风生，笑意盈盈，化解了我们对她的怜悯。她说现在的她生无忧死无惧。生无忧，死无惧，这般的坦荡与潇洒。伊洛和她，让我开始重新审视生活，审视生命。

　　追思礼拜后的不久，我去看望了他的妻子小敏。家里有些凌乱，小伊洛窝在沙发里看《西游记》——一本带插图的书籍。窗台上的小花长得清淡而雅致，小敏的脸庞在我看来多了几分坚毅，无痛无泪。这个柔弱的女子带着两个年幼的孩子，前路漫漫。我不善于劝慰别人，也知道有些路总要自己一人去走，但别人的关心也是一种温暖，可以抵挡几丝生命的严寒。

　　那一天，是九月二十一日。

　　谨以此，纪念伊洛。

2009 年夏天，我和苏德一起去辽宁沈阳参加培训。

那是我们第一次见面。

之后在和沈阳的主办方一起聚餐时，主持人建议会才艺的可以献歌，一时之间，悠扬动听的花儿、高亢嘹亮的藏歌让人们大饱耳福。有一位蒙古族同行献上一首蒙古歌曲，唱得很好听，让人宛如身临草原。

然后有人说苏德的歌唱得好，让苏德来一首。主持人也极力鼓励苏德上台，苏德很坚定地说不唱，只坐在那里摇摇头，也没有多余的话，这让推荐她的人和主持人有些无奈和尴尬。

当时和苏德同坐一桌的我有些诧异，虽然没有听过苏德唱歌，但我觉得她一定唱得不错，蒙古族是有这方面的天赋的。当大家的关注点转移到其他人时，苏德面对一桌人诧异的目光，淡淡了说了句：已经有人唱了，我不能再唱了。

后来我细细揣摩这句话，才懂苏德的意思。苏德是蒙古族，在当时有人力荐她唱歌时，已经有人唱了一首蒙古歌曲，如果苏德再唱，作为听众的我们势必会对两位的音色等进行比较，如果苏德唱得比那人好，是对那人的不尊重，如果苏德唱得不如那人，苏德也有苏德的骄傲，不是吗？

人和人之间的缘分很奇怪。那次培训，从坐火车出发开始，我和苏德一直走得很近，吃饭、游玩都在一起。但凡有喝酒的场合，苏德就挡在我前面，说这是我妹妹，她不能喝酒的，然后把我的酒一饮而尽，这是最让我感动的。因为我知道，这个世界上除了自己的父母和家人，别人没有义务对你好。所以我一直珍藏着这份情分，生怕弄丢了。

这次培训过后，我们各回各地。我和苏德也只是偶尔联系一次，不过一直没有中断。

几年后，我和苏德因为工作关系在西宁第二次见面。这一次我终于听到苏德的歌声，和我想象的一样，歌声充满了草原的悠扬和干净。当时苏德说要送给我们每人一首歌。到我时，苏德唱了一首《我和草原有个约定》，只因之前一次聊天时，我无意中说起我很喜欢这首歌。

那次我和苏德住在一个小旅馆，朋友送了一个大芒果，但谁也没有水果刀，看了半天，我和苏德一人一口换来换去地把那个芒果消灭了，谁也没嫌弃谁。

第三次见面，又是几年后了。

苏德所在的地区馆要申报国家级示范馆，有大量的工作需要完善，其他兄弟县市都来支援协助，领导派我来了。

来的那天晚间吃饭时，我一直在寻找苏德的身影，但没见到，我想大概她有事情没来吧。回到宾馆准备休息时，苏德一阵风似的来到我的房间，我很开心，像我这样不是那么洒脱而稍显拘谨的人来说，不善于用拥抱来表达自己的感情。不过面对苏德，很自然地，我们给了彼此一个大大的拥抱。

十几年间，我们好像就见了三面，通话次数也屈指可数。每次聊天，也没有什么印象深刻的话题，也不会聊彼此的家庭和心事。

后来的一天，我却得知苏德走了。因为结肠癌突发，从发现到离世不过三个月的时间。

苏德一直未婚，无子无女，走得了无牵挂。

得知消息的第二天，我打开苏德的朋友圈。发现2020年她的朋友圈只有一条消息，五月十三日那天，"在医院日子好痛苦"。我在手机备忘录里新添了一条，六月三十日苏德离世。我也不知道自己记录这个有什么意义，是怕以后时光流转，忘了有人曾对自己的暖吧。

就这样吧，好姐姐。似水流年里，不念过去，不惧未来，唯愿珍惜，好好活着。

伊洛和苏德，是互不相识的。她们是我的两个朋友，确切地讲，连好朋友也算不上，因为我们不常见面，也不常交谈，只是偶尔联系一下。我们没有浮华的相遇，只有朴素的交集。

但是今天，我却把两个人放在同一篇文字里，因为两个人的离去实在是触动了我。

这烟火人间每天都在上演生离死别，有时我们会毫无感觉，因为人间的悲喜互不相通；有时我们会心怀悲悯，因为这是自然的常态；还有时我们虽难过痛心，却无奈无力挽回，因为生与死之间本就是阴阳两隔。

活着的人继续活着，感知人间的风和阳光。伤痛和喜乐携着手，像一对好姐妹，站在你我的肩膀后，平衡着我们前进的步伐。如果有一天，我们要飞向天堂，应该是把它们炼化成了强大的羽翼，无谓伤痛，无谓喜乐。

我始终觉得，人和人之间是有互相救赎的。伊洛，和苏德，一点一滴的碎片，成了我想用"纪念"二字的源泉。

再回都江堰

姐姐后来回忆说，那天她午睡起来，坐在沙发上弯着腰正在系鞋带。突然一阵剧烈地摇晃，身后办公桌上的电脑显示器猝不及防地掉到地上，姐姐抬起头，透过玻璃窗惊恐地发现对面的楼房在左右摇摆。

出于本能，姐姐冲出门往楼道里跑，本来想躲到厕所里，可不知是谁一声大吼：往楼下跑！她就随着人流朝楼下跑。不知是强烈的震感还是未系好的鞋带，姐姐的脚步磕磕绊绊，后面的人又不断推她。跑到半路，突然又有人大喊：病人还在病房！大家才想起病房还有一些不能自理的病人，又返回楼上把病人一个不拉地抬运到楼下。

姐姐跑到楼下的时候，发现自己是最后一个下来的。楼下的院子里，医生们手忙脚乱地抢救病人，姐姐不知所措地蹲在墙角，第一个念头就是完了。

姐姐在都江堰的一所骨伤专科医院上班，从事财务工作。

当年的那个下午，同办公室的王姐不停地打电话，很紧张的样子。我奇怪地问她怎么了，她说四川地震了，我说震中在哪里啊，她也说不清楚。

回到家打开电视，看到铺天盖地的新闻，才知道地震的地方是四川汶川。

记得这个县城。从九寨沟出来沿盘山公路路过茂县（茂县的苹果很好吃，难忘），然后经汶川，离都江堰就不远了。

于是，我紧张起来。电视新闻里紧张的救援现场，倒塌的房屋，哭喊的人群，我害怕姐姐也是在那样的一种场景里。我开始不停地打电话。电话那头不是告诉我空号就是忙音，一直到晚上都无法联系。不由得设想了很多种结局，虽然不情愿，可电视上出现的一堆堆城市的废墟让我很难过。

当天很晚的时候，终于收到姐姐的信息。很短，只有六个字：地震，我们平安。这让我心中的牵挂终于释然了一点。

后来得知，姐姐在医院附近临时搭建的棚子里住了两晚。外面不停地下雨，棚子在风雨中发抖，到处都是残破的废墟，心中充满恐惧。生活在瞬间，就是另一个样子。

地震的第二天，姐姐说终于吃到东西了，一点点稀饭。

第三天中午，姐姐去了成都。因为担心有疫病，医生们不停地喷洒84消毒液。

可待了半天，姐姐说在成都住不下去了，要回都江堰。我问为何？她说她虽然不是医生，帮不上什么忙，但还可以回去看看能做些什么。

第四天，姐姐和小雷哥一同回都江堰做义工。那段日子，对姐姐和小雷哥来说终生难忘。

姐姐和她的医生同事们每天都在救助病人中度过。大家互相关心，互相帮助，每天都会见证离去的生命，每天都会看到陌生的面孔来到救援现场，大家不再斤斤计较，不再谈得与失，在心痛、惶恐、感动和温暖中一点一点走过那个五月的每一天每一刻。

小雷哥在姐姐工作的医院当志愿者。每天开车送病人到别的医院救治，也不停地拉来新的病人在这里疗伤，也会拉来一大车分派给医院的救援物资。

以至于多年后，姐姐医院的同事都记得他，见了面会亲切地叫一声："雷哥！"

2008年8月，以爸爸的倔强，如果不是因为姐姐在地震重灾区的都江堰，想要说服他去四川看望自己的大女儿是不太可能的。可这次，他心中有太多的牵挂。于是，爸爸带着妈妈和我，来到都江堰。

成灌高速路上的收费站从地震的那一刻开始，就停止收费。两边的红花绿草盛意正浓，盎然有致，看不出曾经经历过那样一场浩劫。

进入都江堰市区，李冰父子的像完好无损，李冰的手指指向远方，目光平静而坚定，儿子微微靠向父亲，顺着父亲的手指看去。

走进姐姐居住的小区，看到楼房的一侧被贴上"可使用"的标签。姐姐说，地震后相关部门对每一栋还存在的楼房进行了质量鉴定，可以居住使用的就要贴上这样的标签。

小区里依然如同上一次来时那样美丽幽静，一切都井然有序，行走的路人不慌不忙，有欢笑，有阳光，所有的一切都是那样平静。我们想象不出曾经的惊心动魄。

姐姐带我们走到幸福大道，街道两边的板房整齐地排列着，商家店铺早已人去楼空。透过玻璃窗，看到里面一片狼藉。以前繁华地段的百货大楼，成了一座空楼，楼前密集了许多临时搭建的小铺。荷花池市场也被新建的板房代替，街的两边有很多板牌，上面书写着某某店已迁至哪条路段，后面也会有一句话，"灾后重建，四川加油"。

沿荷花池市场过去有一条不知名的小巷，进去以后，我们才发现，这里已是一条空巷了。巷两边的楼房歪斜破损，透过空洞的门窗，可以看到里面曾经精致的装修，镂空带花的屏风旁，桌台上还有几只蒙了灰尘的茶杯散乱地放着，椅子狼狈地躺仰在地，早已没了安详坐卧的姿势，几只裹着泥土污垢的配不成双的鞋子，已经找不到曾经那双相依相暖的脚。

楼房的两边更多的是废墟，已经被清理过的新土里长出了茂盛的野草。那废墟的下面，曾经有过多少的呻吟和无助。

小雷哥说我们去向娥乡的莲花湖吧，那里景色不错。

向娥，一个不出名的小乡，因为这次大地震被许多人记住了。

我们沿着弯曲的山路前行着。一路上，我们看到很多正在重新修建中的房屋，劳作的人们在房屋的框架上一点点地挪动着，大家干得热火朝天，看不到颓丧萎靡的影子。我觉得，自然的灾难虽然是不可避免的，可是，人的精神力量更为强大。

到了莲花湖，才发现我们是唯一的来访者。

莲花湖湖面上漂浮着许多废渣和垃圾。远处有一轮小船，船夫拿着长长的笊篱在清理垃圾，湖边还有一顶蓝色的帐篷，上面写着"救灾"两个大字。每一处，大家都在安静地恢复往常生活的样子。

我们在湖边转了转，发现了一棵柿子树。于是，几个大人竟如孩子般要爬上树摘柿子，最后这个任务还是由雷哥来完成了。雷哥个子高腿长，年轻时警校毕业，身体素质总比我们要好些。

我在树下站着接柿子。我背的包大，装了很多，雷哥看着我的包笑着说："你是有备而来的吧。"我说："是啊，总要不虚此行的。"生活既然还要继续下去，还是要有一些乐趣的。

姐姐说，经历过这一劫，脑子里的很多想法都在悄悄地改变，知道什么是最重要的，什么是值得珍惜的，平淡、真实、幸福、快乐，是生命本来的颜色，即使我们平凡地度过一生，我们也不是生命的过客，我们有我们的精彩，只是不想在奄奄一息的时候，才追悔，我真的要走了吗？

这一次的都江堰之行，我实在不敢用"旅游"或者"游玩"这样的字眼来形容，我怕亵渎了什么。与其说我们是来看望自己的至亲之人，不如说，我们看到的，听到的，也是对自己的救赎。

我们离开都江堰回到高原后的一天，姐姐发信息说："昨晚有余震，把我摇醒了，我想再摇我家的房子就真的垮了，那一刻，真的好想妈妈，如果真有那么一天，什么都没有了，小妹，你自己一定要坚强。"

第二天一大早，妈妈就打来电话，说你姐姐也不知道遇到什么事情了，给我打电话什么也不说，只是哭得很伤心。

拥　抱

也许是受父母传统情感教育的影响，我们一直羞于用拥抱这种方式来表达自己的情感，觉得那只是属于电视剧里的浪漫。可是在 2009 年那个炎热的七月里，我却收获了一次小小的拥抱，记忆深刻。

那一年，因为市上要开旅游节会，有很多外地的宾客受邀来到格尔木，于是组委会从各个单位抽派人员驻在各宾馆做后勤工作。很巧，我和三个高三刚毕业的小志愿者被分派到驻火车站附近的一个宾馆里负责接待工作，我们几人便在一起共事了一个星期。

三个志愿者里有两个女孩。一个叫云，是个藏族小姑娘；一个叫瑞，是个回族小姑娘。

云大方可爱。有一天，根据行程安排，宾馆的客人们要去盐湖游玩，我安排云跟车和客人一起去。回来后，她跟我说在去盐湖的路上，导游在介绍完盐湖集团的发展历史后，让她即兴表演一个节目。云二话没说，站起来大方地演唱了一首藏族歌曲《美丽的贡布》，很受客人的欢迎，纷纷竖起大拇指夸赞小姑娘歌唱得好。导游也记住了云动听的歌声。隔天去昆仑山口和可可西里的时候，因为另外两个小志愿者要去学校填报高考志愿，所以还是派她跟车去。导游特意把她安排在第一辆车，并留出时间让她唱歌。

她回来对我说，姐姐，有北京来的客人说来到青海的格尔木，就像来到了月球一样，戈壁沙漠、雅丹地貌、千年胡杨、大美盐湖给人的印象太深刻太震撼了。我说是啊，他们从来没来过这么荒凉的地方，他们是看惯了婉约的青山绿水，乍一来，这种视觉的巨大反差让人难以忘记。我说今天你唱了一首什么歌呀，云开心地说我今天唱了一首韩红的《我的家乡》。现在想来，没有听到云的歌声真是一种遗憾。一直觉得，会唱歌的女孩子平添了一种让人欣赏的灵性。

云晚上洗了衣服，说去把衣服甩干。我以为她要找宾馆的洗衣机甩干，没想到她跑到宾馆后院停车场，拎着衣服转着圈跳来跳去，惹得旁边的一个酒店客人哈哈大笑，可爱的小姑娘，原来是人工甩干。

另一个小姑娘叫瑞，美丽活泼。工作的这几天里，她们按照统一要求穿黑色高跟鞋，白衬衣，蓝色一步裙。瑞是回族，她说她的传统老爸平时不允许她穿裙子，甚至是短袖，觉得一个女孩子露胳膊露腿的实在是不好。我说那这次你爸爸没说你吗，她调皮一笑说我爸爸这几天不在家，捡了个漏。

瑞高考考得还好，英语学得不错，想以后做翻译或者对外汉语。

那几天，我们经常因为工作忙到很晚。因为要按照名册报到登记，逐一给客人通知明天的行程和时间，还有一些未入住的客人可能半夜才到达格尔木，我们还不能踏实地去休息，所以我们就轮换着去吃饭。瑞对我说的最多的一句话就是，姐姐你赶快去吃饭，你出去要是再不吃饭就不要回来见我了。听她这样讲，心里着实很温暖。

和她们在一起，感觉到的是单纯的快乐，这种感觉很好。工作结束后，我们去吃羊肉。记得在宾馆时，给客人的礼品中有一份格尔木的宣传画册，当时我们拿出来一册凑在一起看，云指着上面的特色小吃图片，说这些鸡腿、羊肉、酸奶多诱人，多好吃啊，我看着她的馋模样就觉得好笑，可真正有羊肉摆在眼前的时候，她却吃了一大盘青菜。

我从来没想到，自己会和这些90后的小孩有这么多的话，而且会相处得如此融洽。听她们讲简单的校园生活，老师们最爱说的那句口头禅，和同学们相处的各种恩怨，当然还有她们喜欢什么样的男孩子，为了和自己喜欢的男生约会如何和大人们撒谎然后瞒天过海。呵呵，她们讲得这样热闹，我听得也是津津有味，我从她们的眼睛里看到了光芒和热情，也好像看到了年少的自己。

分别的时候，一直没怎么多说话的瑞突然来到我的面前，张开双臂抱住我，

我笑着觉得有些突兀，出于本能我想轻轻推开她，却发现她抱得很紧，分开的时候发现她眼里有泪花在闪烁。我的心里顿时涌出了感动，还有温暖。

回去以后，我在想，我们在成长的过程中会收获经验、知识和所谓的成熟，当然随之而来的也有世故、圆滑和所谓的聪明，我们也在逐渐地褪色，不是吗？因为稀缺，所以珍惜。我觉得孩童般的单纯和快乐，其实也不是遥不可及，选择只在于自己。所谓成年人的简单并不是让我们去效仿孩子的懵懂和无知，毕竟我们经历了岁月的种种，毕竟我们体验了生活的洗礼。而是，当我们揭开了那张盖着礼物的美丽绒布，发现那份属于我们自己的馈赠其实不那么起眼的时候，我们不至于失望，不至于抱怨；而是，当我们满心欢喜地想去拥抱什么的时候，却发现那一端的人或事，或目光闪烁，或冷落嬉笑，这样的时候，我们不至于心灰意冷，不至于成为他人。我们依然热爱，眼里有光，心里有暖。

后来，瑞打来电话，说她刚参加完英语口语的面试，在老家乐都玩，说那里的杏子、桃子真好吃，电话里传来她明朗的笑声，我一下觉得办公室洒满了一地的阳光，灿烂而明媚。

暖

　　我和小西在弯弯绕的市场里寻摸着，不知道该吃些什么。

　　市场小道两边有面馆、梗皮店、小炒、饺子和麻辣烫，透过玻璃窗看去，缭绕着各色烟火的气息，偶有门帘掀开，里面的饭香和着各样听不清的碎语细细地钻出来，门"噗"地合上，也把那模糊的声音关在了门里边。

　　小道虽狭窄，却也人流不止，刚下班的铁路单身职工们或三三两两，或三五成群地，到某个小店吃顿可口的晚饭。还有已经成家的男男女女，在小道中间的菜摊上挑挑拣拣，买些青菜、卤肉、面条和饼子，大袋小袋地走向小道的出口。

　　我和小西走到小道的南口，又转回来，在一家小店门口站定，一个说就这家吧，另一个说好。

　　我们推开门，暖意扑面而来。干净的玻璃门上一层朦胧的雾气，原木色的桌椅朴实干净。

　　我们俩坐定，环顾四周，小店不大，有点逼仄，但每桌基本都有人。在墙上挂的食谱上选来选去，我要了一个砂锅，小西要了一碗酸汤饺子。等饭的空闲，随意看去，桌上的调料瓶还是白底兰花的瓷瓶，瓶盖上还拴着一截细草绳，那种朴素的感觉在心里慢慢漾开。

　　吃完饭出来，外面已是薄暮四起。冬天的寒意丝丝缕缕袭来，我们不觉裹紧棉衣。小西说我们顺着马路走一会儿吧，我把手放在她的臂窝里，挺暖和的。

我们这餐晚饭花了二十二元。之所以记得这么清楚，是觉得虽然没吃什么特别的美味和大餐，但感觉有一种友情之上的暖。

头天晚上，小西打电话说我们明天下班见一面吧，过年前最后一面。我说好，没有犹豫。

我们俩每次见面基本都是在马路上瞎转，一条路走到十字路口再折回来，然后随便拐了弯，继续走，走累了，就开始商量吃什么。有时她说听别人说哪里好吃我们去尝尝，有时我说那天在美团上看到有个好吃的我们去吃一下吧。吃饱了有时去看场电影，有时还去俱乐部打乒乓球，虽然我们俩打得都不好，捡球比接球的次数多，有时就干脆在路边坐着，天南海北地瞎聊。我们还一起办过借书证，没事时也会去图书馆安静地看会儿书。

虽然每次我们不会聊什么深奥的话题，只是彼此生活里的零碎烟火和细小感悟。平日我俩在因工作忙碌而心绪烦乱时会互相鼓励一下，也会在负面情绪捣乱之时轻声劝慰几句。这样的友情，如一杯菊花茶，不浓烈但氤氲着淡香，沁人心脾。

走了一会儿，小西说我给你提个建议呗，我说好啊，安静地听她说完，心里没有一点不高兴的情绪，反而是有点庆幸，有点喜悦。其实说实话，后来我已经忘记小西给我提的建议是什么，只是当时涌上来的那种感觉记到现在。

因为，我觉得在擦肩而过的无数人群里，有人对你提出善意的提醒，尊重之上的建议，这应该是我的幸运。她没有顺应我的悲欢，而是很自然地提出来，让我能够看到别人眼中的我，让我的自以为是在生活的修炼中能够收敛至无形。

后来，小西去了外地，我们见面的时间少了。偶尔会在吃过晚饭后打个电话嘻嘻哈哈一番，聊聊吃的，聊聊孩子，聊聊彼此的心情，有不满的事情发发牢骚，有无厘头的开心便像个傻子一样笑一会儿，我们依然聊不出什么有深度意义的话题，都是我们生活里的鸡毛蒜皮。

但这并不影响什么，我想这样的一路同行，也很好。

小妍给我发来一张图片，我打开一看，有些吃惊。

图片里是卷了边掉了色的一对喜字，喜字的周围环绕着龙凤，看着喜庆且热闹。

　　小妍说这是十九年前她结婚的时候我送给她的。我好像失忆了一般惊讶地说："这是我送给你的吗？"小妍笑着说："你怎么能用疑问句呢，你送给我的你都忘记了吗。"我想了又想，记忆中关于送喜字这件事真的是一片空白。我脑海中很多往事的细节都已模糊，但是之前喜欢刻图倒是记得的。

　　我不像那些巧手的手艺人，一双手，一把小剪刀，一张红纸，转来转去便能剪出生动有趣的图案。我用的是笨办法，如果在报纸上看到好看的剪纸，就拿来放大复印，然后衬在干净的红纸上，把两张纸别在一起，然后沿着图案的边缘用小刀慢慢刻出来。

　　小妍说她后来搬家时看到窗户上的红喜字，当时用牙膏点上去，已经被经年的阳光晒得有点褪色，舍不得丢弃，就一点点从玻璃上抠下来，一直存到现在。

　　小妍说："这就是你当时送给我的。"我说："好吧，是我送给你的。"但让我吃惊的是，自己已经忘记的事情，却被别人当成宝贝珍藏起来，历经岁月的磨砺。

　　我和小妍是高中同学。上学时我们俩坐在班里最后一排，小妍不爱学习，喜欢打扮，而我刚好相反，像个乖乖女般每天认真上课，认真写作业，偶尔也帮小妍写写卷子，也没什么朋友。可我们俩却是最好的伙伴，每天手拉手一起在学校里溜达。

　　平生第一次逃课是小妍带着我，我们跑到地质队家属院里吃梗皮，吃完后在商店里买一袋橘子软糖，两个人的味觉还残留在梗皮的辣里唏嘘着，一人一瓣软糖又徘徊在甜里。结果辣的、酸的、甜的都尝了一遍，最后再回到学校上最后一堂课，正襟危坐在课桌前，心里却偷偷乐着，觉得逃课的感觉还是不错的。

　　后来高中毕业，我们好多年的时光不在一起，我在外地上学，小妍跑去青岛打工。再后来，我们有了各自的家庭，生活的琐碎逐渐多了起来，心里的各种情绪似乎也如杂草茫然地生长着。

　　有一次，我们在电话里互相说着话，说着说着因为一点小事开始生气。放下电话，心里逐渐生了怨怼。

　　过了没两天，不平的气息已经安静，我们又好像什么都没有发生一样有说有笑，我们吃着螺蛳粉。小妍说，当时是我语气不好啊。

其实我心里明白的，我们认识这么久，从青涩的时光一起走到半老的岁月，除了我们性格契合的缘故外，更重要的是小妍不会随意丢弃我们的友情。

在后来的相处中，我愈发地注意到这一点。小妍包了馄饨，用干净的食品袋装好，告诉我："你要好好吃饭啊，每顿吃八个馄饨这是四十个，你可以吃五顿。"（不过后来我一顿多吃了两个，一顿十个，吃了四顿吃完了）小妍说："你无聊了约我出来玩，你随时都可以给我打电话，我们去炼油厂吃螺蛳粉还可以去公园遛弯。"小妍说："到我家来吃饭吧，你做饭太难吃了。"小妍说："你剪头发为啥不给我说？你这次剪的头发太难看了。"

偶尔有了罅隙，我和小妍第二天就能和好。因为我们都知道，在这尘世间，将近三十年的友情难得觅到。

我记得在一本书上看到过一句话，当两个人的关系出现裂缝时，对于裂缝的修补才是两个人关系真正的开始。当明白了这些，才知道时光如一张筛，有些人渐行渐远，有些人不离不弃，并不是我有多好，而是她会记得我的好，也不会嫌弃我的不好。

小妍，何尝不是在渡我？

福　地

妈妈笑着说，这样就牢固了，不会渗水。

我和哥哥一起看着这个坑。

本来是用青砖在四周砌了一圈，老路说都是这样弄的，如果你们有特别的要求，我们会尽量地满足你们。妈妈执意要在青砖外面再抹一层水泥，说之前听说西边地势低有地下水渗透的事情，担心以后东边也有同样的事情发生，这样住得不安生。

妈妈就那样边笑边说，我和哥哥听着不知道该回应些什么，只有默不作声。

大概是在两年前，妈妈说要为自己和爸爸选一块墓地，当时我们姊妹三人竭力反对，觉得这是一件不吉利的事情。我们都还活得好好的，身体也没有大恙，为何要突然选墓地呢？似乎离去的日子就不远了。

妈妈说的时候，我有一种说不清的情绪如鲠在喉，想倾泻出来，理性让我竭力阻挡。想极力咽下去，可是它就那么突然翻涌上来。结果从嘴里吐出来的就是一连串的不行——不行。

我们的笨嘴拙舌终究没能抵挡住妈妈的坚决——妈妈一向是个坚强且坚决的人。

妈妈说，我们到了这个年龄，把什么都看开了，我们年轻的时候吃过苦，流过汗，和你爸爸一辈子酸甜苦辣都尝过了，到现在我们老了，还算有一个好的晚年，我们以后什么都带不走的，孩子啊，到这个年龄，你们就知道了，明天早晨睁开眼睛能穿上床边的鞋就是我们的福气，是人都要走这一步的。我们活不了几年了，还不如趁现在能动弹的时候把能办的事情都办了，到时候我和你爸爸从从容容地走，不给你们添麻烦的。

妈妈不急不缓地碎碎念了很多。我的眼眶湿了又湿，忍着不让那滴打转的眼泪掉下来，我知道只要掉下一滴，后面就会如决堤的水源源不断。

所以，我给老路打了电话，说我们要去看墓地。

大概是春暖花开的时节，我和哥哥带着妈妈去了陵园，见到了老路。老路在陵园工作很多年，面容和善，为人可亲。他说你们想要什么样的墓地，有单墓和合墓，有土葬和骨灰葬，各样的价位都不一样。

我和哥哥不敢随便说话。妈妈微笑着，看着老路说我们要个合墓，以后我要和我家老头子葬在一起的，还是土葬吧，骨灰葬的话，要在火里经受烟熏火燎的，不要这个。

我们尊重妈妈的意思，定好了一个合墓。

接下来，就是选择合墓的位置。

老路带着我们往陵园深处走去。边走边介绍说陵园分东面和西面，西面基本上已经满了，现在都是在东面。我们便一路朝陵园的东边走去。

我和哥哥扶着妈妈走在陵园的土路上，鞋子上沾满了灰尘。这条土路也是走的人多了就成了一条路。路边长满了干燥的野草，灰沉沉的绿肆意地生长着，是不被关注和打理的杂乱，在太阳底下昂着头，似乎在对旁人讲，即使你厌弃我，你也灭不了我，得意洋洋地乜斜着一切。

放眼望去，这样的野草星星点点地缀在土路的两旁。远处是高高低低、宽窄不一的墓碑。

孔子说："自古皆有死。"他认为生死是人生必须经历的，人的生死是个自然过程，和四时运行、百物生长一样，因而人对于生死的态度也应该是自然达观的。

在我十几岁的时候，总觉得死亡是一件离自己很遥远的事情，遥远到与自己无关，遥远到无法理解，似乎自己会是这一自然规律遗漏的鱼。我觉得人要活那么久，在尘世烟火间有了那么多细碎的记忆和情感，如果我们死了，这些细碎的记忆和情感都要去往哪里，他们都要白白地消逝了吗？这真是一件可怕而奇怪的事情。

后来长大一些，身边的人因为疾病，因为意外，总有离开的，那种奇怪的感觉又滋生漫出，明明前几天我们还在一起欢畅地聊天、嬉笑，能感受到一个有温度的灵魂，可是今天，这个人就变得冷冰冰的，没有了任何感知。这个人能如此，我何尝不能如此，我身边最亲的人又何尝不能如此？那个有温度的灵魂会不会在我们看不到的地方注视着我们，看着我们继续困在自己的世界里，欢笑着，悲伤着。

我逐渐明白，死亡这件事情，是你无法绕路而行的，是你必须要直戳戳面对的。不是吗，我们今天已经走在陵园的路上了。

我们跟着老路来到陵园东区的空地。

老路指指一处空地说，合墓的位置就在这里了。我们看着这处空地，地势不平且杂草丛生。哥哥说我们可以自己选吗，老路说位置是不能选的，出于陵园整体规划的安排，墓地是成行成排依次接续下去的。

妈妈一直没有言语，听老路这样说完，就在这片空地慢慢地转了一圈，看着丛生的杂草，站定看着我和哥哥笑着说："这样我就安心了，以后过年过节的，我的孩子们就会来这里看我们了。"

我和哥哥也一直没有说话。至今，我一直记得妈妈选定自己墓地时脸上淡淡的笑容。

后面我们三人又来过一次，看老路挖好的墓坑和砌好的水泥。

我以为，选墓地这件事情就此了结了。

当年的秋天。那段时间，我住的房子的淋浴坏了，我回妈妈家洗澡，正好碰到爸爸妈妈准备要出门，我说你们要去哪里啊，妈妈笑着说和爸爸去照遗像。我一下愣住了，说你们照这个干吗？妈妈说趁现在精神还好，尚有气息，把遗像照了，给我们留一个美好的影像，到走的时候我们不至于手忙脚乱地找不到合适的照片。

那一天，爸爸妈妈穿戴整齐。爸爸站在镜子前认真地梳着头发，妈妈穿了一件枣红色的毛衣，等收拾好了，爸爸拄着拐杖，妈妈在一旁搀扶着他，两个人亦步亦趋地走向门口。我在一旁看着他们，心里难过得无以复加。能把生死付诸于谈笑间，也是芸芸众生最好的境遇了。

临出门，妈妈还不忘叮嘱我："我们都带钥匙了，谁敲门都不要开啊。"我说："嗯。"在他们面前我永远是个孩子，还像我小时候一样念叨着我。

几天后，妈妈从照相馆取回照片。她和爸爸的合影一共四张，家里留一张，我们姊妹三人一人一张，她和爸爸的单人照各一张，就摆放在家里。

那天，我搬了把小凳子在照片前坐了很久，细细看着爸爸妈妈的神态和眉眼，似乎从来没有这样仔细地瞧过。

相片上的爸爸妈妈脸庞上爬满了时间的痕迹，深重的法令纹，下垂的眼角，皮肤松弛，头发稀疏。虽然年轻的风华不再，可老人自有老人的风采，厚重慈爱，豁达宽容。我最爱的他们用一生的时间，包容了我们的叛逆和不羁，教会了我们善良和爱，给了我们丰厚的、温暖的回忆。

这一年，妈妈做了很多事情。

照完像不久，妈妈带着爸爸和几个平时相处不错的老太太去街上的裁缝店做老衣。

妈妈去取老衣时觉得自己可能提不动，叫上了我和哥哥。其实老实讲，那是一家窗帘店，同时卖一些布匹做些寿衣。

我站在五颜六色的布料中间。竖挂的做窗帘的布，浓重的淡雅的，横躺的沙发罩的布，大花的素色的，半躺的一些茶几的塑料布，透明的、暗花的，还间杂着摆放一些小碎花的棉布，可以用来做小孩子的棉袄和罩衣。

窗帘店的老板娘从一大堆布的下面拉出四个鼓鼓囊囊的黑色塑料袋，把里面的东西一件件地取出来，摆放在我们面前，我和哥哥有点懵，不知道该说些什么。

老板娘看着我和哥哥，开始一一叮嘱："这件白色的是贴身的衬衣，这件褐色的是夹衣，这件淡蓝的是棉衣，这件深蓝是罩衣，这件是最外面的风衣。上面五件下面三件啊，这条黄色的裤子是铺在身子下面的，银白色的这条小被子是盖在身上的，这叫'铺金盖银'，你们记住了啊，千万不要搞错了。现在给你们说说这个，这个饰有云彩图案的是头枕，这两朵莲花图案的是脚枕，意思是'脚踩莲花上西天'。"

我和哥哥听得很认真。我努力地记着，生怕忘记了。听老板娘给我们说完，我不合时宜地来了一句这么多衣服啊，妈妈在一旁笑笑说，是啊这么多衣服，走的时候总要穿得整整齐齐、暖暖和和的。

哥哥嘟囔着："这衣服咋都这么肥。"老板娘扑哧一声笑出来，说："老年人嘛年纪大了总不能穿得紧绷绷的。"妈妈说："就是，穿宽松一点舒服。"

老板娘交代完了寿衣的事情，妈妈说想选两双和爸爸的寿鞋。老板娘又取出两个大袋子，里面装满了中式布鞋，给爸爸选了一双黑色的，妈妈因为自己脚大，就从男士布鞋里给自己选了一双蓝色的。

我们三人大包小包地从窗帘店出来，回到家里，我们在爸爸的安排下把东西放好。

妈妈折腾了一大圈也有些累了，点了一支烟稍事休息。妈妈对哥哥讲："墓地、遗像、寿衣这些事情我们都做好了，现在就剩下棺材，我和你爸爸也去棺材店看过，这个不能提前做，也没有地方放，只有等我们走了以后你去做了，你是儿子嘛，给我们选上好的木料。"

妈妈说的时候始终带着淡淡的笑容。

妈妈说完很安心的样子，终是了了一桩事情。妈妈继续说："剩下的日子，我和你爸爸就没有什么牵挂了，我们好好活着，等我们百年了，你们也要好好活着。"

我和哥哥坐在一旁，感受着妈妈的安心，自己却心绪难宁。

年尾的一天，我和小儿阳阳去吃小火锅。我对阳阳说："你姥姥姥爷已经准备好了以后的事情，比如墓地，比如遗像，比如寿衣。"阳阳一脸不可思议，说："这也太早了吧。"

我说："不早啊，以后妈妈的事情你要来准备。"阳阳顽皮地笑笑，说："妈妈你喜欢翻盖的还是滑屏的？"我愣了一下随即笑起来，拍打了一下阳阳的后背，心里念叨着：现在的熊孩子啊。

我又继续说："妈妈怕冷怕虫子，以后我不想在地底下，阴冷潮湿，又孤单寂寞，到时候你要为妈妈选择火葬。"这一次，阳阳有些认真且坚决地说："不行。"

我说："为啥？"阳阳说："火葬让身体灰飞烟灭，不行的。"我说："那咋办呢？"十六岁的阳阳说："也许以后有更好的方法吧。"

我们在谈笑间说着生与死，好像我们不惧不畏，其实心里装着的是还没有直面死亡的无忧，没有失去至亲之人的无虑。

我们是那样肤浅，我们用这样的方式来表现自己的豁达，其实纠结和迷茫深藏在心里的每一个褶皱里，无法抹平。

我们是如此平凡。我们磕磕绊绊、笨拙地行走着，每天柴米油盐的生活，计较着自己的得失，愤愤不平着又努力让自己云淡风轻。

终究，爸爸和妈妈这里，成了我们的福泽之地，我们想找寻的朴素和温暖，这里都有，我们想要的安宁和关爱，这里也有。只是我们，也要成为他们的福泽之地啊。

向暖而生的碎片

时光流转中，总有一些温暖的碎片，穿过时光扁扁的、窄窄的缝隙，轻柔地飘落在心间，给我一份向暖而生的惊喜，沉淀久了，就像与生俱来的爱与温柔，滋养着我们日后有些艰难、有些苦涩的生活。

（以下的碎片摘自日记、微信。只是抱歉，中间有些间隔会很长，是自己疏忽了记录）

2003 年 0 至 1 岁

5 月 24 日

每天晚上照看他，所幸他大部分时间都很乖，换换尿布喂一喂便能进入酣然的梦乡。只是这两天有些闹人，一把他放到床上就吱哇地哭，有时抱着他，看着他像一只柔弱的小猫蜷在我怀里，母亲的疼爱便油然而生。他还会无意识地微笑，纯洁无邪得如一个小天使。

5 月 27 日

现在已近午夜，我的小阳阳正在酣睡。他可爱的小脸蛋有着可爱的表情，睡觉时总爱将两条小胳膊举着，头上戴着绿色的小绒帽。

6 月 27 日

我的小阳阳似乎是上帝派给我的小天使。每天晚上，他在我的怀中安详地沉睡，每天清晨，我醒来，他也会醒来。我把他放在床上，当我洗完脸回到他的身边，他看着我会给我一个最灿烂的微笑。

7 月 20 日

阳阳已有三个半月了，带他去照了百天照。他现在已能笑出声了，给我带来许多欢乐。

9 月 11 日

小宝贝已有五个半月，身体挺结实。

9 月 16 日

小宝贝这几天有些发烧，打了一针，吃了些退烧药，已经有些见好，不过没有以前那样爱笑了。

12 月 22 日

阳阳有些拉肚子，抱着他去医院开了些药粉。

有时看报纸，看到少年被校园欺凌时，我都会想到阳阳，如果他长大后有这样的遭遇，我的心会有多么痛。

12 月 29 日

阳阳真是个小馋猫，他要是看见我吃东西，必定目不转睛地看着我，还要伸出小手来抓，如果不给他，就咧着小嘴又哭又喊。昨天他吃了好多糖，小手黏乎乎的，脸上也是，鼻子上也是，像一个小花猫。可爱的阳阳，下牙床已经冒了个牙尖。

2004 年 1 岁

2 月 23 日

阳阳又变成了小光头。

6 月 2 日

阳阳的小鼻头又磕花了，脸上又被蚊子叮了好几个包。

9 月 18 日

阳阳开始咿牙学语。我是抱着阳阳写下这段文字的。我让他看"阳阳"这
两个字，他用小手指着，傻傻地笑。

9 月 27 日

早晨我躺在床上，小家伙突然扑过来，在我眼睛上咬了一口，好疼。平时，
他高兴了，会紧紧抱着我的脖子，柔嫩的小脸贴着我的脸。

12 月 18 日

他会拿着做饭的小锅从马桶里舀水玩，会从花盆里抓土往水桶里扔，还会
半夜光着屁股光着小脚丫往厨房跑，去拿橘子吃，还会奶声奶气地跟我吵架，
更会懂事地帮我"做事"，给我好吃的。

2005 年 2 岁

3 月 2 日

等下要带阳阳到诊所打针，他咳嗽已有一月有余，总是好不彻底。今天回
家看他，他正躺床上睡觉，我进去，他便醒了，眨着小眼睛在床上一动不动。
他病好后，第一件事就是给他洗个澡，他身上好黑，好久没有洗澡了。

4月3日

阳阳的病基本上好了。今天上街买了一只小白兔，放在袋子里，我提在手里似乎都感觉到它在发抖。洁白的毛，长长的耳朵，阳阳非常喜欢。

2007 年 4 岁

1月29日

过罢年，阳阳该去上学了，我还有些担心他，不知他能不能适应幼儿园的日子。

2008 年 5 岁

11月5日

阳阳说："妈妈我给你说句悄悄话。你别激动啊。"我说："你说吧。"他害羞地说："今天我们班好几个女生说我是小帅哥！"

2009 年 6 岁

6月21日

傍晚时分，和阳阳出去玩了一会。他在练习滑板，刚买了一个多月，还没有学会，只会滑一小段。

2010 年 7 岁

3月7日

这一天，我是和我的阳阳一同在桌前写日记。我要求他养成写日记的好习惯，不管写什么，童言稚语，都是可以的。

12月5日

想买棉衣，没看上合适的，阳阳就在纸上给我画了一件棉衣……

2011年8岁

7月31日

今天，阳阳问我："妈妈，假如我和姥爷同时掉进水里，你会先救谁？"我说："我想先救姥爷！"（我心里想，你姥爷年纪大了，你还小，体力好，还可以多扑腾几下）阳阳不情愿地说："你应该先救我呀，如果不先救我，就没有人陪你玩植物大战僵尸了！"

8月16日

（今晚出去给朋友过生日了）

家里的阳阳一直在等我回家，听着电话里让我快点回家的小声音，我赶紧回家。回到家，阳阳衣服未脱躺在床上睡着了，听我进门的声音，他一骨碌爬起来，给了我一个小小的温暖的拥抱。我捧着他的小脸问："你是在等妈妈还是在等着玩电脑？"阳阳乖巧地说："在等妈妈。"（因为电脑被我设了密码，阳阳要玩总要等我回来）

12月13日

阳阳的身体最近不太好，总是爱感冒，跆拳道也停练一个多月了。要为他治疗的身体小疾病还挺多，眼睛近视，手指肚脱皮。

2012年9岁

2月9日

今天下雪了，带阳阳出去走了走，呼吸新鲜的空气。阳阳时不时地捧点雪打我。

3 月 7 日

今天是阳阳开学后第一天上课，我对他说我们又回到老日子了。下午，我接他放学，我们一路说说笑笑，他给我讲在学校里的事情，我问他肚子饿不饿，然后走到铁路市场，他一般都要吃一根烤肠，有时会说真好吃啊，有时会要这要那，如果我不同意，他就会缠一路，偶尔还会生气撒泼。这就是我们所谓的老日子。

不知不觉，阳阳从幼儿园都上到小学三年级了，真快。

3 月 18 日

今早睡到十点才起床。阳阳早醒了，为了让我起床，他把我们的被子和枕头都扔到地板上，然后自己也一骨碌滚到地上的被子里，我没办法只好起床。

阳阳的跆拳道还是一如既往地学着。昨天给他在克莱德曼琴行报了一门长笛，他很早就说要报笛子，听了老师的演奏，他也很喜欢笛子清越的声音。

5 月 2 日

阳阳爸爸买了新摩托车，阳阳很开心。他坐在爸爸后面像一只小猫，两只小胳膊抱着他爸爸，小脸贴在爸爸的后背上。有时，他也会拉上和他一同走路的同班同学薛志宇，让爸爸带着他们。

2013 年 10 岁

7 月 22 日

阳阳这几日很辛苦，一直在学习的长笛临近二级考试。这几日从早晨开始练，除去吃午饭，几乎没有时间休息。

2014 年 11 岁

9 月 20 日

下午，送阳阳去学长笛，我顺便去水产买了些虾、汤圆、鸡腿、鱼之类的。

阳阳正在长身体，胖嘟嘟的小身板已经 96 斤了，小肚皮尤甚。

9 月 23 日

阳阳说："妈妈你看我的眼睛是不是虎视 jiu jiu（虎视眈眈）的。"我说："什么呀。"他又说了一遍，我看不像说笑的样子，就故意对他说："是啊，真的虎视 jiu jiu 的，你都快变成小 jiu 了呢！"阳阳真是我的开心果，充满了活力。

9 月 29 日

中午买了一块卤牛肉，做的白菜炖粉条，加了些香菇和牛肉，大家吃得很香。阳阳一边吃，一边调皮地说："妈妈，今天的菜我给你打个 S 级。"我说："那你的最高级别是什么？"阳阳说："是 SSSS 级呀！"

阳阳的嗓子已经有些变音了，不像小时候说话奶声奶气的，像个小伙子的声音了。今天回到家嗓子都哑了，我说怎么回事呢，阳阳说是今天在学校练朗诵时喊的。

10 月 4 日

今天和阳阳出门骑自行车。一人一辆，沿昆仑路北下，一直骑到农垦集团门口，本来是跟阳阳说带他去看妈妈上学时曾经住过的地方，可因为假期大门紧闭，我们没能进去，阳阳拿手机拍了会路边林带里的两只羊，一直到把它们吓走。

骑车返回，因为有阳阳在，一路上欢声笑语。阳阳喜闹，一边骑车一边拍手玩，刚拍完手，吧唧摔了一跤，阳阳起来依然笑眯眯地继续走。到十字路口拐弯时，因惦记口袋里的钱快掉出来，手一松，车把又撞到路边的花盆。过一会儿，他又像身子安了弹簧，在自行车上一蹦一颠的。

12 月 25 日

阳阳语文作业。

文中伯牙所念的是高山、流水。生活中，你也有这样的知音吗？仿照句式写一写吧！

例句：当我为成绩不好伤心时，朋友劝我别灰心，下次再努力。

当打架时，朋友说："没打死啊！"

当摔倒时，朋友说："爽不爽"

2015 年 12 岁

元月 11 日

阳阳语文作业。

读完上文，你可曾想起过父亲为你所做过的让你感受温暖的事吗？请回忆一下，写下来。

阳阳答：有一次，我在阳台的晾衣架上荡来荡去。突然，线断了，我的头从 2 米高空摔下，而爸爸却先去看看衣架怎么样！（阳阳爸爸别生气哈……呵呵）

元月 17 日

下小雪的前夕，阳阳去南京冬令营了。那个总是揉成一团，挤在毛巾架上的蓝色卡通毛巾被兴奋地带走了，只有两条规整的毛巾一头一端兀自安静着。在候车室，老师说走了，小小的人儿过来乖乖地抱一下说："妈妈我走了。"虽然他不是第一次参加这样的活动，但心里还是郑重地难过了。回过头，隔着人群找到他的身影想叮嘱些什么，小家伙已和身边的伙伴融成一片。在以后的日子里，也许我得学会习惯这样的分别！

元月 19 日

阳阳参加了去南京的冬令营。他们班共去了十四个人，由班主任俞老师带队。这是他第二次离开我们远行，所以不是很担心。第一次是学跆拳道时去武汉的夏令营，每天从俞老师的微信上可以看到他们的照片，活动很丰富，骑自行车、做游戏、采草莓，阳阳玩得很开心。但愿这些欢乐的回忆与经历能积累成他人生宝贵的财富。

阳阳也很乖，每天都会给我打一两个电话。第一天告诉我说他们住的地方很美丽，第二天说妈妈这里的饭很香，连青菜都是甜甜的。

3月1日

阳阳今天开学，小学阶段最后一个学期。阳阳十二岁，愈发地懂事与可爱。

4月8日

在网上给阳阳买了一件短袖，加上运费才35元。小家伙很喜欢，说明天下午就要穿上去踢足球。其实衣服很普通，白色的，两个短袖子是黑色，就是背后印了暴走漫画里的人物，下面是一句话，"我仿佛又听到你们在背后说我帅"，他就是因为这句话要这件衣服的。

4月27日

晚上回到家，阳阳坐在床上看平板，说："妈妈，我给你买了个生日礼物，放在你屋子里，你自己找吧。"我边找边问："你给我买的巧克力吗？果冻吗？瓜子吗？"阳阳说："不是吃的。"说买礼物的五十元钱是中午回家吃饭时爷爷给的，爷爷说："你拿去给妈妈买生日礼物吧！"

在我的被子后面终于找到阳阳买的礼物。打开包装纸，盒子里装的是一个透明的塑料体，里面是水和粉色的油，有一个黄色的和粉色的小笑脸，正过来倒过来放，粉色的油一滴滴地沿小楼梯跳跃而下，活泼泼地带动两个小笑脸转动，我说："阳阳这个黄色笑脸是你，那个粉色笑脸是我。"阳阳说"嗯。"其实我心里在想我们都要快快乐乐的。

4月30日

阳阳给我推荐了一首歌《young for you》怪声怪气的，我也听不懂，但还挺好听。

8月30日

阳阳今天开学，正式踏入初中的门，十一中离家不远，走路五分钟就到了。

他和杜瑞轩一个班,兄弟俩彼此可以照应,也可以相互竞争。这一切,都还挺好的。

11 月 17 日

阳阳在写作业,我在他对面写日记。阳阳写作业也不老实,嘴里叽叽咕咕的,肥脚丫放在我的脚上,自己一个人热闹得可以演部电影。

2016 年 13 岁

5 月 18 日

1.阳阳:妈妈,今天给我买啥水果了?

我:买的香蕉和芒果。

阳阳:妈妈,你放心,芒果肯定活不过今天了,我会给他们找个安全的地方。

我:这里最安全是吧!（拍拍他的小肚皮）

阳阳笑眯眯地说:嗯!

2.阳阳:妈妈,今天我上厕所的时候发现了一个很大的秘密。

我:啥秘密?（紧张中,发现了啥?）

阳阳:我发现……今天我的小裤头穿反了!

11 月 4 日

阳阳给他爷爷设置的手机问候语:

"呵呵,Happy Lucky! Mr.Zhang"

12 月 31 日

至于我的小阳阳,这一年九月上了初二,现在身高大概一米七,体重一百四十斤左右,俨然一个健壮的小伙子,只是那张脸还是幼稚的小孩脸。

上个月,阳阳和同学杜佩霖打架,被一拳打到右耳朵,后来去医院检查说是耳膜穿孔,杜佩霖的父母陪着一起去医院检查。前几天去复查,阳阳的耳朵已恢复了很多。其实两个孩子上午打完架,下午就和好了有说有笑。孩子的世界真好，单纯干净。

2017 年 14 岁

1月1日

下午带阳阳上街，给他买了一款手机，1498 元，是之前答应过他的事情。小家伙很兴奋，把手机放在棉衣的内口袋里，回到家便迫不及待地告诉他的一个好朋友，他有新手机了，是他的第一部手机。

阳阳超爱嗑瓜子。今天去批发市场买了五大袋瓜子。

1月9日

阳阳放寒假了。此时坐在我旁边玩球球大作战的游戏，阳阳说："妈妈我应该改个名字叫'我是屎'，这样吃我的人就都是吃屎的人……"

1月14日

阳阳终是放了寒假，高兴地说终于"出狱"了。我担心他每天在家沉迷于游戏，于是每天给他布置些小任务，譬如下楼买块豆腐，给姥姥送只烤鸭，或者蒸米饭。还别说，有了阳阳的帮忙，我们下班回家吃饭的时间都提前了。我夸阳阳是个能干的小帮手。

这支蓝色的笔是阳阳送给我的，阳阳期末考试 8 门功课总分 557 分，虽然分数不高，但较之期中考试有一点进步，李老师给他发了个小奖状，还有一个本子和三支笔，阳阳送给我一支笔和本子，我也很高兴。今天我们一起收拾他的书桌和书包，把不用的卷子都扯了扯扔了，他的书包也不太好了，肩带的地方都开线了，我让他一手扔了，这个书包是阳阳上小学五年级时他姑父送给他的，阳阳舍不得扔，说这个书包他背了四年，虽然现在烂了也不想扔。我心中一动，说："这点咱俩很相像啊。"某样东西用习惯了似乎用出了感情，若有一天不能再用，也不想让它置身于集破烂于一地的垃圾堆。

1月25日

昨天带阳阳去医院修复耳膜。人民医院的大夫让带了两个土鸡蛋，用蛋壳里的那层薄膜剪成半个小指甲大的块，小心翼翼地贴在右耳膜上，说这样会长得快些。

3月18日

阳阳说他们班主任李老师是青海人，前鼻音和后鼻音不分，会把"滚"说成"拱"，会把"小混混"说成"小哄哄"。连阳阳的口音都变了，说"拱，你这个小哄哄——"我也试着说，觉得好笑。在阳阳这里，总能发现很多属于孩子的小乐趣。

4月5日

（阳阳十四周岁生日前夕）

亲爱的阳阳，妈妈总是喜欢亲吻你的额头，然后揪揪你的小耳垂；妈妈喜欢听你喜欢听的歌，妈妈也喜欢和你讲你小时候的事情，点点滴滴；妈妈还喜欢听你说学校里的事情，分享你的小快乐和小愤怒；还喜欢和你一起玩球球大作战，虽然我玩得很垃圾，但你还是愿意带我玩，还语音告诉你的同伴"不要吃那个吸血鬼，因为那是我妈妈"。

亲爱的阳阳，妈妈想告诉你，无论爸爸，还是妈妈，都是最爱你的，爸爸和妈妈，都是善良的人。感情的种种体验，阳阳同学，待你长大，会一一遇见，妈妈只希望你，健康、乐观、独立、坚强。

6月25日

（我去北京出差，半个月）

昨晚回来时，阳阳在出站口等我，和弟弟一起。下着雨，两个孩子也没有打伞，头发和外套都湿了。阳阳已高我半个头，一副大小伙子的模样，见到我便把行李接过去，阳阳真懂事。

7月16日

进入初伏的天气热得让人不想出门，我和阳阳蛰伏在小窝里吃西瓜，喝绿豆汤。阳阳玩英雄联盟，我玩球球大作战，时间的身影从我们太宽的指缝里大摇大摆而过。

我问阳阳："你觉得妈妈好不好？"阳阳说："好。"我说："我也是这样认为的。"我又说："我觉得阳阳很乖，长大以后一定是个懂事的好孩子。"阳阳说："就是。"这一刻真好。这一世，我们母子二人在尘世的相遇，就是最好的经历了。

8月12日

我的十字绣百福图即将绣完。我把图在床上摊开，对阳阳说："阳阳，等你结婚时，妈妈把这幅百福图裱好挂在你们家客厅，好不好？"阳阳憨憨地笑，说："好。"

8月15日

下午，阳阳说肚子饿了，我身体有点不舒服不想做饭，就把冰箱里的二十多个饺子给阳阳煮了。阳阳没吃饱，三点多就喊着要吃饭，我们便在手机上开始捣鼓外卖（这是我们第一次订外卖）。

阳阳选了一份黑椒牛肉盖浇饭，提交了订单，外卖小黄人在手机地图上就开始往商家赶。我们俩一会儿刷新一次手机，看小黄人离商家的距离忽远忽近，我们俩笑得合不拢嘴，说小黄人可能迷路了。过了半小时，阳阳如愿以偿地吃上盖浇饭。我说我们俩今天尝试了一个新鲜的东西。不知多年后，阳阳还能回忆起这份和妈妈在一起的快乐吗？

9月13日

早晨说起创城（创建全国文明城市），突然想起阳阳给我讲过的一件校园趣事。阳阳说："学校让他们背诵二十四字社会主义核心价值观，早自习时，校长开始随机抽查。叫起一个小孩：'二十四个字背会了没？'小孩说：'背会了。'

校长接连问了三四个小孩，然后问到一个小孩：'二十四个字背会了吗？'小孩信心满满地说：'背会了。'校长大人说：'那你给我背一下，一元二次方程是怎么解的？'小孩顿时蒙了，缓了一下开始背方程的解法……"

10 月 22 日

昨天去邮局寄东西。阳阳看我弯着腰趴在柜台上填单子，就把大厅里经理坐的椅子搬来让我坐着写。从邮局出来，阳阳说："妈妈你旁边的阿姨什么都没做还坐在椅子上，都不知道把椅子让给你，真是心里没数。"我听完后觉得有点好笑，更有点感动，孩子知道护着自己的妈妈，这种感觉真好。

10 月 27 日

天冷了，给阳阳看了一件黑色的冲锋衣，想让他去试下大小和款式，阳阳笑嘻嘻地说："妈妈我不想去试，你看上的就买上，我有衣服穿就行，只要你别给我买女孩的衣服。"

2018 年 15 岁

2 月 4 日

昨天半夜大概四点多阳阳起来，我以为小家伙要上厕所，谁知阳阳从那屋径直走过来，嘴里咕哝着说："我昨天下午看恐怖片做噩梦了。"话语里透着委屈，我赶紧拉开被子让阳阳躺进来。阳阳像小时候那样蜷在我怀里，头枕在我胳膊上，我用另一只手去摸阳阳的脸，摸到一脸泪，看来阳阳是被噩梦吓哭了。我帮他擦干泪，轻轻拍着他，说："有妈妈在，不怕啊；要是有坏东西来妈妈把他赶跑啊。"阳阳说："嗯。"我拉开另一床被子躺进去，阳阳不管怎么睡，躺着睡，仰着睡，侧着睡，手都握着我的手，看来真的是吓着了。

2 月 20 日

下午妈妈请我们去园艺场的余家小院吃饭。

回来后，阳阳想打牌，我们就在沙发一角打了会儿"找朋友"。两个孩子的牌风不一样，六六沉稳内敛，阳阳则有些喜怒形于色，按捺不住心中的情绪，后来大家一致向他提出意见，阳阳开始慢慢沉稳起来。阳阳还是个小孩子。

5月3日

今晚给阳阳打电话，阳阳在电话那头吃着馒头说："妈妈，告诉你一个好消息。"我说："什么好消息呢。"阳阳说："老师说，这次考试前十五名的让入团。"我一听很惊喜，说："阳阳你真棒。"这次二模考试阳阳恰好在第十五名。

5月6日

今天下午，带阳阳去银河理发厅剪头发，头发长的像一层厚密的地毯，阳阳坚持要理飞机头。

剪完头发，一张小脸利索了很多。我说："阳阳我们去公园拿点东西啊。"阳阳说："好。"他是要去打气枪的，现在技术练得不错，今天打了114枪，中了100枪，最后那一轮是每枪都中，最后那两排半小气球都被打爆了，摊主给我们送了一副羽毛球拍和两个羽毛球。

5月16日

阳阳的中考体育成绩还不错，五十米跑跑了7秒2，得了8.5分，铅球满分（10分），跳远成绩还不确定。不过阳阳的跳远还是可以的，在校运会上也曾取得过名次。

6月1日

阳宝上幼儿园时，我和很多妈妈一样，带着阳阳在儿童公园各种排队，碰碰车、疯狂老鼠，一路玩下来，阳阳的小脸红扑扑的。

阳宝上小学时，和他商量我们今年不去公园了吧。我带着阳阳和六六去划船，本来很惬意，可不一会儿两位小朋友因为什么发生了争执，阳阳生气地对他的哥哥六六说："你下去和鱼玩吧。"

今天，阳阳中考前第四次模拟考试进行中。

6 月 10 日

今天阳阳捉到一只苍蝇，盖在透明的塑料盖子下，说这只苍蝇今天挑衅他，在他面前飞来飞去，拍走了还故意回来在他面前绕一圈，盖了一会儿，不小心又飞走了。阳阳说："妈妈它飞走了。"我说："放它一马，下个星期你再来收拾它。"

6 月 21 日

中午接到阳阳。阳阳说："妈妈，早晨监考我们的那个老师长得很有喜感。"我说："有喜感是啥意思？"阳阳说："熬油——那个男老师头发这么长，最重要的是他走过去后身上有股香水味。"阳阳边说边比画，我说："他可能是教音乐的吧。"阳阳继续说："早晨开考后喇叭里说请监考老师注视考生。"我问："他注视你们了吗？"阳阳说他是这么注视的，然后跟我演示眼珠子慢慢地横向移动，我忍住笑，说："阳阳好孩子，生活里很多小事情被你一说就会充满喜感。"关于喜感这件事，我要向阳阳学习。

希望我的宝贝不论以后如何，都不会丢失能常常从平凡的生活里发现快乐和喜感的能力。

7 月 9 日

阳阳的中考成绩查出来了，494 分，一个让我很满意也很开心的分数。回来后打电话告诉了阳宝和妈妈，他们也都很开心。

7 月 15 日

早晨起来，看阳阳蹬开被子，过去给他盖好，小家伙一下醒了，说："妈妈我做了个噩梦。"我说："什么噩梦啊？"阳阳说："我梦见自己中考考了 329 分，那种生活和现在完全不一样。"我说："阳阳，不管你考多少分妈妈对你都是一样的，就算你考不上妈妈也不会对你不好，妈妈爱你是因为你是阳阳，而不是你做了什么没做什么。"阳阳把头埋在被窝里满意地说："嗯。"我转头走开，心里想爱人和被爱其实都是一件很幸福的事情。

7月23日

（7月19日，和阳阳出门旅行）

和阳阳的出行，会因为彼此的关注点不同而有意见的分歧，我一直想去有"东方小瑞士"之称的祁连，但阳阳不感兴趣，只得作罢。那我们就去阳阳喜欢的地方吧，云南野生动物园，告诉阳阳会有狮子扒门的偶遇，小家伙一下兴致盎然。

7月26日

今天和阳阳转到一寺的大雄宝殿，我仰头看着塑像，说："不知这大雄宝殿里供奉的是谁？"阳阳笑嘻嘻地说："供奉的是大雄（日本动画片机器猫里的小男孩）。"我看了看前面磕头的善男信女，拉着阳阳悄悄地走了。

之前有次坐缆车，我说："阳阳，咱们不坐缆车了，在山里走走吧。"阳阳说："妈妈我头晕。"我无奈地看看他，看着缆车门关上了。问他："你头晕好些了吗？"阳阳笑眯眯地说："好些了。"我说："等下回宾馆你的头晕就彻底好了是吧。"阳阳一脸笑着说："对啊"。

回来的路上，阳阳说："妈妈我们年轻人也是有梦想的，我们的梦想是电竞行业。"我一脸茫然，这个梦想颠覆了我对传统梦想的认知，还是这是所谓的代沟呢？

8月6日

和阳阳的这次出行很好，这应是我俩第二次出门。第一次共同出门旅游是去了青海湖和互助北山森林公园。这次我们去看了门源的油菜花、昆明的野生动物园、滇池、九乡溶洞、石林、西游洞，然后去了大理，转了古城，去了崇圣寺三塔和洱海，随后去了都江堰看姐姐，想给她一个大大的惊喜。最后，我们在西安接上杜瑞轩，一起去了嘉峪关，两个孩子去方特欢乐城玩。

旅行的途中会发现，阳阳真的已经长大了，懂事善良，会带路，会问话，真的很不错。

12月30日

阳阳去儿童公园除了打气枪，还和哥哥学会了打乒乓球。阳阳说："有一次还和一个奶奶打了。"我问："你打赢了吗？"阳阳笑嘻嘻地说："五五开"。

我和阳阳平时都爱看电影，我和他哥哥想去看云南虫谷，而阳阳执意去看蜘蛛侠动画片，我故意嘲讽他说："阳阳，你的品位还停留在十四岁以下儿童的幼稚阶段。"阳阳笑着无辜地说："妈妈我才十五岁……"

2019年16岁

3月1日

开学季，阳阳同学头发长被要求理发。阳阳跟老师商量能不能二月二再理？老师看看他温和地说："你还挺封建。"

理发店，我说理毛寸，阳阳坚持理飞机头，理发师拿着剪刀垂手站着，悠闲地说："你们商量好我再剪。"我和阳阳还是相持不下，结果理发师熬不住了，说："那我剪个短点的飞机头吧……"

4月27日

昨晚，阳阳给我捶背，我说："妈妈马上就要四十岁了。"阳阳说："嗯。"我说："四十岁对一个女人来说是很重要的一个界限。"我也不管他能不能听懂，继续说："你知道意味着什么吗？"阳阳接过话茬说："女人四十豆腐渣。"我扭过头，看到阳阳一脸开心地笑。

4月30日

小伙子，多少年后你是否还记得，曾经唱过的跑调歌曲，曾经阳光的校园生活，曾经玩耍的小伙伴，还有与妈妈曾经的斗智斗勇。你不必光芒万丈，但要温暖有光。很好的一句话，共勉。

5月11日

阳阳期中考试结束。回来用他的小语言说："妈妈，我们考完试后每个老师的反应都不一样，有的大吼有的自卑。有位老师对我们说：'我改你们卷子的时候我以为我会失望，可是没想到，我是……绝望。'"我看着阳阳的小眼睛笑眯眯的。

5月19日

上周日的母亲节，阳阳给我买了束鲜花，还给我订了一个蛋糕。我用大可乐瓶剪了一个花瓶，倒上清水，把鲜花放进去，放眼看去，似乎阳阳送的花格外美丽。蛋糕上，阳阳让人写的字是：小杨同志，母亲节快乐！阳阳说本来他想写其他的，但后来想了想，这是在蛋糕上，似乎不太好。不管怎样，我都很开心。

5月29日

阳阳这周六也要上课，因为下周四开始高考，考场设在七中，耽误的一天课在这周六补上。阳阳给我发来一张图片，上面写道：我觉得七中挺强的，它强就强在七中的学生都很坚强。图片上的小宝流着两行泪。小家伙从小就不爱上学，上幼儿园时，上了几天回来告诉我，他不想上学了，我问："为什么呢？"阳阳带着哭腔说："我都会写1了，你还让我上学！"

6月8日

阳阳今天非要看晚上七点十分的哆啦A梦，拗不过他，只有陪他去看动画片。电影院人不多，基本都是年轻父母带着小孩看，只有我们两个大高个坐在那里，还傻呵呵笑得最开心。

8月9日

"我所留的时间不多，我要创造一个奇迹，我的神志已不清醒……"——《奇迹》（The miracle）。阳阳告诉我，这是他刷作业时最喜欢听的一首歌，因为里面的歌词很契合他的心情。

阳阳说，七中每天放学必放的歌曲是周杰伦的《稻香》，前几天他特意放给我听，不错的歌曲，感觉和周杰伦的前期风格不太一样。我记得阳阳上小学时，站前路小学放学时总会放萨克斯吹奏的《回家》。

8 月 19 日

前段时间，做了一件有意义的事情，带着阳阳和六六在儿童公园进行了二十公里徒步走。

不过很遗憾，最后我没能坚持下来，走了十五公里（我对自己也很满意了）。两个小伙子表现得非常不错，一直走完。然后我们三人在七中附近的小川厨吃了午饭。阳阳说，走完以后感觉脚已经不是自己的了。我为两个小伙子为我的阳阳点大大的赞。我是觉得，有些事情如果不去尝试下，你永远不知道自己能走多远，用"以为"来评判他人评判自己，都是不靠谱的。

8 月（高一暑假期间）

阳阳放暑假，我整理他的衣服柜子，里面有一个黄色的休闲小包，探路者的。我说："阳阳，你放假了和小伙伴出去玩时，把这个小包背上，你的零钱手机钥匙都可以放在里面。"阳阳很坚决地说："我不背。"我诧异地问："为什么？"阳阳大声说："我们老师说了上街背包的都是娘们。"我忍住笑看着他说："你们老师还说啥了？"阳阳说："我们老师还说了，上课说话的男生都是大脚娘们！"

9 月 11 日

昨天下午，去阳阳学校参加了教师节表彰活动。我的阳阳真的很不错，获得了两个奖项，一个是班级星级学生，另一个是高一下学期全市统考全校文科生前五名。阳阳从小学至今拿回来的奖状也算不少了，好孩子。

11 月 12 日

阳阳中午回来吃饭，告诉我昨天下午开家长会时，班主任老师表扬了他，鼓励男生们多跟他玩，大概是觉得阳阳性格好，阳光型大男孩。嗯嗯，我也同样欣赏我的孩子。

2020 年 17 岁

元月 6 日

如约跨入 2020 年。阳阳也如期跨入寒假时节，这个假期应是阳阳高中三年最后一个完整的假期了。这次考试阳阳的成绩不是很理想，从第三名掉到第八名。今天开完家长会，阳阳口出豪言说，下学期开学考时，他要把他失去的都夺回来，我竖起大拇指说，好，有志气！期待阳阳下学期能够放大招。

2 月 23 日

我们要了八一路洋房火锅的配送，解解连日来不能出门没有吃火锅的馋。我们坐在小卧室里，把小茶几挪进来，两个小火锅通上电，锅里的汤汁咕嘟咕嘟冒着热气，阳阳倒了两杯冰红茶，小茶几上的七样菜品有荤有素，我和阳阳看着平板里的一部电影《当幸福来敲门》，讲述一位黑人男子带着孩子在生活最底层坚持努力生活的故事。阳阳说："这部影片获得过奥斯卡奖。"我说："阳阳，我们还能坐在这里吃火锅，这是一件多么幸福的事情。"阳阳说"嗯。"

多年后，不知阳阳是否还会记得在不能出门的日子里，和妈妈宅在小窝里吃火锅的情形。有时，幸福的感觉很简单，就是红尘烟火里的一份安宁，无华朴实里的一份温暖。

3 月 7 日

阳阳今天中午给我带来了三个 N95 的口罩，说是他爸爸发的。我昨天还在说如果这个时候谁能送给我几个口罩，我一定会很感动，没想到今天阳阳就像心有灵犀一般给我带来了。

3 月 14 日

阳阳说："妈妈，你敢去吃小火锅吗？"（是的，我看了两遍，阳阳用了"敢"这个字，因为是疫情期间，出门吃饭是要靠勇气的）我说："好啊，"阳阳说："有点想念豆腐皮了。"所以，晚上我们就去了常去的北家姓小火锅，为做好疫情防控，每两个座位就用一块板子隔开，我俩在两块板子之间吃得很开心，边吃边聊。

我俩从去陵园给姥姥姥爷看墓地说起，我开玩笑地说："阳阳，妈妈的后事就靠你了。"阳阳眯眯小眼睛说："你想要翻盖的还是滑屏的。"我想了想才反应过来，说："我以后要火化。"阳阳坚定地摇摇头说："不行。"我说："妈妈胆子小，地底下那么孤单，有老鼠有虫子，妈妈害怕。"阳阳说："以后肯定会有更好的方式。"

4 月 4 日

早晨在洗衣服，差五分临近十点。阳阳说："妈妈等下我要默哀。"我说："老师嘱咐你们了？"阳阳说："没有啊。"十点，我俩站在窗户前，听着拉起的防控警报，我说路上的车怎么还在跑。侧头看了一眼阳阳，小家伙穿好衣服乖乖地站在那里，眼神温和。心里突然有些感动。虽然是普通人的情怀，不谈矫情，不谈高尚，有些东西还是要有的。

5 月 17 日

今天收到阳阳同学送给我的迟来的母亲节礼物——阳阳从网上买的海贼王小夜灯，萌萌的造型很像我眼中的阳阳，二十元钱，我把它放在床头，这样天天就可以看到了。

这几年，阳阳给我买过好些小礼物。我优盘上系的粉色小海豚；还有一件橘色的短袖，是有一次阳阳看我在锻炼时穿了一件白色背心，阳阳嫌弃不好看，默默地在淘宝上给我买了一件，虽然尺码偏小，但我还是很开心；还有一个粉色的发卡；还有一条粉色的丝巾，是过年时阳阳买来送给我的，虽然钱不多，但我想好了，今年冬天我一定围这条丝巾，这样我就可以得意地给周围人说，这是阳阳买给我的。

6月6日

早晨，阳阳跟我讲："妈妈我做了一个梦中梦。"我说："啥是梦中梦？"阳阳说："就是我在梦中梦见自己在做梦。"我说："你梦见啥了。"阳阳顶着一头毛茸茸的头发说："我梦见妈妈要去出差，我不想让妈妈去，然后我就跑到妈妈睡觉的小卧室，看到你躺在床上，我就放心了，我就想虽然妈妈老是和我吵架，但看到妈妈没去出差我还很开心的。"听阳阳说完，我有点想笑又有点感动。

下午，阳阳买了一根高清线，往主机上插时有些进不去，我说用刀把滤口下面的橡胶削去一些就可以了，就从厨房拿来菜刀，菜刀是前段时间刚磨过的，也怪自己笨手笨脚，刀刃对着自己，结果一使劲，割到大拇指。阳阳听到我喊，跑过来看到我的手说："好疼。"我说："妈妈不疼。"阳阳说："我疼，我心疼。"呵呵，小家伙。

6月13日

中午时分，阳阳躺在床上，我以为他在睡觉，便过去把窗户关上，给阳阳说："睡觉不能开窗户啊。"阳阳说："我刚听到一个坏消息。"我说："什么坏消息啊。"阳阳说："刚听同学们说从下周开始只休息半天。"我说："怪不得你这么沮丧，这也不是什么坏消息，只是提前来到了。"阳阳说："那也提前得太早了。"

过了一会儿，阳阳说："听一首应景的歌吧。"我一看他手机屏幕上的歌名标题，差点笑出来，周杰伦的《世界末日》，我们听了一会儿周杰伦的《半岛铁盒》《牛仔很忙》，然后阳阳晃着两根小胖手指说："以后等我有钱了，我要做两件事。"

我心里略有些小紧张，这小家伙要做什么呢。阳阳说："第一件事我要去听一场周杰伦的现场演唱会。"我心里稍稍放心了，说："这个可以有。"阳阳说："第二件事，你猜？""我猜，难道和我有关系吗？"阳阳继续说："以前我就在想，以后我有钱了，我要带妈妈去坐一次热气球。"哇，我的眼泪又快要出来了。以前是跟阳阳随口提过，可没想到阳阳还记着。我很欣慰，也很感动，我期待着有一天，阳阳带我坐热气球，那一定是我一生中最幸福的日子。

6月15日

从今日开始，阳阳同学正式开启高三学习模式，每天晚上八点十分放学，每周只休息半天。阳阳说："同学们都买桶面吃，好香啊。"我说："你怎么不买，口袋里装着百元大钞。"阳阳说："早晨打车上学，我给了一百元，司机给我找了十三张五元钱和二十九张一元钱，那种厚重感，呵呵，我也买了一桶，但没来得及吃，明天吃再加一根肠。"我说："阳阳，其实你很期待在学校里吃泡面的感觉吧。"阳阳笑眯眯的。

7月4日

阳阳从今日起放假六天，高考假，因为他们学校是高考考点。所以今天阳阳和他的同学们一起到金鱼湖玩，一行八人。早晨九点多把他们送去（家长车三辆），看这些孩子们买了一堆吃的，有饮料、西瓜、水果、羊肉，还有一箱碳，大概是要烧烤吧，觉得这些十七八岁的孩子们比我们那时候会玩。年轻真好，朝气蓬勃的，我的阳阳也是，今天穿了一件白色长袖 T 恤，一条黑色小脚裤，背个黄色的休闲包，一个阳光的大男孩。

9月26日

一年一度剥核桃日。阳阳同学剥得比我还快，可他不戴手套。洗完手后阳阳说："妈妈，原来这个真的洗不掉。"

12月6日

天气渐冷，我和阳阳穿得好厚。阳阳每天上学很辛苦，一周就休息半天，早晨天不亮就去上学了，晚上放学天也黑透了。按阳阳的话说每天披星戴月。

12月16日

阳阳在 11 月份的月考中，分数超过了冶兰，位列第二名，第一名是一个叫何其良的往届生。我想想阳阳玩英雄联盟的时光，真的很纳闷，阳阳同学，你是怎么学习的呢？

2021 年 18 岁

元月 16 日

今天阳阳上学。本来定的六点半的闹铃，可好像没响，我睁开眼睛已经七点二十三分了，阳阳七点半就要到校，于是急忙喊他起床。昨晚给阳阳刷的鞋放在电暖气上烘烤了一夜，鞋子底部还是有些潮，但也没办法了，阳阳穿着半干的鞋，带了一袋面包、一盒牛奶去上学了。一早上我都在心疼阳阳的小胖脚丫，在半潮的鞋里扭来扭去。中午回来，阳阳说，早晨上学迟到了，要交十块钱罚款。

3 月 3 日

阳阳的最后一学期高中生活拉开帷幕。让我欣慰的是阳阳在开学前夕，也就是 2 月 27 日晚，玩完最后一局英雄联盟后，他自觉地将游戏卸载了，这让我深感意外，也欣慰阳阳的懂事。

呵呵，阳阳同学，从出生到十八岁，是不是很快？妈妈相信在你的记忆里一定也有很多温暖的、丰盈的生活碎片，和小朋友的，和爸爸妈妈的，或许还有很多你成长历程中属于你的小失落、小困惑，甚至是小痛苦。我觉得，我们作为普通人，经历了种种烟火生活的磨砺和濡染，我们会把善良的本性深植于心，我们会铭记许多温暖和幸福的碎片，我们会不再纠结于一些无谓的伤痛，我们会知道，那些小失落和小痛苦，会成为磨砺我们成长的风雨，会让我们更茁壮、更强大。

阳阳，生活是你的，经历也是你来经历。若有幸福的时光，和人，请记得珍惜和把握；若有伤痛的事情，和人，也一定要学会微笑和坚强。只愿阳阳一生平安、健康和快乐。这是妈妈，也是爸爸，最大的愿望。

好了，妈妈记录的碎片就这么多了，整理文字和图片的过程中，感到时光一点一点地后退或前行，你成长的十八年，也是我作为妈妈成长的十八年，因

为有你，妈妈的记忆也格外温暖。

　　小伙子，此后的路，勇敢地去走。我不是你的巢穴，你不是我的雏鸟，愿你像风一样自由，有光，有信，有暖，有坚韧的骨骼；你不必光芒万丈，但要温暖有光。共勉。

——妈妈　2021 年 4 月 16 日

你是我的天使

都说孩子是妈妈的软肋，也是妈妈最强的铠甲。在如流的人群中，也许我们只是一粒普通的尘埃，但在孩子小小的心田里，我们却是可以仰望的高山，我们为他们遮挡风雨，拂去忧伤，是可以庇护他们的港湾。

而我们，也是第一次为人父母，孩子的成长何尝不是修炼和磨砺了我们的耐心、宽容、爱和理解？

在这里，收录了十四篇关于我的孩子阳阳成长历程中不同阶段的小故事，也许是童言稚语，也许是儿时趣事。在孩子的世界里，有简单的乐趣，有真诚的情感，而我们在长大的过程中，似乎慢慢丢失了很多。初心易得，始终难守。

一个个小故事，源于记录，止于怀念。

我要做动物
2006 年 12 月（三岁半）

我曾说，阳阳是上帝牵着他的小手来到我身边的天使。从一个懵懂的小宝宝慢慢长大，给我快乐，给我阳光，让我爱他，他也用他四岁的天使心给了我一点一滴温暖的回忆。

还记得，他刚学会走路时的好奇和兴奋，平举着两只小胳臂从一个房间走到另一个房间；还记得，他半夜醒来光着小屁股跑到厨房拿橘子吃的小馋样；

还记得，他撒完尿顺便在马桶里洗了洗小手，然后跑来告诉我已经洗手了的得意；还记得，我们对坐着吃鸡蛋，他却突然跑开取了一张纸回来，给我擦留在嘴角的蛋黄；还记得，他摔倒了自己爬起来，奶声奶气地说："我是男子汉……"

有一次，我因为家庭琐事心情不好，一个人坐在阳台的椅子上。阳阳顺着阳台的墙边慢慢地走过来，怯怯地看着我，什么也不说，爬到我的腿上，小胳膊搂着我的头，让我靠在他的胸前，小手在我后背轻轻地拍着。

那一刻，我的心里突然涌上来一阵柔软，以及被这个小家伙拍出来的感动。

平时他哭了我就是这样哄他的，如今，他也这样对我。

有时，我在厨房做饭烫到手惊叫，阳阳会慌里慌张地扔下他的小玩具，急匆匆地跑来，问我："妈妈你咋了你没事吧，我去给你拿胶布啊。"

点点滴滴，如一缕缕灿烂的阳光，就像他的名字一般。

前几天，他调皮。我问他："你要不要做一个好孩子？"这样的问话总有些呆板无生气。他也机械地回答："做。"我故意反问他："你要做什么？"他迅速地说："我要做动物！"我愣了一下，问他："你想做什么动物？"他高兴又大声地说："老虎！"

唉，小家伙，妈妈哭笑不得，你就做一个勇猛的小老虎吧！勇敢地面对以后生活的种种。

阳阳趣语（一）
2007 年 3 月（四岁）

1. 阳阳（小声地）：妈妈，我要把你踢到西班牙去！

   妈妈：那你就没有妈妈了……

   阳阳（微笑）：那咱们把爸爸踢到西班牙去吧？

   妈妈：那你就没有爸爸了……

   阳阳（不屑地）：那再生一个爸爸呗！

   妈妈：让谁生？

   阳阳（认真地）：你生！

妈妈（晕）：……

2. 阳阳调皮中……

奶奶（佯装生气）：阳阳，从来没见过你这样调皮的孩子……

阳阳（迅速地）：那你生那么多孩子干吗，你就要我一个不行吗？

奶奶（吃惊并晕）：你不是我生的，你是我从火车上捡的，然后送给你妈妈的……

阳阳（天真）：真的？……

3. 我给阳阳奶奶家打电话，电话声响，阳阳的哥哥去接，阳阳没有接上，大哭中。

阳阳：那是我妈，又不是你妈，你接什么呀？

哥哥（生气中）：……

宝宝：阳阳，快来接电话，你妈妈要和你说话。

阳阳（大哭中）：……

哥哥（生气）：你接不接，反正是你妈，又不是我妈……

4. 阳阳：妈妈，我发现你有两个爸爸。

妈妈：哪两个？

阳阳：你有姥爷一个爸爸，还有我爷爷一个爸爸。

妈妈（还挺聪明嘛）：……

5. 奶奶：阳阳，你的小嘴这么会说话？

阳阳：我长着嘴巴就会说话呀！

乐在其中
2007 年 4 月（四岁）

每次去站前路幼儿园接他，站在中班教室的门口，看那双明亮的小眼睛四处寻觅，一看到我，就露出喜悦，那双小眼睛笑成小月亮一样，然后走过来，把他的小手放在我的手心，乖乖地让我牵着走。

有一次，他见到我就哭，引得周围的父母纷纷侧目。我问他："你怎么了。"他带着哭腔说："我想你了。"

还有一次，我下班后临时有点事，接他时晚了十几分钟。等我赶到幼儿园，走过楼房拐角时，听到好像有一只小狗在"呼哧呼哧"地喘气，等我两三步转过去，才看到是我的阳阳站在墙角抽泣。我抱起他，阳阳老师走出来对我讲："阳阳看同班的小朋友都被接走了，就剩下他一个人，他就开始委屈地哭起来。"

一直以为自己是普通的微尘，平凡地行走，平凡地生活。可是有一天，有一个小家伙把你当成他的依赖，他的山。你对他瞪眼，他会害怕；你对他哪怕是轻轻地训斥，他也会觉得委屈要流眼泪；你对他随便说过的话，也许说完就忘记了，可是他却认真地记得，突然有一天还会对你提起。所以，当我明白这些，便要认真地做他的妈妈。

我让自己的耐心长了又长，从不轻易把承诺当作哄他的玩具。

比如冬天的早晨，他一起床就要吃雪糕，我坚决不同意，告诉他雪糕太凉了，吃了会拉肚子。好话说尽，他还是执意要吃，我便有些强硬地告诉他：不能吃。可阳阳天生是个大嗓门，得不到满足便开始大哭加尖叫。我捂着耳朵瞪着他，怀疑楼上楼下整个单元的人都听到他的哭声了。就对他说："你别哭了，人家还以为妈妈在虐待你呢。"这时他爸爸跳了出来，问："阳阳你怎么了？"他满脸的泪水，用他的小食指指着我说："妈妈骂我。"我哭笑不得，冲他嚷道："你知不知道什么是骂？"他见我对他大声说话，转身扑到他爸爸的怀里哭得更厉害了。

一次，我对他说："阳阳，妈妈最喜欢你了，你是我的小宝贝。"他接过来对我说："我也喜欢你，你是我的好妈妈。"

阳阳儿时的家，时常这样，充满着哭和笑。一个妈妈，一个儿子，在一起自得其乐，并乐在其中。

享受纯真
2007年6月（四岁）

一日，阳阳不听话，我的心情也有点烦躁，便在他的小屁股上轻轻踢了一脚，他顿时哭得无比委屈。

其实我踢完就后悔了。

等他慢慢地从大哭到哼唧到最后不哭了，他躺我怀里轻轻地说："妈妈，我什么都给你了，你还踢我。"

我听了他的话，先有点错愕，有点惊讶，又有点可笑，最后是悠长的感动。这句话猛一听有点像肥皂剧里女孩子对以身相许的男人说的话，但是只有我知道阳阳这句话的意思。

因为，有时候他放学后见到我，会从脏兮兮的小口袋里掏出一把小石头，小心地放在我手里，告诉我说妈妈这是宝石，可厉害了，我送给你。我装在口袋里，后来总是舍不得扔，拿纸包了放在抽屉里。

他有时候还会像变魔术一样，从小口袋里拿出一朵有点皱了的小菊花，说妈妈这是我从我们学校的花园里摘的，这是一朵最美丽的花，我送给你。

我每次都很开心。他说我什么都给你了意思是：他最宝贝的小玩意都送给了我，可我还踢他。

我很享受阳阳带给我的纯真。

阳阳说："妈妈，我给你变个魔术吧。"我问："什么魔术呀。"他摊开两只小手正过来反过去，说："妈妈你看我手里什么都没有对吧。"我说："对什么都没有。"阳阳笑眯眯地说："那我给你变出一朵花来啊。"我惊异而期待地看着他，看这个小家伙要耍什么花样。小家伙小手一翻，把自己的两只手分别摊开在自己的下巴下面，像两片叶子，"叶子"上的一张小脸上小嘴巴上扬着，两只眼睛已经笑得像两枚弯弯的小月亮，然后手和脸同时左右晃着，像极了植物大战僵尸里释放阳光的向日葵。原来这个小家伙变出来的花就是他自己。

有一次，我和他玩游戏。我倒在沙发上装作一动不动，小家伙在旁边喊着

妈妈，用小手推推我，我还是不动。最后，他竟然扑过来开始翻我的眼皮。我忍不住大笑起来，可心里却在想，几十年后这样的镜头会重演的吧。以后我是不会再和他做这样的游戏了，因为小孩子是那样天真，这样的游戏玩一次就可以了，总玩就有点狼来了的意味。

也许是成人的世界里总是不那么简单，所以连快乐都吝啬起来。与其这样，我更愿意让自己简单一点，和阳阳一起快乐。

家有小儿初长成
2007 年 7 月（两个月至四岁的趣事）

两个月

清晨起来，把这个初生的小宝宝放在沙发上，我开始叠被子，转过头看他，小家伙正在尿尿，一注水像一股小喷泉浇到他脖子旁边，差点就自己"洗脸"了。

半 岁

带他回妈妈那里，他饿了"哇哇"哭。妈妈给他冲了一瓶奶粉，他喝了两口就吐出来，我说是奶粉放少了，妈妈不信，我又加了两勺，晃了晃给他喝，小家伙"咕嘟咕嘟"喝得好香，妈妈很惊讶。

一 岁

阳阳刚学会走路，兴奋无比，平举两个小胳膊从一个屋转到另一个屋，我戏称他的姿势是小僵尸式的。

（后来回忆，阳阳第一次会走路，应该是他爷爷带他在小区的十字路口。那些年路口有一个修自行车、修鞋的小摊，摊主和他爷爷年龄差不多。天气好的时候，他爷爷会带他在那里坐着，和别人聊天晒太阳。有一天，阳阳就在那个小摊旁边迈出了人生的第一步。回来后，就跟开挂了一般，开启僵尸式走路）

一岁半

他从厨房拿出碗到卫生间的马桶舀水玩。

（为这，他爷爷特意在卫生间的把手上拴了绳子，防止小家伙进去玩马桶的水。）

二 岁

休假带他去四川。他第一次坐火车，新鲜无比，看到邻座叔叔带了他没吃过的零食，目不转睛地盯着，别人善意地给了他，一下让我觉得很尴尬。

三 岁

这一年的他，接到他在西宁二姑的电话，他二姑在电话里逗阳阳说："阳阳你来接二姑回家呀。"

雷厉风行的阳阳，放下电话，捏着一毛钱离开家，往金轮宾馆的方向走。捏一毛钱，是因为阳阳觉得出去坐车都要掏钱。往金轮宾馆方向走，是因为阳阳二姑结婚时在那里举办的宴席，小家伙就觉得二姑是在那里。阳阳走得很快，他年迈的奶奶还没反应过来。

那一天，是五月的沙尘暴天气，他一个人在陌生的地方（大致在黄河路与江源路交叉口往东的聚浪潮洗浴门口）大哭，幸好遇到一个好心女人费尽周折地把他送回来，我见到他后便搂在怀里尽情流泪，阳阳也在哭，他奶奶也在哭。

四 岁

一天,我逗阳阳："阳阳,你长大了后要娶媳妇的。"阳阳害羞地说："不——我怕！"我说："你怕什么，媳妇又不会吃了你。"

过了几天，我又逗他："阳阳，你长大了，妈妈给你娶老婆。"小家伙依然害羞，阳阳爸爸问："阳阳，爸爸娶老婆了没有？"小家伙傻乎乎的，大声地说："没有！"然后一语惊人地说："以后谁来给我说媳妇，我拿锅敲他。"（拿什么敲不好，用锅敲）

阳阳把他吃的黄金搭档的说明书放在一个纸袋子里，郑重地交给我，说："妈

妈你把它放好，这是我的遗（医）书。"我愣了半天，阳阳爸爸走过来，说这是医药说明书，你也不能简称医书呀！

阳阳趣语（二）
2007 年 12 月（四岁半）

1.阳阳上幼儿园最大的收获就是养成许多良好的习惯，每天回到家脱下外套就把衣服叠整齐放在沙发上。

一次，他爷爷逗他：阳阳，把我的衣服也叠叠吧？

阳阳（不想叠，笑嘻嘻的）：我们老师说了，自己的事情自己做！

爷爷（哈哈大笑）：……

2.一日晚上

阳阳：妈妈，咱们翻跟头吧？

我：我不会！

阳阳：你跟我学，我在旁边扶着你。

我翻了一个，阳阳满意地伸出大拇指。

我翻了第二个，很不幸，歪了，掉下床，疼得直叫。

阳阳（慌忙下床）：妈妈，我给你揉揉！

我（瞪他）：你不是说要在旁边扶着我吗？

阳阳：你掉下去太快了，我没接住。

我坐在床上，阳阳板着小脸坐我怀里不说话。过了一会儿，他歪起头看看我，悄悄地伸出小拇指在我眼前晃了晃，我一下笑起来。他看到我笑了，就迅速地溜下床，一边跑到卫生间给我拿纸，一边冲他爸爸大喊：爸爸，妈妈笑得眼泪都出来了！

3.我（逗他）：阳阳，你以前住在妈妈肚子里。

阳阳：真的？那我在你肚子里吃什么？

我：我吃什么你就吃什么。

阳阳：妈妈，那你吃蛋糕不？

我：吃啊！

阳阳：妈妈，那是不是这样，你吃蛋糕的时候，我在你肚子里"啊——"张着嘴接着蛋糕？

4.医院，妇产科，有一个新生的宝宝，出了医院之后。

我：阳阳，那个刚出生的宝宝你见了没？

阳阳：见了，他妈妈用绳子绑着他（小被子裹着，用绳子固定一下），他就使劲哭！

扁担的故事
2008 年 12 月（五岁半）

晚上睡觉前，照例要和阳阳玩一会儿。

我说："阳阳，妈妈教你说绕口令吧。"阳阳期待地说："好。"

我就教他：扁担长，板凳宽，扁担没有板凳宽，板凳没有扁担长。阳阳就一句一句地学。我突然想起他一定不知道扁担是什么，就跟他解释："阳阳，扁担就是……"还没等我说，小家伙就打断我说："妈妈，我知道，扁担就是那个——把鸡蛋，一拳给打扁了……"我忍住笑说："不是的，扁担是用来挑水的，咱们老家就有，你四奶奶用它来挑水，一边一个水桶……"没等我说完，阳阳急急忙忙地说："妈妈妈妈，我知道了，就是那个用一根绳子，拉呀拉，把一桶水拉出来……"我说："那是从井里打水呀"跟他解释不清楚了，只好告诉他下次在电视里看到了告诉他。

这四句绕口令，他练了一会儿，终于能磕磕巴巴地念下去了，当我笑着对他说 OK，他便像个小疯子一样，兴奋地在床上踢腾来踢腾去，嘴里喊着："我终于又攻克了一个难题！"

我的爱情
2008 年 12 月（五岁半）

童言无忌（一）

一日下午，我接了阳阳放学。

我们照例是我背着他的书包大手牵着小手，边走边聊。我问他："在学校吃的什么饭。"他说："吃的米饭。"我说："你吃了几碗呀。"他说："我吃了两碗，第一碗是米饭和菜拌在一起，第二碗是白米饭。"我说："那你怎么不吃菜？"阳阳挣脱开我的手，跑到前面踢着小石子说，因为白米饭是我的爱情呀。

我怀疑自己的耳朵是不是听错了，就大声问他："你说啥？"他扭过头笑嘻嘻地对我说："妈妈，白米饭是我的爱情呀。"我忍不住笑起来。

回到家，放下书包，我们坐在茶几前吃一种叫碧根果的坚果。

小家伙吃得很香，边吃边说："真好吃啊。"我逗他说："阳阳，现在你的爱情是什么？"他手里剥着嘴里吃着头也不抬地说："现在我的爱情是这个碧根果。"我笑着说："不是白米饭了吗？"他抬起头，含混不清地说："不是了，妈妈，我的爱情不是白米饭了。"我听了他的话哈哈大笑。

阳阳同学经常悄悄地叫我小杨妈，我很喜欢他这样叫我，如果阳阳爸爸在旁边，一定会训斥他，说这样叫很没有礼貌的。所以阳阳就悄悄这样叫我。

有时候，我不开心了，就会跟他讲："阳阳，我今天很不开心，我不想当妈妈了。"他就说："好吧。"然后就像小大人一样，对我说："乖孩子，听妈妈的话，来，吃这个。"

和他这样逗几句，那种不开心的情绪就逐渐淡了。

今天，阳阳参加幼儿园学前班的期末考试。昨天晚上，我对他说："阳阳，不管你考 100 分还是大鸭蛋，你都是妈妈的孩子，如果你考了大鸭蛋，回来后妈妈煮煮给你吃啊。"他笑着点点头，说："好吧。"

童言无忌（二）
2009 年 10 月（六岁半）

一个周末，和阳阳一起去吃火锅。

又麻又辣之际，想逗逗阳阳。就问他："阳阳，以后你长大了，妈妈就老了，你养不养我？"阳阳说养啊，我继续问你要怎么养我？阳阳说：我给你买好吃的！我说那给我钱花不？阳阳说："给。"我说："那要是你挣了一百块钱，给我多少？"阳阳不假思索地说："给你九十九块！"我一下笑了，还有小小的惊讶。随后又逗他，说："你要是给我九十九块，你媳妇会踢你的。"阳阳好像没听到，又说："一百块都给你吧！"我继续逗他说："那样你媳妇就不要你了。"他傻傻地嘟囔道："不要就不要了呗。"听他说完，觉得这个周末真可爱。

星期天，带阳阳去铁路医院做化验。在去的路上，阳阳问我："妈妈，我要去做什么化验？"我说："血糖。"他一听便很紧张地说："那是不是要划开肚子？"一边说一边还用小手在肚子上比画。我说："什么呀，不是开膛的膛，是牛奶糖的糖！"他貌似听懂了，才如释重负地放下心来。

阳阳的童言经常逗得我大笑，小孩子的天真和可爱，就像初春的阳光一样，让人的心里暖暖的，弥漫着单纯。

一年又一年，阳阳在慢慢长大。今年，他在站前路小学上一年级了。我说："阳阳同学，你经过在幼儿园的小班大班和学前班的锻炼和辛苦努力，终于成为一名光荣的小学生了！不过，我觉得，你穿校服的样子有点可笑！"他听着我逗他的话，开心的眼睛又眯成了两道弯。阳阳说："我也觉得我穿校服的样子有点可笑。"

好景不长。

阳阳同学刚上一年级的第二天，就被老师罚着蹲在地上写作业，原因是他头一天没写作业。第三天，作业倒是写了，但是从晚上的 8 点一直写到 11 点50 还没有写完，阳阳边写边哭边说："怎么这么多作业呀。"我没办法，看他还有一个字实在写不完了，我就帮他写了，说："你去睡觉吧。"（多年后，阳阳上

110

中学时，和阳阳聊天，才得知，当时上一年级的阳阳经常会让他爷爷帮他写作业，譬如田字格里的汉字，他爷爷就帮他写了。不知是不是当初我帮他写了一个字的作业的后遗症呢？）

后来，有一个星期，阳阳连续两次没有写数学作业，老师让他叫家长，阳阳不叫。老师没辙了，就告诉全班的小朋友说："你们放学后谁见到阳阳的爸爸或妈妈，让他们来见老师！"然后小孩子们放学了，出了校门都忘了老师的叮嘱，只有一个小姑娘记住了，回来后给我们家打电话，说老师让叫家长。结果，阳阳爸爸带着怒火去了学校，听了老师对阳阳的评价，我们才知道原来他总是忘记写作业。

阳阳同学十几年的学习生涯开始了，我想我的要求不是很高，不要求他学习名列前茅，只希望他开心、健康，就可以了。

暖 阳
2010 年 2 月（七岁）

隔着玻璃窗，看冬天的天空，蓝得清冽而纯净，像小孩子的心，干净得没有杂质。

电影《阿凡达》热映的时候，我带阳阳一起去看。我以为自己喜欢看的，阳阳也一定会喜欢看。结果他看得瞌睡无比，被大屏幕里蓝色的人吓住了。

回家睡觉前，阳阳悄悄地对我说："妈妈，我晚上会做噩梦的。"我笑笑说："没关系啊，妈妈晚上到你的梦里去，把那些吓你的坏蛋赶跑！"阳阳满足地说："好。"就安心地闭上眼睡了。他大概睡了半个小时，醒来后着急地对我说："妈妈你怎么还没到我的梦里来。"我说："妈妈要睡着了才能到你的梦里呀！"天亮了，阳阳醒来高兴地说："妈妈，我昨天晚上真的没有做噩梦！"小孩子的心像透明的玻璃，一喜一怒都表现在小脸上。阳阳，对于我，就像冬天里的暖阳。

这一年，阳阳在盐湖文化活动中心学习跆拳道有一年的时间了，经过两次考级，已经晋升到七级黄绿带。他说他的梦想就是要像俞老师一样练到黑带。

上个星期，我们坐公交车出门，阳阳突然对我说："妈妈，我以后要到少林

111

寺去。"我奇怪地说："你去少林寺干什么？"阳阳说："我要去学功夫！"我说："你知道少林寺里都是什么人，都是和尚！"于是，阳阳来劲地喊："我要去当和尚，我要去当和尚。"

阳阳放寒假了，每天都会在我们的督促下写寒假作业。有次他的一道一年级数学题不会做，他爸爸开始有耐心地为他讲解，大概讲了有十分钟左右，口干舌燥地讲完了，阳阳同学慢腾腾地说了四个字：我听不懂。一下把他爸爸的火气引上来了，开始训斥他，阳阳一边听训，一边拿眼瞄我，嘴角微微上扬有想笑的意思，我被他的样子一下逗笑了，小家伙是故意说听不懂的吧。

阳阳最喜欢笑，大笑，微笑，自由自在地笑。不管是在大街上，还是在家里。有次带他上街，在市场上人最多的地方，一家超市在放那种有节奏的歌曲，阳阳听到了拉着我的手和着曲子不管不顾地又蹦又跳，我觉得小家伙的性格中有一种无拘无束的热情和奔放。这样，很好，像冬天的暖阳。

阳阳趣语（三）
2010 年 6 月（七岁）

1. 一天晚上，给阳阳洗脚。他坐在小板凳上看功夫熊猫，看得非常入迷，我搓着他的小脚丫，看他一动不动、聚精会神的样子，突然想恶作剧下，就卷起他的一只袜子，卷成一团，放在他嘴边，说："吃——他很乖地，对我深信不疑地啊着嘴，准备让我把"好吃的"放到嘴里，我扑哧一下笑出声，他也感觉不对劲，赶紧低下头看看，一看小脸笑成了花。

2. 一日下午，阳阳同学放学了。按照惯例，他总会在放学的路上就开始给我讲，一天来在学校发生的有趣的事情。这天他说："今天下午，我们班有个女孩对我要流氓呗。"我一听又好笑又吃惊，赶紧让他说事情的原委，他磕磕绊绊地说了半天，我总算明白了，原来下午第四节课，一年级的小同学出去玩，他和同学们分两个队做游戏，谁输了就亲对方，阳阳的对方是个小女孩，输给阳阳了。阳阳同学给我们讲清楚后不情愿地说："奥哟——她在我脸上亲了好几下！"

阳阳趣语（四）
2011 年 6 月（八岁）

受阳阳的影响，我也喜欢玩植物大战僵尸这种小孩子玩的游戏，我觉得很有意思。我玩的时候，阳阳总会在旁边告诉我该种什么植物，说完还不忘得意地拍拍我的肩膀，说以后听你张大哥的没错！

阳阳就像一枚清凉的开心果，给我安静的生活带来无穷的乐趣。我时常在想，带着一颗童心，在这尘世中行走，也是未尝不可的。

去年秋天，给他买了一套睡衣裤，放在他的床铺上。我忙完后走到卧室，看那套睡衣还在床上，便过去收拾。在睡衣旁边，我发现了一张小纸条，上面是阳阳歪歪扭扭的字：妈妈，你给我买的睡衣我很喜欢！还有落款：阳阳，还有时间。那一刻，我有一些小小的感动。

我把这张小纸条折好，放在一个蓝色的塑料盒子里。这里面都是阳阳平时涂鸦的东西，单单片片的，我想等他长大了，让他看看自己童年的光影记忆，他一定会喜欢。

记得我上小学一年级时的小学生手册，爸爸一直给我留到现在，里面有学期成绩，有老师给我的评语，有爸爸给我的假期评价。我七八岁时给远在异地的姐姐写的信，姐姐也留着呢。等我现在再看这些东西时，那种奇特的感觉和时光倒流的错觉，让我更珍惜现在，时光只不过一瞬间，人的一生却要慢慢度过。

阳阳说下午他要和班里的一个小朋友在体育课上跑步比赛，谁跑赢了体育老师就会发一个小奖品，我说："什么奖品啊。"阳阳神往地说："是一个棒棒糖。"

晚上回去，我要问他，这枚棒棒糖，小小的幸福，你得到了没有？

安安一记
2019 年 1 月（回忆记录）

夜半醒来，难以成眠。

窗外的夜空黢黑而静谧，万物安眠。右边的脖子隐隐作痛，似乎连吸进去的气息都会引发痛感，牵连着右边的头也有些沉。

睡意全无，索性起来，开灯，给小家伙盖盖被子。阳阳同学睡得香甜，小头发炸着，半边脸睡出了褶皱。这个小孩已经身高 175 厘米，体重 150 斤左右，我给他买衣服要买 185 的。我经常逗他说，小伙子别看你身形像大人，一开口说话就会暴露你小孩的幼稚。

去年某一天，已是半夜。阳阳突然哽咽着来找我，说妈妈刚才我做了一个噩梦，我看着他高大的黑影，忍着笑，心疼地把他抱在怀里，像小时候哄他睡觉一样轻轻地拍着他，说："阳阳别怕，有妈妈在，只是一个梦而已，不是真的。"

前天吃饭，一直无语，突然想起之前的计划，想在今年暑假让阳阳去打工。我说："阳阳，你今年就十六岁了，未成年人保护法是十六岁还是十八岁啊？"阳阳说："对呀，十六岁就可以判死刑了。"我吓一跳，瞪着他说你有什么计划吗？阳阳笑眯眯地说："十八岁以后是成年人，但是十六岁就开始负法律责任了。"我说："哦，你不说我还不知道呢。"心里想这个小家伙的思维跳得有点大。

似水流年中，阳阳逐渐长大。学习成绩虽然总是一般，但我很欣慰他有一个阳光的性格。

放寒假的前夕，高一学生阳阳要面临分文理科的选择。我问阳阳："你想选什么呢？"阳阳犹豫地说："我想选文科，但老师们都说选择理科以后的可选专业和就业机会很大，我也不知道选什么。"我想了想上次月考中阳阳全班倒数第一的化学成绩，我说："这是你人生中第一次选择，决定由你来做，以后的选择也是一样，妈妈可以给你建议，但最终选择什么样的生活是你来掌控的，遵从你自己内心的兴趣和向往，生活，不可以太理性，在不违反原则的前提下，不管你做什么样的选择，妈妈都尊重你支持你，只是你自己选择了就不要后悔。"

阳阳很认真地点点头。其实，我说出这番话后，内心有点小小地打鼓，尤其是那句"生活，不可以太理性"，虽然我自己是这样认为的，但不一定会得到大多数人的认同。最后，阳阳还是选择了文科，我，他的爸爸，他的哥哥，大家都建议让阳阳选择他喜欢的文科，在这方面，我们是一类人。

之后的情况，也在预料之中。整个高一年级八个班，有六个班都是理科班，平均每个班六十多个孩子，文科班只有两个班，一个班四十多个孩子，阳阳所在的班级只有三十七人。

开家长会时，我邻座的妈妈很不满意自己的孩子选择文科，说开家长会都不愿意来，但是拗不过孩子，她的孩子目标很明确，学习文科，随后考取暨南大学新闻系，她不满意的原因也是文科生的前景。相比而言，我轻松很多。我说："你家孩子有明确的目标很好，我家阳阳是喜欢学文科，我们大人也都建议他选文科。"她听完我说的话，一脸不置可否，似乎不敢相信我们大人怎么能任由孩子的性子，不去做长远的考虑？突然，有点聊不下去了。

生活本来就是由感性和理性共同组成的，把握好平衡的度，生活既可以充满简单的幸福，也可以有简洁的自律。我上学时的理科成绩一塌糊涂。但我想，理科学习是需要一步一步推理，最后的结果也在环环相扣的过程中得来的。可是生活，往往是有各种因为，各种可是，最后的所以却是天外来客。就像钻过牛角尖的人都会问同一个问题，为什么我……可是却……这是为什么？钻不出来的结果只能是作茧自缚。其实文理不分家，情感和理性是一体的。

阳阳的老师规定了寒假作业分七个时间段提交，第一个时间段是元月十三日至十九日，我提交的作业是从元月十七日至十九日，阳阳前面几天玩得已经不知作业为何物了。我说："我可以给老师说前面几天没写作业是因为你一直处在重获自由放飞自我的状态中吗？"阳阳大声说："不能这么说，你就说我生病了。"我瞪了他一眼。似水流年之后还是似水流年。

新年的愿望有几个，当然不能少了阳阳的。愿阳阳同学健康，快乐。

大战记忆
——阳阳同学玩电脑之路

2019 年 2 月（回忆记录）

昨晚做了拉面，和阳阳一人一盘。又切了牛肉，拌了麻辣豆腐皮。阳阳吃得津津有味。修电脑的人刚走，我和阳阳就着电脑的话题，一点一点搜罗出很多有趣的记忆。

阳阳四五岁时，发现电脑是有意思的东西，在上面可以玩很多游戏，便想方设法地玩电脑，于是和大人们开始了各种斗智斗勇。

最初，阳阳刚上小学的时候，学校放寒暑假，我采取的办法简单粗暴，我们每天上班时，把电脑的线从墙上拔掉。不过只维持了一二天，阳阳就发现了这个秘密，重新插上电源就可以了。大人们下班后，小家伙坐在电脑前玩得不亦乐乎。

后来，阳阳大了一些。我早晨上班前直接把家里的电闸拉了，这个办法维持得久一些，四五天而已。那几天一下班，阳阳便扑过来说："妈妈，今天没电。"我也很无奈地说："是啊，可是妈妈也不会造电。"阳阳说："那你给供电局打个电话问问，啥时候来电。"我说："妈妈查查啊。"上班前我给了阳阳一个电话，说这是供电局的电话，如果下午还是没电你打这个电话问问，阳阳高兴地说："好。"

我很开心地出门上班了，因为给阳阳留的是我办公室的电话。结果下午正上班时，座机响了，我瞅了下来电显示，是我家里的电话。于是我让办公室里的一个大学生志愿者小苏去接，我说这是我家阳阳打的，为玩电脑问供电局要电呢。小苏点点头说明白。小苏拿起电话，电话那头传来阳阳奶声奶气的声音："喂——是供电局吗？叔叔，我们家没电。"小苏很认真地告诉他这几天是没电，阳阳问："那什么时候来电？"小苏说："电要从山上运下来。"阳阳问："那啥时候运下来？"小苏说："得要几天呢。"

几天后，家里冰箱冷冻的东西化开了冻上，冻上又化开。不过阳阳也终于发现了这个秘密，说："妈妈每天你上班前门口都要响一下，而且你们下班了就

来电了，一上班就停电了，我终于知道你把电闸拉了。"我说："对呀，为了不让你玩电脑。"阳阳笑嘻嘻地说："你难不住我的。"

既然关电闸不管用了，我开始了设置密码之路。很长一段时间，阳阳假期每天早晨起来的必修功课之一就是坐在电脑前猜密码。而我下班后回到家经常逗阳阳："你今天猜到密码了吗？"阳阳也不沮丧，笑眯眯地说没有，还说："妈妈，现在我每天不猜一会儿密码就觉得好像缺点什么。"

有时候，我们上班了，他奶奶过来看他，他会拉着他奶奶一起坐在电脑前猜密码，一老一小猜来猜去。时间久了，也就猜到了。其实，我设置的密码也不复杂，问题是小家伙猜到了也不动声色，每天玩儿完了看看时间，看我们快下班了，就赶紧把作业摊开装装样子。

但是小孩子毕竟城府不深。有一天我看看他面前的作业再瞅瞅他的小表情，总觉得有点不对劲，问阳阳："你一直在写作业吗？"阳阳一本正经地说："是啊。"我摸摸电脑主机还是温热的，便问他："你这是刚关电脑吧。"阳阳小眼睛一眨一眨的，自己先笑起来。

于是，我换密码，阳阳继续猜密码。自己设置的密码里，有两个现在还记得。密码设置都有提示信息的，一个密码是姐姐的名字，提示信息显示：大姨叫什么？结果阳阳开始到处打电话问："我大姨叫什么名字？"这个怪我设置得有点简单了，阳阳给他姥姥打电话，一问就问出来了。另一个提示信息显示：密码是什么？其实密码就是"密码是什么？"的拼音。这个阳阳猜了好久，他每天都问我："妈妈，密码是什么？"我就看着他说："密码是什么？"他说："密码到底是什么？"我笑着说："密码是什么？"阳阳一直以为我在学他说话。后来过了一段时间，是我自己忍不住了，告诉他："密码就是'密码是什么？'我很早就告诉你了。"阳阳小眼睛一转，小拳头攥得紧紧的，嘴里哼哼着，气急败坏。

阳阳同学的小学阶段，玩电脑的套路基本就是设密码猜密码，猜到了玩儿，我接着换密码，他继续猜。我经常会恐吓他说："你可以玩电脑，但是要有度，只能假期玩，不能去网吧，如果被我发现一次你去网吧，我会把你腿打断。"阳阳听到恐吓，每次都温和地答应下来。

可是孩子的自律性毕竟不是很好，有时一玩起来就控制不住。有一次我威

117

胁他说："阳阳，你再这样玩儿，信不信我把电脑拆了。"第二天早晨上班前，我把显示器拆了，然后把显示器藏在阳台窗帘后面，还想拆点别的，无从下手，想想这样就可以了。结果下班后，阳阳一脸兴奋地跑过来，说："妈妈，早晨我在床上听到你在书房叮叮咣咣的，以为你把电脑拆得七零八落，你走了我一看却只是把显示器拆了。"说到这儿，他狡黠又一脸鄙夷地看着我。我说："你找到显示器了吗？"阳阳轻松地说："那么大的东西把家里搜一遍就找到了，然后我不到一分钟就把显示器装好了。""好吧，容我想想，还有什么阻拦你的好办法，我倒是想拆主机，可我不太会啊，把里面的零件拆了，到时候安不上咋办。"

阳阳上了初中后，有了一部自己的手机，是用他自己的压岁钱买的。他在电脑设密码受阻后，开始把兴趣转移到手机。于是，我又开始了各种藏手机。面柜里，高压锅里，沙发缝隙里，花盆后面，没有藏不到的地方，但也没有阳阳找不到的地方。他一个人在家时就开始翻箱倒柜，乐此不疲。他能找到的原因很简单，他忍不住告诉我："妈妈，那个手机里后台运行的程序有时会发出声音，我听到声音才知道你藏在哪里。"后来我就关机了再藏。再后来，我干脆天天背着他的手机和平板上班，下班再带回来。

有一次，我和他爸爸同时出差，走之前给电脑设了密码，平板锁抽屉里。回来后，阳阳很平淡地说："你们又是设密码又是锁抽屉的，你们知道你们最失败的地方在哪里吗？"我看着他，他洋洋得意地说："你们最失败的地方是抽屉钥匙放在一个很容易被我找到的地方，所以你们走后第二天我就拿到平板了。"

这种设置密码的手段在阳阳上初二的时候被结束了。他不知怎么操作的，可以无视我的密码进入电脑，建立他自己的账户，并为自己的账户设置了密码。我问他是怎么做到的，他笑嘻嘻地开始说第一步第二步，到了最关键的步骤时，他说："妈妈，以下内容你想知道的话，也可以，但是我就要收费了。"我说："你对妈妈还要收费啊，你怎么知道这个方法的？"他说："从手机百度上搜啊。"

有时总在想，我们的童年和阳阳一代的童年是如此不一样。各种隐藏和拦阻不如各种引导。我试图让他喜爱阅读，但收效甚微，我订阅了很多青少年杂志，到最后发现杂志外面的包装纸都没拆；我试图让他亲近自然，他却没有太大的兴趣，他对我说："妈妈，我喜欢宅。"好在，一天天长大，他逐渐有了自己的

想法和观念，每当我担忧他沉迷于此，他反而安慰我说："妈妈，你放心吧，我心里有数。"

　　阳阳初中班主任第一次见我们家长时说过，现在的孩子也很辛苦的，在学校和老师们斗智斗勇，回到家和爸爸妈妈们斗智斗勇。我听到后会心一笑。好孩子，虽然妈妈一直很欣赏你，但是不能少了和你的"斗智斗勇"。

第二章

草木为友

阳　台

　　姐姐说，一个房子有了飘窗就好像有了灵性，我觉得，一个房子有了阳台就有了很多温暖的回忆。

　　1989 年冬天，因为爸爸工作调动，我们全家从马海搬迁到了格尔木。我们的新家不大，五十多平方米。我们全家在这里住了二十多年。

　　爸爸家的阳台有没有七八个平方米呢，总是满满当当的，有限的空间被利用得很充分。阳台的最里面支了一张擀面条的大案板，案板的下面放了洗衣盆、水桶等，那块大案板平时不用的时候，都被爸爸铺上报纸，然后在上面放一些杂物。阳台的一侧是一排窗台，上面摆满了爸爸养的花，有冬青、三角梅、海棠、文竹、金枝玉叶……这些花花草草在阳光的照耀下生机盎然。阳台的上面是妈妈拉的几根粗铁丝，周末的时候会晾满洗干净的衣服和宽大的床单。阳台中间的空地上是一把小木凳，带靠椅的那种，矮矮地立在那里，木凳上是我用废毛线钩的小坐垫，五颜六色地绽放着。

　　阳台很狭小，但干净有致。

　　那时，家里都是爸爸做饭。每每放学回家，一进门，就会有爸爸的声音从厨房里传出来，先去吃个苹果吧，我吃苹果的空当，就会走到厨房，看爸爸今天做了啥饭，如果爸爸正巧在切黄瓜或者莴笋，就会留下一小半给我生吃。如果有已经炒好的菜，我也会像馋猫一样用指头捏来一点放进嘴里，爸爸忙碌着，就当什么也没看见。

我们的厨房也很小，除了日常洗漱的空间外，还摆放了一台洗衣机，切菜的案板也是不大的一块，如果有两个人同时在厨房，难免会转不过身来。

直到很多年后，我才发觉，那时的我在父母的疼爱下真的是个很粗心的孩子。差不多是在自己结婚以后，有一次回家，我在厨房里站着，环顾四周，突然想到一个问题，爸爸妈妈爱吃擀面条，那他们在那么小的案板上是怎么擀面的呢？后来才发现，我们家的大案板在阳台。过往的时光里，怎么从来没有注意过这些呢？

爸爸在阳台养的花里，我最喜欢的莫过于文竹。绿色的叶子不急不缓地舒展开来，细腻的纹路像勾画出来的一般，一丝一缕都像是在述说心事。那时学校放假，爸爸妈妈都去上班了，我一个人，穿着棉袜，像一只蹑手蹑脚的猫，坐在阳台的地板上，看三毛的书，身旁摇曳着文竹的清香。荷西吃着粉丝问三毛："这是什么？"三毛笑着说："这是用我们台湾的高山上下的第一场春雨做的。"荷西说："原来这个叫春雨啊，东西好吃名字也诗意。"我就在想，三毛真是世上的奇女子啊，活得那么自由而洒脱。我看看旁边的文竹，阳台的窗户半开着，有微风轻轻吹来，文竹的绿叶自在地摇曳着，书里的文字淡然而优雅，我的心就像平静的湖水，随着文字偶尔会笑，就像春天的阳光掠过湖水的涟漪。

还记得高考的那一年，我大概和很多学生一样，高考前夕莫名地有了高考恐惧症。至今我都记得很清楚，高考前夕的一个月朗星稀的夜晚，我打开阳台的窗户，对着浩渺的星空小声念叨着："请问有外星人吗，如果有就把我带走吧，这样我就不用参加高考了。"连着念了好几遍，可夜空依然安静，星星一闪一闪，没有人理睬我。

现在想来，觉得当时的自己挺可笑的。

妈妈有时会在粗铁丝上晾晒很多衣服，散发着洗衣粉的清香，和着阳光的明媚，阳台上流溢着这样的一种暖。这普通的不能再普通的场景，不知为什么会刻在脑海里，每每想起，竟成了一幅图画，带着时光泛黄的旧。

每当有衣服晾晒，我都会坐在衣服下面的小木凳上——因为大大小小、长长短短的衣服刚好挡住了阳光的热烈。我在衣服下面干什么呢，那个年代还没

有手机，我要么在看妈妈常说的那种闲书，要么就是捧着课本在装模作样，因为妈妈要让我到阳台上看书，说阳台清净。妈妈偶尔唤我，我抬起头，那长长短短的裤腿在我的头顶和肩膀上也弯了腰。

其实不光是我喜欢在阳台坐着。妈妈和哥哥也一样。

妈妈没事了捧着一本厚厚的书坐在小木凳上，我说："妈，阳台上不晒吗？"妈妈戴着的老花镜滑在鼻头，她抬起头，目光从眼镜上面看向我，笑眯眯地说："晒一晒出出汗很舒服。"我转身走了，心里想：出汗还舒服吗？妈妈小声念书的声音从我背后传来，我又想：妈妈好用功，我可做不到。

不看书的时候，妈妈就在录音机里放豫剧，听着那个大盒子里的"咿咿呀呀"，坐在小木凳上，手里织着一条毛裤，织好的一条毛裤腿温顺地匍匐在妈妈脚旁，她灵巧的双手一上一下，毛线团随着毛线的伸展"咕噜噜"地跑来跑去。

而哥哥，怎么说呢？正是刚参加工作的小年轻，有时会思考一些人生的意义诸如此类深奥的问题，所以哥哥的阳台剪影就是坐在小木凳上，很舒服地倚靠着，看着楼下来来往往的人群，不急不徐地吸着烟吐着烟圈，一坐就是好一会儿。

后来姐姐有了孩子，阳台又成了我们惩罚小孩子的场所。小宝宝一哭闹，我哥哥就会说："别再哭了，你要是再哭，就把你关到阳台，等你哭够了再放你出来。"有一次，哥哥实在没忍住，把孩子抱着放到了阳台，出来时顺手又把关上了。姐姐回来问："孩子呢？"妈妈用手指指阳台，我还不忘加一句："是哥哥关进去的。"姐姐翻翻白眼没有言语，先去阳台把她的孩子放出来。后来孩子长大了，舅舅长舅舅短的，和舅舅的关系很好。

阳台的下面是东西走向的博爱巷。20世纪90年代的博爱巷两边还没有停车位，道路上也没有那么多汽车，路旁也没有那么多的高楼。

不看书的时候，我也会坐在阳台上看街道上流动的风景，三五人并排走着上学的孩子，上街买菜缓行的老人，来来往往的自行车倒是很多，上学的上班的。我的眼帘就像一个小舞台，一会儿这个闪现，一会儿那个又走了。

我觉得最热闹的莫过于过年。爸爸提前给我们买了很多花炮，储存在阳台窗户旁。大年三十的晚上快十二点的时候，我和哥哥就站在阳台开始放炮，爸爸就在屋内叮嘱："戴上手套放啊。"放炮放得开心的时候，两栋楼房之间开始"打仗"，他往我家窗户这里晃一下，我往他放炮的光亮处甩两下，砰砰啪啪的缝隙间，隐约听到对方大声明朗的笑。

只可惜，现在再也找不到当初放炮时候的那种开心了。

再后来，从学校毕业的那个夏天里，因为对未来生活的不确定和茫然，那段时间的夜晚我总坐在阳台的中间，好像黑夜拥抱着我，就那样静静坐着。有一天，爸爸打开阳台的门对我说："爸爸知道你很难过，看到你那样，我的心也不舒服。"爸爸口拙，很少对我们讲什么大道理，总是默默地关心着我们，但是那天爸爸打开门对我说的话我一直记着，虽然没有说我该怎样缓解我的难过，但是我知道了不管我怎样，都有一份浓浓的亲情守候着我，虽然有时候有些笨拙，但那是最真实的。

十几年后，爸爸住的小区拆迁改造，老楼房都不复存在了，回迁的房子面积大了很多，我和哥哥姐姐都不再和父母住在一起，新房子没有了那种带着门的独立的阳台，装修后的厨房也很宽敞。但是我总是会怀念以前我们挤在一起的那个蜗居，那个小阳台，那些年轻的时光。

踏歌而行

阳阳买了盘磁带，周杰伦的歌曲集。小小的一盒静静地躺在桌子上。

我看看磁带，又看看阳阳。"阳阳，磁带买了，咱们怎么播放呢？"阳阳憨憨地一笑，"不知道。"大概，只是因为喜欢才买了。

某个周末，走进红伟商场一楼——已经有很多年没有来这里了。看着两边琳琅满目的小商品，眼花缭乱的，直接问店家"有没有播放磁带的？"店家笑笑，拿出来一个小巧的播放器，小霸王牌的，巴掌大小。我翻来翻去看了半天，店家给我试了试播放效果，还好。

回到家里，把它摆放在书架的一角。一个播放器，一盘磁带，就那么不起眼地站着，单薄且孤单。

此时，才惊觉听磁带的时光早已远走，回首时便会觉得那些日子丰满而美好。

20世纪90年代初。那时的哥哥是刚参加工作的小青年，每个月发了工资必买两盘磁带，是雷打不动的。他买啥，我和爸爸妈妈就听啥，从理查德·克莱德曼的钢琴曲到《悠悠岁月》的渴望，从彝人制造的《火把节》到小提琴的《梁山伯与祝英台》，从《黄土高坡》到《亚洲雄风》，我们听得不亦乐乎。

后来我们开始提要求，妈妈要求听豫剧，我要求买王杰的歌。每个周末的早晨，我们的那个小家热气腾腾，爸爸蒸馒头，妈妈拿着拖把从这个屋拖到那个屋，哥哥在倒腾他的各种无线电修理，我在干什么呢，反正不是在写作业。

只记得大大的录音机里一会儿是舒缓的小提琴，一会儿是欢快的赛马，一会儿是低声的吟唱，一会儿又是高昂的呐喊。磁带的一面转完了，总有人过去换个不一样风格的。现在想来爸爸妈妈对我们这些孩子真的很宽容。

几年下来，哥哥买的磁带摆满了书架的格子，一排摞着一排，每一个小盒子就是一个丰富的小世界，咿咿呀呀地渲染着我们的热闹。

有时，偶尔会有一盘磁带绞了带，"刺啦刺啦"的，里面字正腔圆的声调忽地成了尖叫，忽地转了音调，每每此时，哥哥就把磁带取出来，用他的小工具转动磁带左侧或右侧的小孔，把绞了的磁带转出来，再一点一点地把软塌塌的磁带条放正转进去，然后好听的声音依然会播放出来。

而我，和那时许多的高中女生一样，有一个自己的歌词本。就是把自己喜欢的歌一首一首地抄写好，没事的时候，和小伙伴们用五音不全的嗓音对着歌词演唱一番。三五个脑袋凑在一起，剪发头、马尾辫，毛茸茸的几小蓬挤着，看着小小的歌词本。会唱的声音大一些，不太熟的轻声附和着，有字正腔圆的，有蚊虫般哼唱的，还有的有一声没一声的，偶尔有人跑调跑出大家的声音外，哈哈嬉笑拍打后又继续唱，煞是热闹。那个时代里那个年龄的我们用自己的感情演绎着歌词里那个我们似懂非懂的世界。

妈妈的豫剧世界也同样精彩，朝阳沟、打金枝、花木兰、穆桂英挂帅等，热闹闹的唱腔里，妈妈沉浸其中。有时候跟唱着，有时候给我们讲在唱什么："亲家母——你坐下，咱们随便拉一拉，老嫂子，你到俺家，尝尝俺山沟里的大西瓜。"我在一旁听得不知在讲什么，但却活泼泼地觉得有趣。妈妈给我讲的故事情节，在时光的流逝中变得支离破碎，但是多年后，我再听到这依稀熟悉的唱腔时，却也能从这支离破碎里挖出一星半点的相关词语，这都是因为妈妈当时的"旁白"。

有时妈妈到别人家串门，听到有我们没有听到的歌曲或戏剧，就惦记上了，然后把别人家的磁带借回来，回来跟哥哥一说，哥哥买来空白的磁带，就开始给妈妈录。录音机一边放空白带一边放借来的带，不长的时间就录好了，妈妈和我们一样都很高兴，好像捡了一个好大的便宜。

那个大大的、笨重的录音机承载着我们丰富的精神世界，我们不仅用来听

歌、录歌，还用来录音。

在我很小的时候大概有七八岁的样子，和姐姐一起录过一次音。我们把空白带打开，磁带"沙沙"地转着，我说家庭春节联欢晚会正式开始了，我和姐姐唱了一首什么歌呢，真的忘记了，让我记得的是我和姐姐的笑声，姐姐来咯吱我，我们的各种笑声，大笑、巧笑、喘不过气的笑，大声小声、忽高忽低、拐弯的笑声，这些笑声都被录音机忠实地记录下来。后来的日子，我们回放了很多次，每次听着都会跟着傻傻地笑，但遗憾的是，这盘带子最终消失在时间的烟尘里，渺无踪迹。

后来我们搬家，再后来录音机被淘汰了，那么多的磁带哥哥舍不得扔，装在一个大纸箱里，放在他家床底下的角落。

如今的阳阳戴着蓝牙耳机听着自己喜欢的歌，偶尔会往我耳朵里塞一下，让我一起分享，音质很好。

可是，我还是喜欢让歌曲的旋律荡漾在我的空间里，我可以一边听着歌，一边做些好吃的，或者写着文字，或者喝一杯茶，或者做做手工，再或者，就那样发发呆，然后歌曲停了，我可以走过去换一帧。

和草木为友

高原的春天总是姗姗来迟。四五月间，辽远的天空下，春的妆容在微风的吹拂下，不疾不徐地漾开一片翠绿，河流淙淙，小草冒青，枝条吐绿，梨花绽放，连呼吸的空气都温柔了几许。

前段时间，吃了妈妈做的榆钱饭，如今想起，齿间还留有清香。

把榆树上初发的嫩芽采回家，洗干净后晾干，拌上面放在锅里蒸，熟了后用盐和蒜汁拌匀，入口的感觉绵软，又带着草木淡淡的清香，似乎可以感觉到这样的清香在身体里慢慢地游走，整个人都清爽起来了。

榆钱饭也不是每年都能吃上。不过妈妈对野菜的味道一直念念不忘。

后来，同事去郊外的驾校练车，回来后摘了一大袋苜蓿，给我分了一些，说："姐，你回去凉拌上吃啊。"

我拿回妈妈家，妈妈一看欣喜地说苜蓿是个好东西啊。我们清洗干净，用开水焯一下，拌了蒜汁浇在苜蓿上调匀，青青绿绿的看着让人心生欢喜。

妈妈夹了一筷子放进嘴里，慢慢咀嚼着，说："以前吃不饱饭的时候，我带着你哥哥去野地里拔苦苦菜，回来也是焯了水，和面一起蒸，那种去不掉的苦味啊，到现在还记得。"

我说："为什么吃不饱饭呢？那时候咱们家不是种的有菜地吗？"妈妈笑笑说："那时候都是凭票吃饭，我们有时候一个月都不够吃的。"

妈妈继续说："以前人们吃苦苦菜是吃不饱饭不得已，现在吃苦苦菜是因为

大鱼大肉吃习惯了调换一下口味。"

天气放暖的时候，总有人在路边弯着腰，一手拿着铲一手拿着袋子，收获一些可以吃的野菜。还有体力好的，爬到榆树上捋一些榆钱，树下的人翘首盼着。更有一些人开上车去偏远的野外，挖锁阳找蒲公英，回来晾干泡水喝。

我有时会想，人间美味何其多，一杯羹，一箪食，品尝之间唇齿留香，这草木的气味大概可以安慰我们在人世间的慌张吧。

天气渐热的时候，人们脱去臃肿的外套，各种户外活动也多起来，走路的、跑步的、骑行的、滑板的。我是一个不爱懒惰的人，但为了显示自己也在锻炼身体，有时上下班就会走路。

走路的时候我喜欢看路边的花花草草。有一种花小时候就见过，之后的时光里更是屡见不鲜，大街小巷，田间地头，小区花园，单位花圃里都有。有一次我细细地数过，一共有八片叶子，别人告诉我这叫"八瓣梅"。

这种花颜色很多，粉红的，淡紫的，深紫的，奶白色的，有的是纯色，有的花瓣边缘镶嵌着同色系的深色，比如奶白的或淡粉色的，花瓣边缘会是稍深一点的粉色，然后从花瓣边缘就那样如晕染般变淡，聚拢在明黄的花心里——大自然的花朵真是奇妙。花的八片叶子就那样简简单单地绽放着，不羞涩不卷曲，大概高原的阳光比较热烈，连花朵也是直白而简单的，但这并不影响"八瓣梅"的美丽。

有时，我们对于看习惯的风景会当成我们理所应当拥有的，比如远处的山，山上的积雪，山旁的沙尘暴，还有山下的花朵。不知不觉地，这些风物已融入我们成长的岁月，成为我们记忆中不可分割的一部分。

后来的一天，另一位朋友告诉我，那种常见的"八瓣梅"就是"格桑花"。我真的是惊讶了，格桑花我是知道，我以为那是绽放在草原上的一种格外美丽的花朵，我以为我们这个戈壁小城里是没有的，我还以为"格桑花"是开在悠扬的歌声里——歌里如此唱着：草原上姑娘卓玛啦，你有一个花的名字，你像春天飞舞的彩蝶，闪烁在那花丛中，啊，草原上的格桑花。

格桑花又称格桑梅朵，在藏语里，"格桑"是"美好时光"或"幸福"的意思，梅朵是花的意思，所以格桑花也叫幸福花，多么好听的名字。

那时候，我吃惊了很久。我在想其实我的喜欢很肤浅，但凡想多了解一点，总会在别人告诉我之前就应该知道了我喜欢的这种小花叫格桑花。

再后来上班的小路上，我远远地看到那片不大的花海，心里满含喜悦走上前去，在一朵花前站定，弯下腰，嗅一嗅那淡粉的花瓣，轻轻地对一朵花说："现在我知道你的名字了，你叫格桑花。"

日子在时针的滴答声里循规蹈矩地走过。天气转凉，落叶纷纷。

不知从什么时候开始，我们生活的这座小城，也有了秋天标志性的景点，这当属格尔木以西的胡杨林。

第一次在秋天去，是几年前带着爸爸妈妈一起。那一次是远观。因为父母年迈腿脚不便，爸爸本就喜静，不想在沙窝里费力地行走，所以，我们就站在马路上欣赏了一番远处的胡杨。

远观有远观的美，大大小小的沙丘上，一株株枯干虬枝伸展着万千黄叶，在蓝天白云下肆意且酣畅地生长，安静的沙子匍匐在地，随风吹拂出岁月的痕迹。

倒是一点点的人像爬行的小黑点，在沙子上留下浅浅的蚁迹，呢喃和碎语在金黄的树叶间缠绕。可是这些都会在阿尔顿曲克草原的风中消失为尘，就好像谁都不曾来过。

第二次，倒是热闹。我们置身其中。看每一株胡杨枝干弯曲而倔强的姿态，细细地抚摸它们干裂粗糙的树皮，看每一株树叶的形状，惊诧各不相同的叶片。我们脱了鞋袜，赤脚走在细软的沙子里，太阳的余温包裹着我们的双脚，我们一步一步走着，还要嬉笑着回头看看自己留下的脚窝印。

也许多年以后，我们离开这座小城，偶尔回忆起生活在这里的日子时，胡杨便会以这样一种姿态——蓝天白云下沙漠里的满目金黄映在记忆的整个画面里，让苍老的我们感慨唏嘘而怀念，这样的东西大概可以称之为乡愁吧。

实在无事可做的时候，我会沿着格尔木大桥一路向西。我很喜欢这座桥，我觉得它像一双蓝色的翅膀。每次经过的时候，我都会尽量放慢速度，会觉得

那短暂的几十秒里，我是徜徉在这双翅膀的怀抱里的。

向西的田野在冬天里实在是凋敝而孤独。但在我的眼里却充满了意趣。

冬天的天空依然蓝得清澈，只是多了几分安静的冷色。曾经繁盛的树叶归于大地，留下枝枝丫丫抵挡冬的严寒。

这样的景会让我想起上初中美术课时，我同桌——一位高挑的有着细长手指的女生，她擅长画树木。那时很佩服她，她有足够的耐心用尖细的铅笔一笔一划画树木的枝干，以及侧生出的稍细的枝条，将一棵树木画得繁茂而细腻。

我眼里冬天的景就像这样的一幅画，没有树叶的枝丫们映衬在清冷的蓝天下，不需要涂染色彩不需要修改线条，这一切刚刚好。

如果遇到下雪天，远远地望去，就像一场白雪和树木的盛宴。轻盈的雪花倚在成片的白杨枝条上，不知是雪花有了树木才有了这美丽的姿态，还是树木因了雪花更添了冬天的韵味。

而田野也是这样的真实，没有了花朵的渲染，亦没有庄稼的陪伴，土壤或者大地就那样敞开胸怀，直面苍穹。凋敝的野草也只剩下和土壤接近的颜色，相衬而生。

这些空寂的田野，还算晴朗的阳光，伴着我一路向西。

如果把我的这些无事可做的时候看作是无用的时光，我想说正是这些无用的时光，让我安宁而踏实。

春天的风夏天的花秋天的叶冬天的雪，每一季里的草木都各不相同。我们如此喜欢在草木间流连，不知道我们说的话这些草木们能听懂吗？

我总觉得一个人散发出来的味道，身边的一草一木是可以感知到的，甚至也会影响他们生长的情绪。在他们的"眼"里，人大概也是一株会说话会走动的植物吧。

和草木为友。一朵花，一叶草，不管是宁静的微笑，还是无言的败落，都是自然而真实的生息。

和草木在一起，我会觉得自己也变得像植物一样，喜欢明媚的阳光，喜欢清晨的雨露，会安静的谛听周围美丽的声音，会享受微风的吹拂，会像个孩童一样。

听　雪

从十月到次年的四五月间，在高原小城，都常可见到雪的身影。

每每下雪，先不说眼前的银装素裹，单是远处的昆仑山雪景，就是一幅由淡墨和银白挑染而成的国画。这样的一幅画，简单大方，只有山和雪，静静地矗立在你的面前，不言不语，不慌不忙。你和山的距离看似很近，其实相隔了地老天荒，你品读着山和雪的成全，不知道这样的山和雪有没有走进你的心里？

有雪的时节，最惊喜的莫过于清晨拉开窗帘的那一瞬。就好像老天赐予的一份美丽的礼物，端方有致地呈现在你的面前。白色的街道，白色的屋顶，白色的树木。眼帘所及之处，如童话世界一般晶莹。就像这些小精灵专门挑了昨夜无人的时候，热热闹闹得如同赴宴般从天而降，天亮时分，只为给人们一个莫大的欣喜。

看到这有雪的世界，总想置身其中去踩踩雪。

真正走在有雪的路面上，一步一挪，我的脚步甚是笨拙，怕甩开脚步去走一个不留神就会摔倒。而看到旁人蹒跚的样子，心中有些好笑，就像看到自己的模样。边走边听着雪的"咯吱咯吱"声，倒也自得其乐。

如果雪还未停，大朵的雪斜斜地落在身上，有"沙沙"的声音。还有顽皮的，钻入脖子里，耳窝中，凉凉的，痒痒的，可也无可奈何，任它们游戏倒也有趣。低头看看，鞋子的尖上像戴了一顶可爱的小白帽，踢也踢不掉。

路上的小孩子们背着书包低着头踢着雪去上学。偶尔抓起一把揉成团，找准一个目标，譬如垃圾箱什么的猛地扔过去，然后两只小手凑到嘴边赶紧哈哈气——被雪团冻着了。清洁工挥舞着大扫把忙着扫雪，一下一下把雪扫到路边，或者归拢成一团，用木铲铲到清洁车里。还有童心大发的人，拿着簸箕，收集着雪准备堆雪人。马路上，绿色出租车顶着白色的雪帽，慢慢地行驶，车尾甩着白雾，好似冷得不得了。

我走在雪中，与雪同行。雪中的脚印一个个跳入我眼里。前面细细长长，后面只圆圆的一点，那是女人的高跟鞋留在雪中的脚印。呵呵，这是多么爱美的女人呀，这样的天气还要穿这样的鞋子。不过这样的鞋印不多。宽大的接近一个正方形的脚印，一定是男人留下的。更多的是运动鞋和休闲鞋留下的脚印，平坦的底部穿起来更适合行走，无非有大小之分。有时，还会回头看自己的脚印是啥样的。这样走在一起，也算是脚印的缘分吧。

看到雪地里的脚印，不禁想起很多年前的自己。应该是 1997 年冬天，那时我在西宁上学，一个宿舍里面八个人，双休日宿舍里其他同学都回家了，因为她们的家离西宁近一些，有在大通的，有在湟中的，还有几个本地的。只有我家在格尔木，坐火车要十几个小时才能回去，所以很多节假日都是我自己一个人度过。一个下大雪的清晨，我和另外一个家在西宁的同学在宿舍里待着，看着窗外白茫茫的世界，我俩说去操场玩一会儿吧，好像不在雪地里走一遭就对不起漫天的雪花带给我们的惊喜一样。我俩套上蓝白相间的校服高兴地跑向操场。

周末的操场很安静，那么一大片雪地像一块没有瑕疵的白玉。我们在操场边站定，从操场的这头看到那头，已经看不到红色的弯曲的塑胶跑道。操场旁的教师住宅楼也安静地伫立着，好像还没有从酣睡中醒来。一时间，我们俩便阔气地拥有了这一大片雪的世界。

舍友问我："咱俩干啥？"我想了想说："咱俩用脚印写字吧。"舍友继续问我："写啥字？"我说："我们印一个英文单词吧——'free'，这个单词的汉语意思是'自由'。"舍友高兴地说："好的。"

于是，在那个下雪的早晨，两个十七八岁的姑娘在无人的操场上，用脚印丈量着，踩了一个大大的"FREE"，盛满了整个操场。

　　我们俩互相指挥着，你踩那一横，我踩那一捺。低着头，看自己的脚印密密地衔接着，抬头欣赏一番，然后继续小步挪着，似乎忘记了寒冷，两张脸蛋因为新奇和开心红扑扑的。遇到字母的间隔，我俩就要蓄力跳起来，跳到下一个字母合适的位置，那时只恨自己腿短跳得不够远。我俩把四个字母踩完，站在操场的边缘满怀喜悦地看着，心里充满了成就感，就像我们建造了一个庞大而完美的工程。呵呵，那时青春年少，把自由看得比什么都重要，似乎父母的唠叨，就业的压力都成了挤走自由的敌人。

　　现在想来，那两年上学的时光里，除了"啪啪"响的算盘珠子，每天必练的十个数字，做不完的会计分录，颇有难度的决算报表外，那个有雪的清晨里大大的"free"，不仅占满了校园的操场，也在我的青春记忆里印下了清晰的印记。

　　再往前追溯，童年时光里，我的快乐就要简单很多。马海小学校园里，我和我的小伙伴们每天下了课会各种玩耍，踢沙包、跳皮筋、踢毽子、跳房子。遇到有雪的天气，一大群叽叽喳喳的孩子更是疯得没了边。不是打雪仗就是堆雪人，大声地尖叫，开心地笑闹，不是调皮的男生往哪个女生的颈窝里塞了一小块雪，就是几个勇敢的女生将几团雪球砸在男生的脑袋上。

　　不过，我的同学们都不太拿雪扔我。一来因为妈妈当时是我们班的数学老师，怕扔了我我去告状；二来当时我是班里年龄最小的学生，比同学都要小个三四岁，他们都不忍欺负我。

　　总之，打雪仗的快乐我没有留下什么深刻的印象，倒是团雪球很开心。

　　那时六七岁的年纪，我在院子里团雪球。把煤砖上的，柴火凹陷处的，窗台玻璃旁的，院子犄角里的干净的雪收拢在一个小盆里，然后蹲在地上，用双手捧起一团，用小手用力地捏了又捏，生怕这白白的雪散开来，捏完再用指头肚按按，确认比较紧实了才放心。

　　把小盆里的雪团完，妈妈就说："我来润润色。"拿出她批改作业的蘸笔——就是那种塑料管写几个字就要蘸一下墨水的笔。妈妈一会儿蘸点红墨水一会儿蘸点蓝墨水，在我的雪球上轻轻一点，墨水迅速晕染开，绽放到小拇指大小就停下了，不一会儿，小小的雪球上红蓝相间。妈妈说："好看不？"我睁着好奇的眼睛，开心地说："好看。"这样的颜色在我眼里可以用惊艳来形容了。

时光荏苒。高原的雪纷纷扬扬，陪伴我走过了一个又一个冬季。

前不久的一个雪日，我和哥哥相约去看五子湖的冰林。其实雪是停了的，我想雪天去看冰林，总是相得益彰吧。起初，倒是兴致盎然，虽然在冰面上只有薄薄的一层雪，但是我的脚趾透过鞋底紧抓着地面，脚步虽笨拙也还算安全。后来，晴天丽日下心情开阔，脚步似乎也开阔起来，走着，走着，一不小心，重重地跌在冰雪上，好半天没有爬起来。

这次跌跤的后果是断了两根肋骨。

看着医院的拍片结果，阳阳皱着眉头坐在我身边。我安慰他说："没事的，只是妈妈这个年纪已经摔不起了。"我说完这句话，感觉心间有一声轻轻的叹息滑过，自己说出"这个年纪——"，好像有一种东西在无可奈何地离去。那个当年在雪里不畏冷地用脚印写着自由，觉得一切都是自己追求自由的羁绊的女孩子，那个拿着雪球染着妈妈的红蓝墨水就觉得这个世界无比温暖的小姑娘，竟都成了记忆。

这种感觉其实一点都不好。还好的是，人慢慢成熟的过程，也是可以接纳自己各种情绪，各种感觉的过程。接纳，然后吸收。

就像雪花，纷纷扬扬。雪落时，我们置身其中感受人世间的清醒，雪停了，我们在老天赐予的安宁里，悄悄地或者肆意地开心一下，如果雪化了，伴着有雪的泥泞，我们又开始了一个烟火生活。

小城公园

每每闲余时间，总是喜欢到小城公园的人工湖转几圈。

大多数时候都是一个人。

有时候是周末的清晨，绕着湖旁弯弯曲曲的小路，听着水的声音、树的声音、风的声音，缓步慢行着，格外惬意。走道上有跑步的，有疾走的，也有像我这样散步的。还有一些从早市上买了菜从公园穿行回家的——这些大部分都是公园西侧公路小区的居民。

一次偶遇两个一起去买菜的老人，在我前面慢慢地走。老太太戴着遮阳帽，提着一袋青菜，老伴把拐杖扛在右肩上，拐杖的末端挑着一袋西红柿，两个人一前一后地走着，也不言语，青菜绿生生的，西红柿红彤彤的。我在他们后面慢慢跟着，一直未超过他们，看着他们俩就像在看一幅让人心生温暖的画。

湖边长着成片茂盛的芦苇，有风吹来，沙沙作响，浅棕色的芦苇缓缓地伏下又仰起，似乎在随着风儿曼舞。水中有河西清真大寺的影子，也有拱桥的影子，实景与虚影相互映衬着，三五只野鸭悠然游来，一圈圈涟漪荡漾开，大寺的影子皱了，桥的影子也皱了。

有时候是下班后的黄昏。这个时候来走路的人要少一些，大部分都和我一样，趁孩子还没有放学不用着急做饭的空当，来走几圈，舒缓一下工作的劳累。

去公园走路的次数多了，经常会遇到一位腿脚不好的中年人。他总是一个人，戴着草帽，扶着轮椅的后背慢慢挪着走。有时，我走过来一圈，他可能只

挪了一百米。

一天清晨，他还是一个人锻炼。过了一会儿大概走累了，他把轮椅放在湖边的栏杆旁，然后坐进轮椅，就那么静静地看着湖水。这时一位年轻女孩从背后跑步过来，经过他时大喊了一声："起来，加油！"我看到他听到女孩的声音后，又呆坐了几秒，然后扶着轮椅扶手艰难地站起来，一点点侧过身子转到轮椅后面，准备继续迈步前行。

那一刻，我有些感动。女孩声音很大，也很坚定。我觉得他们彼此应该也是陌生人，熟悉的陌生人，这样的鼓励似一涓暖流。

我不知道这位扶着轮椅行走的中年人经历了什么，也不知道他为何总是一个人在锻炼，其实我也没有知道的必要。就像我们过去经历了什么，没有人会在意，真正值得自己去在意的，是如何对待现在的自己，如何对待纷扰的生活。

后来，我搬家了，离公园比较远，去的次数也逐渐少了。再后来，应该是在 2020 年 9 月，公园发出公告，说是要封园进行内部的建设改造。

因为工作原因，有时会经常查阅关于格尔木的文史资料。在《格尔木文史第七辑·一支部队和一座城》里看到一个片段，是王宗仁先生关于"一个男孩的逝去和儿童公园的诞生"，读完才知晓，伴随着我们成长的这座公园还有一个悲伤的故事。书里写道："这是格尔木最早出现的一个公园，公园的地域几乎有一半原先是部队的营区，官兵们慷慨地把它让给了下一代。而在公园人工湖的建设过程中，一位叫星星的六七岁的小男孩，没有和大人打招呼，自己一个人跑到工地上寻找被新土埋没的泉眼，他蹲着的地方恰是一个小土堆的背面，正在施工的推土机手没看见孩子，推起的土悄无声息地埋住了孩子，三个小时后才被人发现。"

这个可爱的孩童就此命殒公园。1986 年 6 月 1 日，儿童公园正式建成并开放。

当后来的我们走在湖旁的绿荫下，微风拂面，碧水轻漾。谁曾想到，多年前一个叫星星的孩子在这里因为找寻泉眼而永远地沉睡在这里。

说这座公园伴随着我们的成长，一点也不为过。

记得第一次去公园，是小时候某一年的六一。爸爸妈妈无暇带我出去玩耍，所以姐姐带我去公园玩。

印象最深的是去玩碰碰车，可是我却不会开。方向盘在我手里就好像失灵了一般，我胡乱转着，小小的车不听我的指挥，我坐在里面被撞得头晕眼花，最后终于被怼到一个死角，我怎么转方向盘都出不来。栏杆外热心的路人甲们七嘴八舌地教我，有说往左的有说往右的，这些人边说两条胳膊还边比画着，似乎能帮我使上劲一样，我耳朵里嗡嗡响不知该听谁的，于是着急又匆匆地一眼扫过人群，发现姐姐站在那里开心地冲着我大笑。

后来，我终于可以把碰碰车玩得如鱼得水，大多时候能避开要撞过来的车，不用被撞得面红耳赤，被怼住也知道如何转出来，而看到那些在角落里手忙脚乱的人，也会呵呵一笑，好像看到当年自己的尴尬。不过，这样好像也就没有原本开碰碰车的快乐了。

再长大一些上了高中。临近高三时，老师要求我们每天清晨去儿童公园背书，我和小妍就在碰碰车旁的白杨树林里捧着书本来回走着，走累了就在树旁的石板凳上坐下，不想读书了，我们就倚在栏杆旁，看里面的碰碰车，很想进去玩一会儿，可大清早的人家也不营业。我们高中毕业几年后，碰碰车场旁新开辟了四驱车的跑道，白杨绿荫下再也没有了读书声。

有了阳阳后，每年的六一我会带着他来各种游乐设施旁排队。大摆锤、疯狂老鼠、碰碰车、旋转木马等，阳阳小朋友玩得不亦乐乎，小脸蛋红扑扑的，写满了兴奋。

那时，公园里卖棉花糖的、蛋筒冰淇淋的、卖氢气球的，捏糖人的，他们都好像提前约好了一样，一个一个地排在小朋友玩要必经的路旁。小孩子们叽叽喳喳地："我要吃这个，我要玩那个。"年轻的爸爸妈妈们忙不迭地从包里掏出零钱，一块两块地递给忙碌的小贩。小孩们心满意足，一手拿着冰淇淋一手捏着气球，舔一口冰淇淋，那一只手一松，气球轻飘飘地飞走了，小孩仰着头跺着脚喊着，啊——我的气球！大人们弯下腰轻声安抚着。孩子闹一会儿就安静下来，公园里好吃的好玩的总能吸引住他们的眼光。

阳阳上了中学，再去公园时不再玩旋转木马了，大概是觉得幼稚吧，他开始和小伙伴在公园里打乒乓球。

乒乓球桌支在公园大门西侧，两张桌子，孩子们轮着上，谁输了谁就下来捡球。旁边是一排平房，是公园管理处。阳阳的乒乓球拍子是在网上买的，我在球拍套子上缝了一个细细的圆环带子，方便他套在手腕上。

他除了跟同龄的小伙伴打，有时还会跟路过的老太太打，问他有打过老太太吗？阳阳嘻嘻一笑，含糊地说，老太太打得挺好的，我笑了笑本想说你连老太太都打不过呀，想想大概老太太年轻的时候就是乒乓球高手呢。

在公园即将封园的那一年夏天，我和阳阳在公园进行了一次20公里徒步走。人工湖旁的步道一圈走下来就是一公里，这意味着我们要走二十圈。那天早晨，我们走得很辛苦，走路的枯燥、脚底的疼痛及身体的乏累，让我们感觉到每走一步都是煎熬。最终，小伙子坚持走完了二十圈，我走了十五圈后实在走不动了。那一天中午，阳阳就着鱼香肉丝吃了好几碗米饭，边吃边说，妈妈这饭好香。

2021年国庆节期间，新修后的公园终于开园，我和小妍说我们一定要去看看，我觉得公园似乎成了我们记忆里必定存在的一个印记，不可或缺。

远远地隔着马路，就看到大门的外观改了，新设计的造型时尚大气，不再是以前简单的琉璃砖大门。我和小妍随着人流走进公园，一路走着，一边不断发现着新的变化。那些海盗船、碰碰车等游乐设施都已经没有了，多了小孩子的简易攀岩、徒手绳索、秋千、蹦蹦床等。那架退役的小飞机还在，多了大孩子们打篮球的场地。人工湖还是那么静谧，湖旁有些遭虫害的树木已经被砍掉了，弯弯曲曲的健康步道上印着"童年的时光如珠宝黄金一样珍贵"。

我和小妍在湖边漫步着，看着波光粼粼的湖水，说早些年这里还能划船，小鸭子船、敞篷船，有脚踩的，也有划桨的。旁边路过的一个行人嘟囔着，那些野鸭子呢？呵呵，我也有这样的疑问啊。想一想那些拆走的碰碰车，我还挺想念的，那些远走的叮叮当当热闹的日子。

这就是我的公园，不知不觉地，丰盈了我成长的记忆，那一幕幕安静的、温暖的画面如一粒粒珍珠，埋在生命的尘土里。

逛早市

早晨去早市溜达，想买点青椒。

走到第一个摊位前，问摊主："这辣椒辣吗？"因为我不是太能吃辣，想买点不太辣的辣椒炒菜，有个辣味对我来说就可以了。摊主很有底气地说："辣！"然后我默默地走开了。留下一脸懵的摊主。

然后，我在不远处的一个摊位那里看到有小辣椒，就是那种比指头短一些胖乎乎的小辣子。我觉得做虎皮辣子应该不错，印象中这种小辣子不辣的。于是，我上前开始挑拣，边拣边问摊主："辣吗？"摊主说："辣。"我拣辣子的手迟缓下来，摊主自顾自地说："这是敦煌的辣子很辣的。"我把挑好的两三个辣子从塑料袋里拿出来，放下袋子一声不吭地走了。从眼角余光看到摊主站在那里瞪着我，我赶紧快步溜了。

我来到第三个摊主那里，我习惯性地问："这辣椒辣不辣啊？"这个摊主没有犹豫，熟练地说："你看，这有两堆辣子，这是辣的这是不辣的，价钱一样随便拿。"我无话可说了，这话就是用来对付像我这样买辣椒的人。

我提着装辣椒的袋子继续在早市晃悠，突然觉得"这辣椒辣吗？"是个很有意思的问题。对于琢磨不透买菜人想要什么的小贩来说，回答辣或者不辣都有可能让别人不满意，第三位摊主很聪明，反正辣的不辣的都给你准备了，你想要什么自己看吧。当然，像我这样问也是有问题的，对于经常买菜的人来说，什么样的辣子辣，什么样的辣子不辣，从形状、品相、皮的厚薄都能看出来，压根不需要去问卖菜的人，生活的经验是很难得的财富。

其实，逛早市也是一件很有意思的事情。

有一年夏天，早市上有一家卖西瓜的让我很惊喜。老板把西瓜一切两半，分别用保鲜膜细细地裹好，里面配了一把勺子扣在西瓜瓢上。我在西瓜摊前站了一会，着实心动了，那把勺子就是西瓜的灵魂，夏天要这样吃西瓜才有感觉。

还有一年冬天的早晨，天气比较阴冷，小贩们怕把蔬菜冻坏，就把各样青菜藏在棉被里，我们买菜的一路转过去，不知道菜筐里是啥菜。我走近一个摊位，小贩戴着棉帽，挂着口罩，两只手插在棉大衣的口袋里晃悠着身子，我说："你有啥菜？"小贩嗡嗡地说："你要啥菜？"呵呵，好像对暗号一样。不管买啥菜，自己先开心起来。

平时，我从早市的西口进来，看着两边各色各样的蔬菜水果，心里就开始盘算我想吃什么、怎么吃、能吃多少的问题。

这边有南瓜，好的来一块吧。"给我切一块南瓜。"大哥说："好咧。"把刀子拿出来在南瓜上比画着，这么多可以吧，我把刀子往外挪挪说："这么多。"心想这块南瓜够我蒸两次吃了，再配一个煮鸡蛋，就是一顿我爱吃的早餐，另一半和小米熬粥也不错。

那边有红薯，也是我的最爱，每次上街看到有烤红薯的就挪不动脚步。红薯比较耐放，可以蒸来当早饭吃，再配一盒牛奶，对于我这样总喊着要减肥的人来说，这样吃应该不会长肉。

早饭有了着落，该寻摸着买点中午的菜了。一位小伙子冲着人群掷地有声地喊着："西蓝花、菜花四块钱了啊！"喊完自己轻声嘟囔了一句："菜花没有。"我差点笑出声来，还好戴着口罩。

一个小摊上刚做好的豆腐被放在圆形的筐箩里，冒着热气，一群大姐阿娘等着割豆腐。一旁的毛栗子也炒得刚刚好，散发着清香，几个小女孩围着，摊主说："来十块钱的？"这边的小推车上印着"河南烧饼"，一位大姐利索地擀着面饼，现烤现卖。那边的回族小哥不紧不慢地叫卖着："清真酸奶啊！无添加的十块钱四盒！"嗯，这个好吃，买上四盒。前面还有陇西腊肉，看上去很好吃的样子。那边一堆人在买啥？我凑上去一看，青萝卜，我想了想现在是吃萝卜的季节吧，那我也买两个,炒着吃,炖着吃都好,实在不行就生吃。这个菜好看,新鲜的茴香,我喜欢闻这个味,用来包饺子好,买上一把给妈妈拿去吧,我们一起包饺子吃比较香。

还有新疆的红枣、小岛的西红柿、园艺场的黄瓜、春天的第一把韭菜、自家养的鸡下的鸡蛋、蹬着后腿游泳的小乌龟,哦,还有康乃馨和玫瑰。

我看得眼花缭乱,这浓浓的烟火气息,真好。

和早市上许多人一样,我提着一大袋的蔬菜,在清晨蓬勃的朝气里,不慌不忙地逛着,毕竟照顾好自己的肚子是头等大事。海子说,从明天起,做一个幸福的人,喂马劈柴,周游世界;从明天起,关心粮食和蔬菜,我有一所房子,面朝大海,春暖花开。我想,就不从明天开始了吧,就从手边的这一刻起,关心粮食和蔬菜,你做了一碗饭一盘菜一碗汤几片肉,这些冒着热气的食物就好像能理解你一样,安慰你的饥肠辘辘,平息了你的慌张和忧伤。

一日,我没有逛早市,去了就近的蔬菜瓜果店想买几样蔬菜。我说:"你这辣椒辣吗?"胖胖的老板娘笑了笑,沉吟了几秒说,我这辣椒才进的,我还没尝呢。说完自己一个人笑起来。我听了没说话,也笑了笑。

喂猴记

每年春节，我们生活的这座高原小城就会空寂很多，一大部分人会去西宁或回内地，陪自己的父母家人一同过年。像我们留下来过春节的，总会和家人在七天的时间里找些乐趣。比如去五子湖冰林赏玩、去胡杨林一睹冬日雪景，再比如，去就近的儿童公园，就那样散散步，说说话，看孩子们跑来跑去，或者拐进许久不去的动物园。

一

已经有很多年没有踏进公园僻静处的这座动物园了。

只是有时候，在人工湖步道一圈圈走路时，走到和动物园毗邻的拐角处，会听到围墙那边传来一声动物的嘶吼，或者某种禽类的尖叫。我边走边猜这是什么动物在喊，又为什么喊呢，是不是它闻到围墙这边有人的气息飘过，它孤独太久，想和人说说话或者打个招呼吧。有时，离开拐角一段距离了，嘶吼或尖叫还会断续地传来，唉，语言不通，我们还是在各自的世界里努力安好吧。

虎年春节的一天，我们几个大人带着兰兰在公园闲逛。从人工湖出来，小雷哥看着路边的围墙上画着各种动物图案，问："这是动物园啊？这么多年了，这个动物园还在？"哥哥说："一直都在，要不我们进去看看？"于是，几个大人沿着白杨树林间的小道，径直走到了动物园门口。

动物园不大，一圈走走停停的十几分钟时间就看完了。

兰兰很开心，一会儿停下来看着大大的鸵鸟，一会儿拣几根稻草去喂羊驼，一会儿逗弄着秃了尾巴的孔雀，一会儿又小跑着去看黑黢黢的秃鹫。

我们转了一圈走到门口的猴园——其实，说是猴园，不过是一个硕大的铁笼子而已，铁笼子的顶盖和管理员宿舍的房顶严丝合缝。猴园中间是一座假山，高高低低的，猴子们在上面跳来蹦去，引得猴园栅栏外站了三三两两的大人小孩看着，我们几个大人带着兰兰也在栅栏外站定，看看猴子们的调皮劲也不错。

二

兰兰说："姑姑，我们给猴子喂点东西吧。"

我说："我看看包里有没有吃的。"

我开始翻自己的包，然后眼角的余光看到栅栏里面的猴子一阵骚动。离我们最近的一只老猴一直在栅栏那边安静地坐着，看到我有翻包的动作，它挪了挪自己的身子，眼睛眨眨，一只手已经想往外伸了。我不禁哑然失笑，低下头仔细地翻找一遍，包里什么吃的都没有。老猴看我的手从包里空着出来，好像有点失望，头扭到一边，本来还没伸出来的手往回缩了缩，不理我了。

我来了兴趣，猴子好聪明啊。兰兰显然对我的包也有点失望。

但我们几个人谁都没走，都隔着栅栏看猴子们玩耍。

我们谁都没有注意兰兰，这个六七岁的小姑娘不知从哪里找来几片不怎么新鲜的菜叶子，哥哥接过菜叶子往栅栏里面递，猴群一阵"吱吱"叫。我发现只要有那只老猴在栅栏里面坐定，其他猴子都不敢上来接东西吃，只是远远地跑来跑去。所以，这几片菜叶都被老猴接了去，埋着头吃得干干净净。吃完了老猴也不走，好像在等着我们继续给他找东西吃。

哥哥指着老猴不远处的一只猴子，这只猴子看上去更老，行动迟缓，眼神呆滞，有一只脚应该是以前受过伤，走路一瘸一拐的，我们暂且就叫他老老猴吧。这只老老猴在老猴后面坐着，静静地看老猴吃菜叶，能看得出来他也很想吃，但是他不敢跳上栅栏接我们的东西。哥哥指着他说："这应该是以前的猴王，然

后被这只吃菜叶的老猴打败了，这只老猴现在是猴王，其他的猴子都不敢跟他抢东西吃。"

我们说话的空当，兰兰一趟趟地拿来菜叶递给我们。她第三次跑开的时候，我们几个大人集体扭头看她去哪里找菜叶，我跟过去，笑着说："兰兰，你不是把人家买的要吃的菜扒开了吧。"兰兰跑到一堆煤砖旁，那里是管理员扔掉的一些甘蓝菜叶。

兰兰取回的菜叶无一例外都被老猴吃了。老猴背后的猴子们在假山上或坐或跳，或者在铁笼子顶盖上吊下来的两根秋千上荡来荡去，一片安稳的景象。看来在猴子的世界里也是成王败寇，每个猴子都有自己的位置，猴子们明白这一点，也不敢擅自逾越。

管理员进到猴园，往一个搪瓷盆里倒了一些温热的水，盆子比较脏，水也有些浑浊。老猴吃完菜叶，四平八稳地走到水盆前，低头喝起了水。我心想："这样子不会拉肚子吗？"

三

半个月以后，我约了兰兰再次去动物园喂猴。

因为这次是专门来喂猴，所以我们是有备而来的。

我带了四根香蕉、一包小熊饼干。兰兰从家里抓了几把大板瓜子，把衣服小口袋撑得鼓鼓的。

我和兰兰在栅栏外刚一站定，老猴就跳上来熟练地坐好，靠着栅栏拐角的泥墙，很舒服的坐姿，看来他的霸主地位稳稳的。其余的猴子们跑跑跳跳地，似乎在奔走相告有一大一小两个人来给我们送吃的了。

我拿出一根香蕉递进去，老猴的胳膊早已伸出来等着，从我低头拉开包的那一刻开始。我担心老猴抓到我，就把手往后缩了缩，老猴一把接过去，力道还挺大。

我对兰兰说："他会不会剥皮啊。"我们看着老猴咬了一口香蕉根部，咬烂后，像人一样一下一下把皮剥下来，动作娴熟利落。

老猴吃着香蕉，大部分猴子并没有试图来抢，或是表现出想吃的渴望。但也有个别，比如那只老老猴还是在不远处坐着，看着他吃。在老猴的右上方有一只年轻一点的猴子倒挂在栅栏上，探头看看，却不敢上前，那个模样有想吃的蠢蠢欲动，我们就叫他莽撞猴吧。莽撞猴朝着我们跳近一点，两只前爪牢牢抓着栅栏，看看我们看看老猴，老猴冲他呲呲牙，他又赶紧退回去一点，始终在老猴两米远的位置徘徊。

趁老猴还没吃完，我又取出一根香蕉。

老猴看看我手里的，赶紧吃着他手里的，还不忘冲莽撞猴呲两下牙，忙得不亦乐乎。我拿着香蕉的手举得高高的，伸向莽撞猴。莽撞猴很会察言观色，抢过我手里的香蕉，转身一溜烟跑了。老猴安稳地坐在那里，看来刚才的呲牙也只是吓唬一下，他还不是太独断横行，可以允许自己的手下有独立生存的空间。

那只莽撞猴两只前爪抓着栅栏迅速地跑着，一只后爪牢牢地抓着香蕉。他撤回到他的同类那里，但很快引起了一阵骚乱，有几只和他年龄相仿的猴子在后面穷追不舍。他一会儿跳到铁笼子顶端倒挂着，一会儿沿着顶盖和房顶的合缝处一溜小跑，一会儿蹦到假山上，一会儿又窜到栅栏的角落里。一两只猴子紧跟着，其余的一两只从另一边抄着近路，企图围追堵截，嘴里还发出"吱吱"的叫声，简直就是一场争夺香蕉大战。其余安分的猴子们坐在假山上东张西望。

我有些后悔，自己的行为是不是引起了他们的内乱？

不一会儿，几只猴子的追逐平息下来，大概莽撞猴身段灵活且体力过人，在这场追逐战中胜出了吧。

莽撞猴缩在栅栏高处的角落里吃着香蕉，他一边吃着一边眼睛滴溜溜转着，警惕性很高，吃完随手把香蕉皮从高处扔下。

这时，一只小猴子出现了。他有多小呢，我觉得有家里的小猫那么大吧，当然没有小猫那么肥，小猴长得机灵鼻子机灵眼，小屁股红红的，像一只小萌猴。小萌猴从假山的山洞里钻出来跳到地上，一屁股坐下，两只前爪抓起香蕉皮，没有猴子跟他抢，所以他抱着香蕉皮啃得津津有味。

四

我拿出第三根香蕉递给兰兰，说："这根你来喂。"

猴园的栅栏设计得比较安全，栅栏有里外两道，里面的一道关着猴子，外面的一道拦着游人，两道栅栏之间距离大概有一米远。

小姑娘有点胆怯，拿着香蕉的手慢慢地伸进栅栏，稳坐泰山的老猴伸出胳膊去拿，兰兰看到老猴毛茸茸的胳膊有点害怕，手就本能地往回缩，老猴又急着往里拿，一伸一缩地，香蕉便掉在两道栅栏之间的地上，老猴往下看看，别过头去又不理我们了。我们往里看看，胳膊伸进去也够不着。

这时，在旁边看得起劲的一个藏族小男孩，转过身一路小跑，跑到管理员房间的门口，那里靠墙竖着一把铁锹，小男孩拖着大铁锹"吭哧吭哧"地走过来。小男孩看上去和兰兰年龄相仿，大概六七岁的年纪，他用铁锹探到栅栏下面，把那根香蕉钩出来，递给兰兰，我对小男孩说："你来喂吧。"于是两个小孩兴致盎然地转向老猴，试探性地把香蕉递过去。我拣起地上的铁锹放回原处。

其实，老猴已经吃得很多了，我很想把最后一根香蕉给老老猴吃。可老猴看得很紧，只要我把香蕉递进去，他的胳膊就会伸过来。我往老老猴的方向挪着，老猴也亦步亦趋地挪过来，堵住老老猴的身体。我招呼着老老猴，拿着香蕉的手向他挥一挥，意思是你上来吃，可有老猴在，老老猴始终不敢上来。

于是，我想好了一个战术。

我拿出小熊饼干，饼干有硬币那么大，我一个一个喂。刚开始，我把饼干扔到里面栅栏的外侧，老猴稍稍伸下手就拿到了。后来有一个饼干还没落下，已经被老猴迅速伸出的手攥住，我很惊讶老猴的精准和沉稳——起码比我强。所以我开始轻轻地扔，老猴每次都在空中机器就接住了住饼干，一接一个准。我和老猴配合得挺好。这样大概喂了十个左右，我把饼干袋递给兰兰，我说："兰兰，你在这边喂老猴饼干，我去那边喂老老猴吃香蕉。"兰兰很聪明，一下就明白了我的意思。

我转到猴园的另一侧。老猴看我走了，也要跟过来，我两手空空地向他一摊，然后指指兰兰，老猴犹豫着，想跟过来但又抵不过想吃饼干的诱惑，终究还是留在兰兰那一侧。

我在另一侧拿出香蕉，招呼着那只老老猴。

老老猴看到后缓缓地走过来。老猴在那边吃着饼干还不时地抬头注意着这边的情况，看老老猴离开了他的视线，也想跟过来，我往里侧又走了走，瞪了一眼老猴。

我向老老猴指着栅栏，意思是让他跳上来，老猴在那边转过头，这次不仅呲着牙，喉咙里还"嘶嘶"地低吼着。聪明的兰兰开始冲老猴喊："猴子猴子，过来吃饼干。"

这边的老老猴很紧张，慢慢地跳上栅栏，时不时地回过头瞅一下老猴，坐立不安的，胳膊想伸又不敢伸的样子。其实我也跟老老猴一样紧张，怕被发现了两只老猴开始打架。我看着那一边的老猴，想趁他不注意把香蕉递过去，呵呵，这就是我的迂回战术。

老老猴伸出手拍拍栅栏外面那溜窄窄的水泥台面，我秒懂他的意思，迅速地把香蕉朝着那个位置投过去，还好没掉下去，投到两根栅栏中间，老老猴回头看一眼，这边后爪已经抓起香蕉，不紧不慢地跳下栅栏，找了一个不显眼的角落去享用美食了。

猴子们真的太聪明了。

我回到老猴这边，他吃饼干差不多快吃饱了。莽撞猴在他不远处抓着栅栏望着，我把饼干袋从兰兰手里接过去，给莽撞猴扔了几个，老猴不再驱赶他，但他吃得依然战战兢兢，边吃边看老猴，好像随时都要逃跑的样子。假山上的小萌猴已经甩了香蕉皮，抱着一根小木棍跳来跳去，玩得开心不已。

五

站在我旁边的兰兰轻轻地说："姑姑，那个饼干再不喂了吧，我也想吃。"

我"扑哧"一下笑起来，低头刮了一下兰兰的鼻头，说："好的，咱们不喂了，剩下的饼干我们吃。"

兰兰从兜里掏出西瓜子，小手一点点撒到栅栏里面，猴子们纷纷拾起瓜子，

放进嘴里，然后把皮吐出来。如此撒几次，兰兰鼓鼓的小布兜扁下去了。

　　我和兰兰走在动物园外的白杨树林里，把小熊饼干尽数倒出来，一人攥着两三片，嗯，这个饼干是挺好吃的。

次第花开

我们喜欢植物，喜欢花朵，喜欢大自然的各种美景和风物，但不得不承认，对于从小生活在高原上的我们来说，生活中看到的花朵实在有限，正因如此，每每来到内地，看到街头巷尾的各色花朵，我们毫不掩饰自己的喜爱。

所以，我的"次第花开"，一半写植物，一半写与植物相伴的各种情感。

鸭掌木

鸭掌木，学名为"鹅掌柴"，是一种乔木或灌木，叶有小叶 6 片至 9 片，最多 11 片，这种植物木材质软，是制作火柴秆及蒸笼的原料，叶及根皮有治疗流感、跌打损伤的药用。

大概四五年前，一次经过河东集贸市场，看到有卖花的，便停下脚步。因为，这成片的花朵在灿烂的阳光下实在惹人喜爱。有娇艳的三角梅，粉红色、玫红色的花朵缀满枝头，有各种肉嘟嘟的小绿植，有青翠的绿萝，还有长势喜人的"臭绣球"。都是家里经常养的一些花卉。

我看过来看过去，每一盆都是那么好看，要不我也买一盆吧，我的小窝实在缺少一些颜色。可买什么好呢，我这种不太爱侍弄植物的人得买一盆好养的，我觉得好养的植物就是有阳光有水分就能活下来的。

我问老板："哪一种花好养一点？"老板说："这些花都好养。"我看问不出来，就只有自己寻摸了。我看到花丛中有一盆绿植，叶片厚实，形状圆润可爱，简简单单的。我想就是它了。让老板拿过来，小巧的一盆，好像十五块钱。我捧着它开心地走了。

回到小窝，我转来转去想为它觅得一方好的"处所"。想放在卧室的柜子上，想起爸爸说卧室里最好不要放植物，它会和我争夺氧气。想放在书桌上，怕自己一个不小心把它碰到地上。转到客厅，好了，放在那个角落的小柜子上最好不过，这个位置可以晒到一点阳光，又有一点阴凉。最主要的是我回来打开小窝的门，一眼就能看到它，坐下来休息时，身边就是它可爱的叶片。

此后的两年里，每一天，我从门里出去，又从门外回来，不经意地，或者匆匆地，总有这团清新的绿色从我眼前掠过。我在它旁边的沙发上坐下来或者躺下去，眼角的余光里偶尔会跳进它敦厚的叶片。这的确是一盆很好养的植物，有阳光有水，它逐日丰满愈加蓬勃。

我知道这盆植物叫"鸭掌木"。以前养过，并不陌生。

两年后，我从这里搬走了，带着我的鸭掌木，搬到了另一个小窝。

此时的鸭掌木，已经从最初小巧的一盆长到了半人高。我给它换了个大盆，以前的小塑料盆已经不适合它逐渐繁盛的根系。我把它放置在门口玄关处的地上，也是一进门就能看见的位置。因为长大了，所以顶端的枝叶有些分散，我拜托单位的保安师傅给我找了几根细竹竿，保安师傅家有温室，我想这些东西应该是有的吧。

我把细竹竿插在花盆的中央，摇了摇是否插得牢固，然后从我的钩编材料包里找来几根白色线绳，本来想找几根彩色的，想一想和那墨绿的叶片不太搭调，还是用白色的简单一些（呵呵，我大概有强迫症吧）。用线绳把竹竿和鸭掌木的茎细细地绑在一起，打个活结，如此绑几道，把发散的枝叶稍微聚拢一下，不至于我这个粗心的主人走来走去地碰折了它。

又是一个两年的时间。我的鸭掌木伴随时光的流逝，不知不觉地长到大半人高了，叶片茂盛有光泽，杆茎柔韧有力度，不时有新叶片冒出来，柔嫩青翠的几小片，不几天，你就会发现这小小的叶子长大了，叶片颜色慢慢变深。

有时听朋友讲，她们会用棉花蘸着啤酒去擦洗叶片，这样叶片会更有光泽。我本来也想尝试一下，但回来看到这密密的一树叶片，不禁眉头皱起犯了愁。所以每次我洗了澡，就会顺便把鸭掌木连盆带托盘地拖进卫生间，用淋浴喷头对着它仔细地冲洗一番，然后再拖回老位置，自己观赏一阵，这样不是也很干净也很有光泽吗？

两年后，我又一次搬家。这次，没能带着鸭掌木一起，因为我的新窝里没有多余的地方供它自由生长。

临走的前一天晚上，我给鸭掌木的盆里浇足了水。我蹲在它面前，说明天我就要走了，谢谢你陪我走过了四年时光，以后你会遇到一位新主人，但愿这位主人也会善待你（我所说的善待，就是能够按时浇水，不给你喝茶叶水，不会把烟头按在土壤里），我会好好生活，你也要好好生长。然后捏了捏面前的一片叶子，摇了摇它纤细的杆，就好像最后的告别。

事实上，半个多月后我就来看它了。因为房东迟迟不来取走钥匙，我别的不担心，唯独担心我的鸭掌木干枯颓败，所以，中间我断断续续地来过几次，短则半个月，长至一个月。最长的是隔了两个多月，因为诸多琐事，没能来浇水。

最后一次来，是距离上一次浇水两个多月后。我心中有点惭愧有点担忧，甚至在打开门前都想好了它是一种萎缩濒死的状态。

可是没想到，打开门后给我的却是一个惊喜，鸭掌木依然蓬勃鲜活地伫立着，地上只一两片落叶。我摸了摸枝丫，没有将落未落的叶片，我蹲下身看了看土壤，应该是干透了。我真的很惊讶，两个多月的时间啊，鸭掌木的生命力如此坚韧。

这一次，我浇足了水。过了几天，房东来拿走了钥匙，我专门叮嘱了鸭掌木的事情。有人关照，我也就少了些许牵挂。

时至今日，也常有怀念。

红辣椒

小辣椒，茄科草本植物，花两性，辐射对称，花冠合瓣。未成熟者色青，

称青椒；成熟者色红，称红辣椒。

一日，回家和老杨同志一起看建国七十周年阅兵式。

中午，爸爸蒸了米饭，炒了一个葱爆羊肉。然后从厨房出来，对我和妈妈说有些头晕，就罢工了。我和妈妈互相看了看，我因为连日收拾东西腰疼得厉害，所以妈妈笑眯眯地说："我来做饭。"我心里敲起了小鼓，心想："妈妈做的饭好吃吗？"因为从我记事起就一直是爸爸做饭。不过，我还是殷勤地撑着腰痛帮妈妈切了西红柿和葱花，然后妈妈在我怀疑的眼光中做了西红柿炖带鱼和蛋花汤。

看着茶几上摆好的饭菜，说实话，我心里有点小激动，这好像是印象中第一次吃妈妈做的菜。

我们三人看着阅兵式，边吃边聊，我听着两位老同志发表着意见。妈妈问我："政治局常委就是七位是吧。"我吃得津津有味，说："我不知道。"爸爸接过话说："是啊，一共七位。"然后开始给我们介绍这七位都是谁。不知不觉，带鱼和蛋花汤被我们吃完了，味道不错。葱爆羊肉还有大半盘未动，我心里笑了笑，许是羊肉不太下饭吧。

为了缓解爸爸心中的小失落，我说："爸，你炒羊肉放的这个红辣椒挺好的，有点香又不太辣。"爸爸刚要说什么，妈妈在一旁笑着说："这是你爸爸自己种的。"我惊讶道："是吗？"爸爸眼神里有了细小的光芒，指着窗台的方向说："你去看看，这几天结了好多辣椒。"

我放下饭碗来到窗台旁边，两个长方形的塑料盆里，爸爸种了几株辣椒，有两株开满了白色的小花，颀长的叶子绿油油的，还有两株开过花的挂着绿色的小辣椒，大概两三厘米长，有小孩子的手指头粗。我说："你们买的辣椒种子啊。"爸爸说："不是买的，就是我们平时炝锅的小红辣椒里那个籽种出来的。"妈妈在一旁笑着说："你爸爸没事了就在窗台边转悠，哪棵辣椒有几片叶子他都知道！"

爸爸是个细心的人，看看他的花盆和花盆里的土就知道了。花盆干干净净的，连托盘都被洗得没有泥垢，花盆的外边是爸爸贴的标签，这一盆上面工整地写着"君子兰"，那一盆写着"孔雀竹"，再一盆是"绿萝"。花盆里的土也很是平整，没有结块的也没有长草的，一看就是细细侍弄过的。妈妈说："你爸爸没有什么别的爱好，他愿意弄这些花花草草也算是一个营生吧。"

一段时间后，爸爸送给我一个圆形的塑料盒，里面装满了晒干的小红辣椒，红彤彤的甚是喜人。爸爸说："前段时间辣椒都变红了，我和你妈吃不完，你拿回去炒菜吧。"我说："好啊。"爸爸在塑料盒的外面贴了一个长方形标签，上面用红色圆珠笔写着四行字，第一行：辣椒，第二行：自行栽培两棵，第三行：2019 年，第四行：结椒 160 枚。

说实话，这个 160 枚把我弄得想笑又想哭。以至于这些小红辣椒被我炒菜吃完了后，我拿着那个圆形的塑料盒，犹豫了一下没扔，总觉得上面有爸爸的温度，于是又装进去新买的红辣椒。我把那张白纸标签轻轻地扯下来，上面已经有斑斑点点的油渍了，背面是两道干燥的胶印，这张标签还是爸爸用一张大纸片和一张小纸片拼接在一起的，拼接处已经裂开了。我舍不得扔掉。至今，这张写了四行字的纸片仍躺在我抽屉的小纸盒里。

爸爸这一生细碎的时光啊，不仅让我们的家有了温暖的烟火气息，也让我们的关于家的记忆有如炉火上的茶水，"咕嘟咕嘟"地冒着热气。

指甲花

指甲花，又名凤仙花，叶色碧绿，花色艳丽，花色有粉红、大红、紫、白、浅黄、洒金、五彩等。明李时珍《本草纲目·草三·茉莉》："指甲花，有黄白二色。夏月开。香似木樨，可染指甲。"

我没有见过指甲花长什么样。

有人可能会说，你没有见过那要给我们说什么呢？虽然我没有见过，但在我童年的记忆里，指甲花却是一个神奇的存在。

每年的春夏季节，我们这一群玩耍的小伙伴里，就会有一个年龄稍大些的姐姐过来找我要明矾，因为她们知道我爸爸在家里炸油条。她们怎么会知道呢，应该是听她们的父母说的吧，老杨勤快，没事会在家给孩子们炸油条吃，大概是这样的话，炸油条是需要加入一点明矾的，这样炸出来的油条会更酥软。

那么问题来了，她们从炸油条的事情知道我家有明矾，她们要明矾干什么呢？后来我才知道，她们家里种的有指甲花，指甲花可以染指甲，在指甲花做的染料里加入一点明矾，这样染出来的指甲颜色会更红。

"我问需要多少呢"，她们说"一点点就够了"。一点点是什么概念，我也不知道。总之，我趁大人不在家的时候，走到西屋打开里面的一个木箱，爸爸平时会在木箱里储存一些干货，譬如芝麻、绿豆、红豆、木耳之类的。那时我大概上二三年级的样子，不知道明矾长什么样，好在爸爸有一个习惯，喜欢在装东西的瓶瓶罐罐和布袋子外面贴个标签，写明里面是什么东西。这样就好办了，"明"和"凡"两个字我还是认识的，读字读半边也没什么大错吧。

我在木箱里翻来翻去，看到一个布袋子上贴着"明矾"两个字，心里一阵激动，就像发现了一袋宝物。我把爸爸细细打好的绳结打开，看到里面是一块块近似透明的东西，长的有点像冰糖，我拿出来一块凑近鼻子闻了闻，没啥味，又伸出舌尖舔了舔，还是没啥味，我心里想：还是冰糖好吃。我挑了几块大拇指甲那么大的，装在裤子兜里，她们说一点点嘛，应该够了。然后仿照爸爸系口袋的样子挽个结，照原样放好并且盖好木箱盖子。

我就像一个小贼。

把明矾给她们，接下来就是等她们把指甲花染料做好了。

一般我们染指甲都是在晚上。一群女孩子围在一起，大的小的叽叽喳喳，做染料的姐姐让我们一个一个来，我们这些小孩子充满期盼地看着，满怀兴奋，似乎我们在做一件神秘又神奇的事情。

终于轮到我了，我乖乖地把自己的指头伸出来。小姐姐的面前放着一个塑料罐，里面盛着捣碎的指甲花，已经呈稀糊状，当然里面还加入了一定比例的明矾。她挖出一小块指甲花糊放在我的指甲上，把指甲全部包好，用一小块提前准备好的塑料布裹严，然后用线绳绕几圈绑好，染指甲的活计就完工了。

我闻着指甲花糊散发出来的那种气味，觉得真好闻，心想：这种花也真好，那么香，还能把我们的指甲染得如此美丽。

第二天清晨醒来，就像揭晓谜底的时刻到来，从被窝里坐起来来不及洗脸，先把十个指甲的线绳和塑料布一点点揭开，看到指甲上那种黄里带红的颜色，伸展着十个指头看过来看过去，不禁心生惊喜，那一刻觉得自己是最美的。

晚上吃罢饭，头天晚上一起染了指甲的女孩子会重新聚在一起，伸出自己的手相互比较着。这时，我才发现，有的指甲颜色偏黄一些，有的黄里透着红。我低头看看自己的，想不明白为什么大家一起染的，颜色为什么会有不同。不过无一例外的是，我们除了指甲染上了颜色，指甲旁边的手指肚也都染上了红色，我们说这该怎么办？给我们染指甲的姐姐说多洗几次手就好了。

接下来的日子里，我们认真地洗手，每次都要多打一遍肥皂，那种黄红色也逐渐褪去了。吃饭的时候，妈妈看着我的指甲，不说好看也不说难看，只问一句："你跟她们一起染指甲了？"我说："嗯。"不敢提明矾的事情。

后来，指甲在慢慢生长，染出来的颜色下面没有颜色的甲面越来越长，直到长到顶端，只剩下了月牙般的一抹黄红。

童年的记忆里，染了好几次指甲，却一直没有见过指甲花到底是什么样子的。

前不久，回去看父母，看窗台上爸爸的长方形塑料盆里，有嫩绿的新芽发出，我问爸爸，这里面种的什么呀？爸爸说指甲花，你妈妈拿回来的种子。

我的脑海里一下蹦出小时候黄里泛红的指头，很期待，看看这指甲花长成的模样。

荷　花

夏天来了。太阳报信员／扯着嗓子喊："夏天来了，夏天来了！"／荷花很害羞／难为情地从水中／探出了头／过了好久／夏天还是没有来／荷花，急得轻轻皱起了眉头／荷花，不知道／自己就是夏天。——一位小学生写的有关荷花的饶有趣味的小诗

去年买了一幅十字绣，名字叫"连年有余"。画面上有三朵粉色的荷花，两

朵娉婷绽开，一朵含苞待放，两片圆润的荷叶铺展在碧波荡漾的水面，两尾鲤鱼悠闲地在荷叶下摆尾。

我绣了好一段时间，三朵荷花终于在绣布上一点一点地丰盈饱满起来。粉红的、粉的、粉白的、乳白的、白的，各种颜色的线一根根地绣过来，虽然过程纷繁复杂，但是当花朵呈现在眼前的时候，才发现这只是一种颜色到另一种颜色的渐变。

我喜欢荷花，就如同很多女人都喜欢荷花一样。

2021年夏天，阳阳同学去上大学，第一趟自然大人要去送的。我们没有去当地有名的风景胜地游玩，而是去了一个叫青城湾湿地庄园的地方，类似于农家乐。

在这里，我们见到了一亩荷田。

那时已是夏天的尾巴了，我们看到的不是满池的荷叶田田，大部分的荷花已经开败，只有一根根高耸的莲蓬伫立在荷叶间。偶有四五朵晚开的荷花，也不顾影自怜，虽没有太多的同伴，但也花意正浓。

岸边的我们看着这朵朵荷花，用什么词语来形容呢，我觉得"出尘"二字最为合适。那粉红的一团团花，就像是下凡到人间的精灵，虽不染尘埃，却又与这俗世温婉相拥，虽独自绽放，又好似开在我们的心田里。

淡绿的湖水，灰蓝的天空，晚夏的时节里总是多了一些疲倦。荷叶有了淡黄的卷边，花圃里的花朵旁也少了蜜蜂的"嗡嗡"鸣叫，以至于映衬的这荷花虽晚开，却开得一点也不敷衍，湖水的倒影里，荷花安静而娴雅。几只蜻蜓掠过水面，细小的涟漪里花影微漾。

我们坐在岸边的木桌旁，静静地休息，谁也没有说话，大家大概走累了吧。木桌上，不知谁放了一朵荷花，粉色的花瓣躺在木头的斜纹里。

阳阳看了一会儿，说："妈妈这花瓣中间的是莲蓬吗？"我说："是啊。"阳阳说："好吃不好吃？"大家笑起来。我说我也没吃过啊。阳阳把木桌上荷花的莲蓬摘下来，从中间掰折，抠下一点放进嘴里嚼嚼，然后看向我，开心地说："妈妈你尝尝，味道还可以。"

我拿过来，看莲蓬的中间是疏松的蜂窝状孔洞，像海绵一样，淡黄色的，有的孔洞中间躺着一粒小小的籽，那个应该就是莲子了吧。我掰了一小块莲蓬吃，果然，一股淡淡的清香沁人心脾，让有些疲倦的心神有了新鲜的感觉。大家把半拉莲蓬传来传去，几个大人一人吃了一口。

荷田的旁边是几间木屋。木屋屋檐下挂着两块木牌，上面用朱红色的隶书写着"谁家"，呵，好别致的名字。

游览完青城湾的荷田，我们就准备打道回府了。第二天，阳阳同学就要去学校报名。也就是说，这是小伙子独立生活前我们最后一次同游了。

我的心里不免有些黯然。

虽然他套被罩会把自己装进被罩里，虽然他理不清自己衣柜的衣服，虽然他刷鞋子笨手笨脚的，虽然他吃完饭总是懒得洗碗。

可看着他高大的身板和对未来生活向往的小眼神，我觉得自己真的是多虑了。我带他来到这个世界，是让他感受人生，经历情感，不是把他抓在手里成全自己所谓的担忧，谁都不是谁的牵线木偶。我唯一能做到的，就是站在离他不远的地方，各自安好，互不打扰。

这个世界有各种各样的颜色，我们置身其中，不知不觉地活成了另一个样子，自己陌生的样子，或者自己讨厌的样子，那真是一种很糟糕的感觉。我只希望，我的孩子能活成他自己喜欢的样子，眼里有光，心里有暖。

我的"连年有余"里，一针一线都似乎绣不出青城湾荷花的那种灵气，大概是还没有完工的缘故吧，待我把荷叶和鲤鱼绣出来，把画布上多余的格子洗干净，用透明的玻璃装衬上，然后在安静的午后看一看，是不是就会有出尘的味道晕染开来？但愿。

油菜花

油菜花，别名芸薹，一种十字花科的一年生草本植物。在我国，油菜花集中分布在江西婺源篁岭、汉中盆地和江岭万亩梯田、云南罗平平原、青海门源等。

浩门，在门源县中部。

　　我和阳阳从西宁坐动车过来，到达浩门镇的时候已是当天下午，我们找到一家旅馆住下，准备第二天去万亩花田。

　　但阳阳坐在那里很不开心的样子。

　　我问："你咋啦？"阳阳说："我们明天就看个油菜花吗？"我说："对呀，我们之前不是说好的。"阳阳停顿了下，嘟囔着："油菜花有什么好看的。"我想阳阳大概不了解门源的万亩油菜花是多么美丽，我说："现在这个季节正是油菜花开的时候，这里每年都举办油菜花节，我们明天去看看，也许以后就没有这样的机会了。"阳阳板着小脸说："只是你喜欢看，并不代表我也喜欢看。"他说话的这种腔调一下惹恼了我。我们俩带着情绪一来二去地争吵起来，最后谁也不再说话。

　　这个夜晚静悄悄的。窗外的小雨淅淅沥沥敲打着窗户。

　　第二天晨起，小雨还未停。我拉着阳阳撑起伞，到旅馆斜对面的商业街觅到一家清真面馆，一人吃了一碗拉面。

　　回旅馆的路上，我跟阳阳商量："如果到中午还在下雨，我们就打道回西宁，如果雨停了，我们下午去万亩油菜花田，好不好？"阳阳说："行。"

　　正午时分，雨停了。阳阳看看窗外，无奈地长长叹了一口气，又看看我没有说话。我很开心地收拾好随身的小包，喊阳阳走。

　　我们俩走出旅馆。雨过天晴，空气潮湿清新，天空碧蓝如洗。

　　我们在街边找了一辆跑旅游的车，大概一个小时后，我们来到了万亩花田景区的门口。

　　在花海的入口处，我和阳阳定定地站了好几分钟。

　　那是怎样的一种开阔啊，天空被雨水润泽得没有一丝杂质，就好像还没有晾干一般，散发着水盈盈的蓝。大朵大朵的白云在天际下肆意绽放，好似一长溜孩童手里拿着的棉花糖，饱满而甜蜜。我们眼前的大地上只有一种颜色，满目的黄，这种黄不张扬，也不耀眼，仔细望去，是一小朵又一小朵的油菜花，兀自轻轻摇摆着，组成一望无际的黄色花田，向远方伸展而去，我极目远眺，不知道这万亩花海延伸到了哪里。

　　我心想，我满怀喜悦地奔波而来，不曾想遇到阴雨天，以为要失望而归的时候，老天又好似体恤我们的劳累，收了雨，然后给了我们一个好大的恩赐，这般的美景我只在画里见过。

我转头看看阳阳，小伙子也正看得出神。我笑笑，拉着他走进花海。

不知是不是油菜花节已经过去的缘故，我们来的这个时节游人很少，这样正好。

我和阳阳徜徉在油菜花海里的栈道上，旁边有一座座小木屋，可以供游人休憩。远处的山上笼罩着轻纱薄雾，一缕缕白云缠绕在山腰间，像惊落人间的白衣仙子在袅娜起舞，也像年轻姑娘脖颈间轻柔的白丝巾随风飘起。

阳阳坐在花海中间的秋千上，两条胳膊舒展开，望着眼前的油菜花发呆。

我俯身瞧着离我最近的这一小片花，未开的花苞簇拥在一起，还是青翠的模样，绽放了的花朵有四小片淡黄的花瓣，简单朴实，在微风中悠然摇曳。上午沾染的雨水还未干，有的花瓣中间滚着一小滴晶莹的水珠，风一过，水珠"啪嗒"坠落在我的手背上，我的心也为之清凉起来。抬起头，沿着花朵的顶端望去，小小的花朵此起彼伏，似乎在窃窃私语，又好像在轻声歌唱。我站起身，一眼望去，哦，其实一朵油菜花不起眼，一小片油菜花也没什么，但是当这一种花有万亩，十几万亩，甚至几十万亩的时候，就汇聚成连绵的花海，你能想象到这样一番景象吗？高远的蓝天下，云卷云舒，淡黄的花海，如一片温暖的河流缓缓流淌。

我想，摄影师手里的高清镜头可以定格这静止的美景，画家笔下的调色板也可以调出这大自然的蓝白黄。可是，能够呼吸着雨后的清新空气，感触着微风拂过脸庞后的惬意，捕捉着花海里每一朵小花的灵动，感受每一个脚步踩过土地的厚重，发现自己平凡如尘，觉察一花一世界的，只有我们置身其中。这大概就是我们喜爱旅行喜爱自然的原因吧。

我和阳阳在花海流连了半下午，因为还想去仙米寺，就出了花田。

傍晚时分，回来的路上，阳阳靠在椅背上睡觉，我和司机师傅有一搭没一搭地聊天。我说孩子本来不想来，觉得油菜花没什么好看的。然后，司机师傅说十几岁的孩子兴趣点不在这里，什么样的年龄看什么样的风景。我安静了几分钟，一下子释怀了，好像昨晚和阳阳的争吵里，那种不解的烦闷终于找到了

出口。真的，什么年龄看什么风景，这样简单的道理其实我懂得，只是到了自己孩子这里，就用我的想当然去要求他，我喜欢的，他也一定喜欢。我在不知不觉中走入了狭隘，所谓通透和逼仄，有时就在一念之间。

晚间，我和阳阳吃罢饭，我在手机上查了好一会，对阳阳说："我们下一站去云南野生动物园玩吧，就是可以偶遇狮子扒门的那种。"阳阳一听，嘴角上扬，小眼睛闪着兴奋的光芒，忙不迭地点头说："好的，妈妈。"

GEERMU WENXUE CONGSHU

格尔木文学丛书 （第四辑）

第三章

兰台低语

兰台随想

　　第一次看到"兰台"这个词，是在一本档案期刊上。当时刚参加工作不久，很纳闷为什么要用兰台这个词来比喻档案工作。后来经过查阅资料，得知是在汉代时，开始在地下室中用石块建造石库，用于保存当时的历史资料，这个石库就称为"兰台"。到了今天，"兰台"的意思得到了引申，用来统称档案机构及档案工作。

　　如今，我成为一名兰台人已经五年了。每当我坐在堆满文件资料的办公桌前，我的心就会一点点平静下来，一天的时光在抄抄写写中度过。记得我抄写的第一份卷内目录，是用爸爸送我的一支钢笔，墨水是蓝天般的纯蓝墨水。我一笔一画工工整整地抄完，交给单位的老师。结果老师看完像想起什么一样，说："目录不允许用纯蓝墨水写，你重新写吧，用蓝黑墨水。"

　　抄写目录的时间长了，会觉得这份工作实在很单调。透过办公室明净的玻璃窗，望着外面莹润如蓝宝石的天空，看绿色的白杨树叶在轻风中舞蹈，我就按捺不住有想跑出去溜达一圈的冲动。办公楼的后面有两个不大的花园，里面种满了雏菊、八瓣梅和大福气，我坐不住的时候就会跑下去，在花朵旁边徜徉几圈。

　　日子一天天过去，要抄写的目录一卷接着一卷，偶尔会有两三个人过来查阅资料，这样的情景让我不觉想到一句诗："门前冷落车马稀。"这是我要从事很久的工作啊，我要从中发现一些有意思的事情，否则，如何在这漫漫时光中行走。

走进档案库房，如同走进一个冷寂的世界。

因为要防光、防尘，所以深色窗帘冷漠地阻拒了明媚的阳光，使房间平添了一份平静，而一排排铁皮柜子紧闭着门扉闪烁着沉默与理智的光芒，只有一张张小标签标示着它们里面的内容是那样丰富。

站在库房中，不知为什么，我突然想起了一句话：沸腾的事业，冷静的思考。这原本是一款空调的广告词，我觉得用在档案工作上也很合适。不管外面的天地是多么喧嚣精彩，风云沉浮，在这里，都会有一位历史的见证人，不论对与错、荣与辱，他都会冷静地记录下来，作为一个时代发展变迁的证据。也许在当时，还看不出它们有什么大的作用，但随着时间的推移，它的利用价值就会显现出来，成为一笔宝贵的财富，对于后人编纂史料，研究当时的政治、经济、文化及生活都有着不可或缺的作用。

打开柜子门，一股淡淡的旧纸张的味道扑面而来，这是由于纸张变老的缘故，仿佛泛黄的时间散发出的味道。就是这些已经发黄的故纸记录着上一个世纪我们生活的这个世界的故事，为了保护它们的生命，延缓它们在岁月中的逐日衰老，条件有限的我们每隔几天就会撒一次水，增加空气的湿度，但高原上实在太干燥了，因为干燥，纸的边缘也锐利起来，每次整理完档案，我的手上便会多几道淡红的划痕。

的确，这里没有台前的鲜花与掌声，没有光彩夺目的工作业绩，只有一群默默无闻的兰台人呵护着历史，珍藏着历史。

今年出台的归档文件整理规则让我有很大的感触。新规则的颁布让档案整理工作变得简便易行，让大多数兰台人从繁琐的手工劳动中解放出来，有足够的精力去真正地关注档案工作的重心，这是一种进步。我觉得，人的思想一旦有了创造力，就会呈现出动人的活力，如果我们一直囿于旧的思想，默守成规，不去想着创新与改进，那我们就会一直原地踏步。

如果说文书档案的文字是严谨的、公式化的，那么人事档案就给人一种浓浓的人情味。

我所接触到的最早的人事档案的主人公生于 20 世纪 20 年代，这对于我来说很遥远，我们之间半个多世纪的距离使我对他们产生了好奇。

翻开他们的档案，如同在看一部历史书。我总会细细地去阅读那些记录在粗糙的、绵软的纸上的履历与自传，试图去触摸一颗陌生的心灵，虽然这种感觉是模糊的，但我依然能够在这本代表人的一生历程的档案中感受到主人公心灵光芒的闪现，看着已经发黄的黑白照片以及用细细的笔尖书写出的繁体字，我觉得这是作者在细吐他的人生心语。

一页页地翻阅，似水流年，照片上的那个人已失去青春的光彩，黑发不再浓密，眼神流露出沧桑，细密的皱纹悄悄地伏在眼角与额头，只能依稀分辨出过去年轻的样子。我常将主人公年轻与年老的照片放在一起对比，遥想自己老了是什么模样。这不仅是岁月的流逝，更是每个人所经历的。

我抚摸着一张张不一样材质的纸张，一卷卷档案反映出时代的变迁。过去，战乱与动荡，饥饿与贫穷萦绕在中国城市与农村的土地上，但这并不能阻挡众多青年人用火热的心去追求梦想；现在，和平与安定，进步与开放是我们生活的主流，更多的年轻人崇尚着个性，追求着上一代人不一样的梦想。不一样的时代，不一样的心情，不变的是什么样的追求都需要执着的信念。

我的思绪就这样常常抛锚，整理着，思考着，给这份琐碎的工作平添了一份乐趣。

故纸堆里的故事总是很多，但都是真实的，我们的任务就是维护这份真实，提供这份真实。

半圆规理论随想

　　李敖是我所欣赏的文人之一。一个偶然的机会，我在凤凰卫视的一个专栏节目中听到李敖在讲述他的半圆规理论，给我印象颇深。

　　李敖说，半圆规的底线是零度的水平线，它是人的一个安静的心态，随着度数的上升，就好比人的心情有快乐和幸福，而零度以下的负面情绪是可以没有的，这些负面情绪怎么可以没有呢，就靠个人的心理调节能力。美国总统林肯也曾经说过，人的快乐可以技术性地产生，同样，人的不快乐也可以技术性地消灭。因为这些不健康的情绪对人的生活毫无意义，对人的感情是一种浪费，要消灭这些负面的不健康的情绪，首先要有一个良好的心态。

　　的确，心态是重要的，对生活如此，对工作亦是如此。朱光潜说过："人应当出世的生活，入世的工作。""出世""入世"本是佛教用语，用在这里，我想应该是说：人的生活态度最好超然淡泊一些，对待工作最好是认真的。因为半圆规里的负面情绪代表着消极、埋怨、沮丧、悲伤。试想一下，如果我们用这样的心态去面对生活与工作，它们势必也会对你板起一副灰色的面孔，因为拥有快乐感知快乐也是一种能力。中央电视台曾经有一句轻松但充满哲理的广告宣传语：快乐是一天，不快乐也是一天，为何不天天快乐？我想，天天快乐不是每个人都能做到的，尤其生活在现在这个压力颇多的社会，每个人都有来自工作与生活各方面的烦恼与厌倦，这是不可避免的，但如果有一个良好的心态，用自己的调节方式去化解，避免用性格中的弱点如消极、死钻牛角尖去抵触，

那这些烦恼是可以技术性地消灭的。

由此，我想到档案管理这个工作。记得以前人们总是说，爱一行，干一行。但是如今，由于很多现实的原因，并不是所有人都能从事自己喜欢的工作。就如同当年的我，所学专业是工业企业财务会计，但最终做了一名兰台人。档案工作给我的最初印象是枯燥、是乏味，感觉不到工作着的快乐，一度以为档案工作的冷清是我不会一直承受的，也从来没有思考过档案的内涵。这是因为我不了解档案，但是几年的工作经历，通过阅读与交流，接触与思考，我发现档案工作其实是一片很广阔的天地，里面所包含的学问也是博大精深。

如果说以前的我始终在兰台的门前徘徊，那么现在我已经叩开了这扇门，看到了她的美丽与辽远。于是，以前被我视为枯燥乏味的事物已经不存在了，我觉得干好这项工作是一件有意思的事情，是的，有意思的事情。工作与生活中有很多东西是相通的，譬如对待一件事情的思维方式，如何化解产生的矛盾，如何消灭工作与生活中的消极态度，这些最终都会反映一个人的心态。

无论怎样，每个人都有自己的工作体会，每个人也都有自己的调节方式。其实，人的情绪就如波浪般呈周期性的起伏，跌入谷底时觉得一切都是灰色的，升上云端又觉得天挺蓝；旁边的人也挺可爱，起伏之间总有一根主轴，我觉得这根主轴就是一个人的心态，它会引导我们每一个人走向快乐与不快乐。

最后一枚订书针

　　上学的时候曾经看过法国著名作家雨果写的《悲惨世界》一书，给我印象最深刻的不是经历曲折的冉阿让，而是那位勤勉朴实的大主教。他将一块土地一分为二，一边种满了蔬菜，另一边种下了吐露芬芳的鲜花。人们觉得种了鲜花的土地是被浪费了，可大主教不这么想，他认为美和实用是同等重要的。

　　我觉得这句话用在档案整理中也很合适，我们整理档案的目的是让其具有实用性，能够完整地反映一个时代，一个人或者一个单位实体的发展历程，从而更好地利用它，发挥档案潜在的价值。同时，整理完毕的档案要美观。档案的美观不需要你将它装饰得如何华丽，只要尊重它的原始外貌，保持一种宁静整洁的状态就可以了。美观，是给人的第一印象，然后才会有阅读它的冲动，就像春天安宁的阳光下一朵黄色的小花，静静地伫立，不张扬，却是人们眼中一道最美的风景。

　　说到档案的美观，不得不说到档案整理中的种种细节。我有一位年轻同事，她主要从事文件材料的打印和装订工作。一个偶然的机会，我与她一起装订打印好的材料，共有几百份，这是一个比较沉闷的工作，我们一人拿一个订书机，"咔咔"地订着，偶尔说几句话。不一会儿，她突然对我说："你的订书针没有了。"我没有在意，笑着反问她："你怎么知道？"边说边去压订书机，果然没有针了，我惊讶地问："你怎么知道没有针了？"她说："最后一枚订书针压下去的声音是不一样的。"我说："我怎么听不出来呢？"后来我们继续装订，每一次她的或我的订书机在压出最后一枚订书针的时候，她都会提前告诉我没有针了，最后我已经一半是惊讶一半是佩服了。我说："我没听出来最后一枚订书针发出的声音有什么不同。"她笑了笑说："这没有什么的，我做这个工作时间长了，就自然会听出有什么不同。"我想了想，觉得是这个道理，这是一种职业习惯，会敏感细致地捕捉到工作中的某一个细节，并作出正确的判断，这种习惯是长时间从事某项工作练就来的，非一朝一夕之功。

我认为在档案的整理过程中同样也需要一份对细节的捕捉与掌握，比如对破损纸张的裱糊，这个环节是我们在整理档案材料时不可或缺的程序。在这个过程中，我们要使用浆糊进行修裱，这种浆糊是用工业淀粉熬制的，加入了香精和防腐剂，也可以调制面粉浆糊，掺入麝香和花椒，不仅对纸张有修复作用，还可以起到防虫的功效。在修裱过程中，还要把握浆糊的使用量，用得多了，会增加纸张的承重量，且不容易晾干，而且会造成纸张表面的凹凸不平，如果摆放不好，纸张之间互相粘连，强行扯开又会形成新的破损。浆糊用得少了，纸张的边边角角粘不上，在翻阅中，会使纸张边角翘起，折叠成小三角。所以，对浆糊的使用只能用"恰到好处"来形容。

修裱后的纸张要在阴凉的环境下晾干，不能直接在阳光下暴晒或使用高温烫烤，因为这样会使纸张中的水分流失，变得愈加干燥，不利于以后的长久保管。晾干后的纸张表面会有小波浪状的起伏不平，我们会用石板将其压平，主要是为了减少装订后卷宗的厚度，还有就是为了美观。承载着文字的纸张述说的是一段历史，给人的感觉是平静、内敛、朴素，如果像爆炸的拉丝头，就好像缺少了一份厚重感。

除此之外，在文件材料上盖印数字章也要恰到好处。盖得轻了，好像虚浮不实在，盖得重了，数字章旁的边痕会印到纸面上。当所有的档案盒一同排列在柜子里时，盒脊上盖印的各项内容是保持在一条水平线上还是呈波浪起伏的状态，这就需要我们对手力及位置的把握要"恰到好处"。

要做到恰到好处，我个人认为除了职业练就的技巧外，还有一个重要的前提就是要有宁静的心态，一件小事，一个细节，也许可以成就一份相对的完美。

兰台墨香　润物无声

今年三月，我市档案馆爱国主义教育基地正式开放，迎来的第一批参观者是市第十二中学的学生们。

孩子们的到来打破了档案馆的寂静，他们好奇地看着一张张图片和首次公开的档案文献。我问孩子们："你们知道格尔木有多少年的历史吗？"孩子们摇摇头小声地说："不知道。"

我觉得，我们居住和生活在这座城市里，这里就是我们的家园，家园的归属感是以了解为前提的，了解这座城市的历史和文化。有了解，才会有热爱。

孩子们参观结束，即将离开展馆时，我又问了一遍："明年是格尔木建政多少年呢？"孩子们大声地说："六十年。"我想，一次的参观也许起不到实质的作用，但起码让这些孩子们记住了格尔木这座城市存在的时间——档案资源教化的力量是潜移默化的。

档案馆有着丰富的馆藏资源，无论是文字、图片、声像还是实物，都是记录城市发展的第一手原始资料。爱国主义教育展馆的开放也是将档案资源转化为文化力量，将档案意识传播给大众的一种途径，让人们意识到，档案离我们并不遥远，保留和利用档案可以让我们了解过去，珍惜现在。

在我们馆近年来的档案资源利用工作中，有两类档案资料是查阅最多的，第一类是属于民生档案的婚姻档案，利用者主要用于购房和户口转移等。由于结婚证遗失或当时结婚证上姓名和现行身份证对不上，所以在办理具体事宜的过程中按照有关规定无法办理。很多人前来查阅时说的最多的一句话就是："当时不注意这些细节，没想到给现在带来这么多的麻烦，幸好你们还保留着这么多年以前的底子。"是的，正是因为这些保留至今的原始资料，为查询利用提供了极大的便利，解决了很多利用者的难题。

有一次一对夫妻因结婚证不慎遗失，前来查询多年前的结婚底档，查到后丈夫叮嘱妻子说："以后可得把这些证件保管好！"妻子连忙说："就是，不然太麻烦了。"我想通过这些发生在自己身边的具体小事，人们会逐渐地树立良好的保管意识。其实，对我们档案人来说，良好的保管意识是档案工作的基本，没有档案，何来利用。

第二类利用率最高的是个人招工的相关文件，利用目的有很多，譬如办理退休、子女考学、办理养老保险、补全个人档案材料等。比较典型的是在2010年青海省人力资源和社会保障厅、省财政厅印发了《关于解决我省城镇职工基本养老保险历史遗留问题的实施细则》以来，有很多需要办理养老保险的老人来到我们档案馆查找招工或曾经参加过工作的相关文书资料，为他们解决社会保障的后顾之忧。其中给我印象最深的是一位叫闫悦琴的老人，在我馆查到她在建工队工作时的工资发放表，但当年的工资表因为造册人员的错误，把"悦"写成"月"，因为身份证上的名字和工资表上的名字不相符，不能成为她办理养老保险的有效凭证。后来在工作人员一下午的仔细查找下，闫女士欣喜地发现在1977年的一份工资表中，虽然造册人员还是写的"闫月琴"，但在最后一栏"领取工资人员签名"里，闫女士签的是和现在身份证相符的名字"闫悦琴"。老人高兴地说："真是功夫不负有心人！"这足以成为她在建工队工作过的证据，为老人办理养老保险提供了有力证明。至今，我都记得老人舒展的笑脸，看到我们库房里的这些故纸能够发挥作用，能够为他人办成实实在在的事情，我和我的同事们由衷地高兴。

其实，人们在这些涉及到切身利益的事情中，能够感到档案就在我们的身边，和我们息息相关。

前几年我们在做家庭建档工作时，有一位普通的建档者感慨地说："我们这些做父母的，有时候辛苦了一辈子，可能还得不到孩子的理解，他们没有经历过我们那个时代，不知道物资匮乏下吃不饱肚子是什么滋味，也体会不到我们为了生活付出的辛酸和努力。"他说："我们可能给孩子留不了多少物质财富，在我还想写并且还能写的时候留下一点东西，让孩子们理解父母，更加珍惜现在的生活。"我想这就是家庭建档最深厚的意义所在。

　　档案宝库的墨香如瀚海，于国家，于社会，于个人，都有着深厚的影响，这不是即时效应，而是源远流长。兰台的墨香，如春夜的喜雨，默默无声地滋养着人们的心灵。

美玉出昆岗

高原的春天总是姗姗来迟，三月的格尔木蓝天如洗，清爽宜人。漫步在昆仑路上，两边一个个"玉"字不自觉地映入眼帘，这些玉店多以斋、轩、屋、馆、行、阁、堂称呼，昆仑路真的可以称为格尔木市"美玉一条街"了。

玉，在《说文解字》中被称为石之美者，自古被称为吉祥、辟邪之物。看到"玉"字，就会让人想到温润、纯净、高洁这些美好的字眼，它象征着典雅华贵、安乐幸福。传说若被主人长久佩戴，就能和主人心心相印，还可以陶冶人的情操。在我国的文化中，玉也总和缘分纠缠在一起，《红楼梦》里，宝玉和黛玉在荣国府相遇，宝玉一句"妹妹可有玉？"黛玉一时愣住，从此开始了一段情缘。在《诗经·卫风》中有这样的诗句："投我以木瓜，报之以琼琚；投我以木李，报之以琼玖。"简单的解释就是：你给我一个木瓜，我回你一枚我身上佩带的玉，这是年轻男女之间的互相赠答。所谓的琼琚就是小伙子身上的佩玉，而琼、瑶、琰、瑜、瑛、琚、琼、珏、琅，这些《诗经》中出现的字原来都是玉的美称。而在格尔木市辖区昆仑山南麓的道教发源地玉虚峰一带盛产美丽的昆仑玉，所以在昆仑路上有如此密集的玉店也就不足为奇了。

在经过一家名为"碧玉堂"的玉店时，我不禁被墙上影印的一段《玉说》吸引，在征得主人的同意后，我将《玉说》抄下来，现将其中的片段摘录如下：

玉 说

世有君子，而后有美玉，君子爱玉，出于自爱。

玉倍受宠，源自君子，其因循君子之道而受君子之爱。

世人因君子而尊美玉之位，君子与美玉互通其道。

玉之美在于神，以明君子之志；

在乎于德，以尚君子之德；

在乎于形，以彰君子之行；

在乎于趣，以享君子之乐；

在乎于度，以体君子之度。

君子识玉，感由心生。

以心参玉，识玉之美，通玉之心。

玉之道，以抚君子之心也。

问起主人这篇《玉说》的出处及作者，主人笑言并真不清楚，只是从一位新疆做玉的朋友那里看到的，当时觉得好就转为己有。不过，作者是谁已经不重要了，重要的是文中所传达的君子如玉的意蕴。在《礼记》中曾记载："古之君子必佩玉，君子无故，玉不去身，君子于玉比德。"在这里，君子的品德比为玉，君子爱玉，必以心参玉，这心有沉淀的宁静，有宽容的美好，如此，才可以与玉相通，我想爱玉之人有如此的心境，才是真的懂玉吧。

出于对昆仑玉的好奇，我翻阅了有关昆仑文化的书籍，在昆仑文化中，关于昆仑山的传说与神话占了很大一部分，其中西王母与穆天子瑶池相会的故事千古流传。相传西王母是盘古与太元玉女的女儿，统领着青藏高原，穆天子即周穆王，是西周的第五代君王，因为仰慕西王母的威名与芳姿，越千山万水，渡黄河，翻日月山，直奔昆仑山，与西王母在瑶池相会，西王母在华宴上为周穆王献上昆仑特产"澄清琬琰之膏以为酒"，这是一种以上等白玉酿成的饮料，叫玉膏或玉英，喝了能让人长寿。屈原曾歌颂这种饮料，在《九章》中写道："登昆仑兮食玉英，与天地兮同寿，与日月兮齐光。"同时，西王母还将昆仑山中的数万件美玉及大量玉器送给穆王，来表达中原汉族与西部民族之间的真挚友谊。在史书中也有记载："昆仑山有玉瓜，光明洞彻而温，须以玉井之水洗之，便软而可食。"玉瓜的奇妙不在它的坚硬通透，润泽光鲜，奇在其温，不似一般玉之清冷，遇水而软，极为有趣。可见，在几千年前，昆仑的美玉因其质地和品性已成为代表昆仑的特产，只是一直以来"养在深闺人未识"，盛名未能远扬。今天，因为一个时代的契机，让人们能够揭开它神秘而美丽的面纱，这大概是昆仑玉的机缘，也是爱玉人的幸事吧。

背景链接：

2007年3月27日，奥运会奖牌设计公布。按照奥组委所公布的设计方案，白玉、青白玉、青玉三种镶嵌材质对应三个奖牌等级。

2007年4月14日，青海省人民政府以政府文件的形式向北京奥组委正式发函，请求其将青海昆仑玉作为制作北京奥运会奖牌的玉石材料。

同月，格尔木市宝玉石公司向北京奥组委提出捐献青海昆仑玉原料用于奥运会奖牌制作的申请，从而拉开青海昆仑玉"申奥"的序幕。

2008年1月2日，北京奥组委和青海省人民政府在北京举行昆仑玉捐献签约仪式。青海昆仑玉被北京奥运会正式作为奥运奖牌用玉。

2008年1月22日，奥运会奖牌玉料启运仪式在青海省格尔木市举行，4吨高品质的昆仑玉原料被运往加工地江苏扬州。

2008年3月3日，青海省政府在上海举行新闻发布会。由青海省政府捐赠的3030片2008年北京奥运会奖牌镶玉青海昆仑玉玉环，经过捐赠、加工企业全体员工的辛勤工作，提前全部加工完成，并经北京奥组委有关专家鉴定确认全部合格。

存史留凭　传承家风

　　说起档案，人们的脑海中可能会浮现出单位上形成的一沓沓红头文件，或者是存放于人事部门的个人档案。前者我们称为"官方文书"，记录的是单位的发展历史，后者是个人的成长轨迹，本人也不能随便查看。这些被称为"档案"的东西似乎离我们老百姓的个人生活既遥远又神秘，那今天我想说的是档案其实就在我们每个人的身边，在我们每个人的家庭里，只是我们未曾留意，没用"档案"的理念来管理、来记录我们的生活。

　　在山东济南有一位八十八岁的老人叫张心侠，他从 1977 年开始记录自己家庭的生活账本，这一记就是四十多年。他说他当时建立生活账的初衷是因为生活困难，为了避免消费超支，不得已想出来的办法。他不仅记录每日的消费支出，还绘制了一张家庭收支变化曲线图，制作了改革开放 40 年来自己家庭的恩格尔系数（食品支出占个人消费总支出的比重）变化表，恩格尔系数是衡量一个家庭富裕程度的主要标准之一，恩格尔系数越小说明富裕程度越高，简单地说，就是随着人们的生活越来越好，家庭总支出中除了吃饭的花销外，人们会把越来越多的钱投入到休闲娱乐、出外旅游及自我提升中。1978 年，张心侠一家的恩格尔系数是 45.1%，进入 21 世纪，恩格尔系数降到 10% 左右，2017 年只有 6.5%。张心侠老人记录的 40 多年的账本，几乎与我国改革开放的历程同步，用数字记录的一项项支出是最有说服力的，反映了我们国家改革开放 40 多年来百姓生活的巨变与社会的变迁。

　　张心侠老人记录的生活账本其实就是我们家庭档案中的财务档案。所谓家庭财务档案是家庭成员在社会生活中取得收入和消费支出时形成的各种凭证和资料。例如存折、存单等属于收入类的家庭财务档案，国库券、股票、债券、房产证等属于投资类的家庭财务档案，家电设备的发票、保修单、火车票飞机票、话费单、水电暖等各种缴费单等属于消费支出类的家庭财务档案。细心的人会在月末计算一下本月大概花了多少钱，这些钱的消费方向大致是哪里，是日用杂物类、娱乐休闲类、教育投资类还是人际消费类等。相信很多的人都有这样的感觉，在日常生活中不知不觉地把钱花了，而且还想不起来自己花到哪里了。重视和保管家庭财务档案，树立正确的家庭理财观念，建立良好的记账习惯，能使我们普通老百姓做到对钱财的用之有度。当然，现在的社会消费支付方式较之以前有了很大的改变，越来越多的人习惯用手机微信或者支付宝来消费，甚至是乘坐公交车的一块钱买菜的几块钱，都会用手机来扫，扫完后手机收到的微信支付消息也是有效的记录和凭据，笔者发现，在手机银行的 APP 中也有"记账"这一功能，这也是顺应时代的发展和人们的消费习惯而为。在电子信息发展迅速的大数据时代，这些个人手机中留存的信息也可以称之为家庭电子档案的原始数据。

　　如果说手机中消费收支的电子数据是一串流水账，那么我们储存在手机相册里的照片，对我们来说留存的价值就要大很多。在以前的年代里，几乎每个家庭都有几本相册，里面会有年代久远的黑白照片，也有清晰精美的彩照，记录着家庭中每一位成员成长的痕迹。那会是你童年时幸福的全家照，也会是长辈们年轻时的风姿；会是一次郊游时欢乐的点滴，也会是我们生活中平凡而美好的一瞬；是你与伴侣喜结连理时甜蜜的笑颜，也会是家庭聚会时定格的幸福场景。待到闲暇的时光，翻开相册，回忆起过往的时光，品味悠长的回忆，这也许就是家庭照片档案带给每个人的感受。有一首歌曲《时间都去哪儿了》，歌里唱到"门前老树长新芽，院里枯木又开花，半生存了好多话，藏进了满头白发"，时间就在我们的晨曦暮晓和酸甜苦辣中钻来绕去，不知不觉绕老了时光。照片，是我们家庭档案中重要的组成部分，也是我们人生轨迹最直观的影像记录。可是会有人说，现在手机拍照已是习惯，照片都存在手机里，那么亲，几年之后你的手机内存还够用吗？如果你的手机丢失了呢？所以我们的建议是定期将手机照片导出，存在家里的电脑上或家用移动硬盘中，然后挑选一些有纪念意义的冲洗成纸质照片。挑选家用相册时也最好选择那种能安插标签的相册，将时间、地点、人物等标注清楚，这种定格回忆的方式难道不是一件美好的事情吗？

家庭档案的形式除了财务档案和声像档案外，还有很多种类。比如家庭健康档案，去医院就诊挂号的病历本、历次检查的化验结果单、B超、X光、CT等各种检查记录，记录着我们生病时一系列的治疗过程，为以后的生病治疗提供参考；比如孩子成长档案。孩子刚出生几天后脱落的脐带、第一次理发留存的胎发、拓印的小脚丫印、孩子随性的涂鸦、满分或零蛋的试卷、孩子歪歪扭扭写下的留言、制作的小手工等，这些物件充满了孩子幼稚可爱的成长足迹，如果我们把这些零碎的小东西装在小箱子里保留下来，等到孩子长大成人，把这个百宝箱当作一件礼物送给他，孩子应该很开心很温暖吧。再比如证书（证件）档案。算起来我们的一生从出生开始就会产生或获得各种各样的证书（证件），出生证明、毕业证书、身份证、户口簿、婚姻证书、独生子女证、各种资格证书、荣誉证书等，是我们每个人从孩童到青年到中年再到老年走过的轨迹，而且安全保管这些证书（证件），以备不时之需，以后会给我们提供很大的便利。家庭档案中还有一些其他形式的东西，比如与朋友来往的信件、记录点滴的日记、收集爱好者的个人藏品、外出旅游时景区的门票等。所以家庭档案的形式是不拘一格的，总结起来所谓的家庭档案就是家庭成员在从事家庭事务和社会活动过程中形成的各类资料和原始凭据。当然，留不留存，如何留存，这和每个人的生活习性和爱好兴趣有很大的关系。

2010年，我馆开始尝试传播建立家庭档案的理念，当时我们确定了几户试点家庭，向他们讲述了家庭档案的基本种类及建档要求。其中印象颇深的是某局的一位干部，他说现在的孩子生在福窝中，吃穿不愁有人疼爱，不知道自己的父辈祖辈曾经经历了怎样的艰辛和苦难，以为手边的幸福是与生俱来的，不知道付出不懂得体谅。他说他想着手写家史，将他所知道的自己家里老人经历的风雨、自己的奋斗、感悟及一直坚守的东西用文字呈现出来，留给自己的孩子。他还说自己只是一个普通的人，给不了孩子官二代抑或富二代的标签，只能把最朴实的生活理念譬如善良、节俭、吃苦、坚强这样的思想传给孩子，这也算是一种精神财富吧。他的想法让我感触颇深，我想每一位父母都希望自己的孩子长成一棵参天大树，而父母的言传身教无疑是孩子最好的老师。其实，家史是我们家庭档案中最有保存价值的，在记叙的过程中可以把我们对生活的态度、幸福的理解、变故的感悟、挫折的痛苦以及希望孩子坚守的品质融入进去，既是家史也是家书。当我们老去的那一天，当我们回忆不起往事的时候，不至于让孩子对自己家庭的记忆是一片贫瘠。除此之外，比如家庭大事记、孩子成长记录也是非常有必要的。

票证、照片、物件、感悟……当你开始整理这些琐碎的点滴，当你开始用自己的文字记录家庭、记录孩子，并且尝试把这些带有记忆的碎片归纳在一起，让它们变得清晰明了，你会发现整理家庭档案是一件非常有意义的事情。我们不妨，让生活慢下来，不妨，让自己的心静下来，有看快手刷抖音的时间不如放下手机认真地去做一件事情。可以给照片做做标签，或者把票证分分类，然后把孩子的小纸片小试卷小图画珍藏好，也可以尝试回忆自己家庭的"大事"，抑或把自己孩子的童稚趣事、妙言语录写下来，因为照片可以定格幸福留住美好，文字可以传播温暖传承家风——一个成熟的家庭，不能缺乏家风的传承。唐代诗人李商隐的《春夜喜雨》中有一句诗，"随风潜入夜，润物细无声"，意思是细雨伴随着和风，在人们不知觉的酣眠里，润泽了万物，我觉得用这句诗来表述家庭档案的意义是再合适不过了。

兰台低语

写下"兰台低语"这四个字的时候，我一直在想我要表达什么，好像心里还是一团乱麻。写写自己从事档案工作二十多年的工作体验吗？似乎没有这个必要，我们每一个平凡的人从事的工作其实都很普通、琐碎，要论起工作的意义，其实最初的本质就是生存度日而已，如果能在这个"生存度日"之上平添一点个人的喜欢，能在普通和琐碎里发现一些有意思的事情，那就令人很满意了。

是的，是有"意思"。我喜欢把一个词想象得有画面感，这个词对应的画面就是，一个孩子无意中发现了别人没有在意的东西——可能是泥土旁一朵可爱的小花，可能是沙土里浅埋的一枚奇形怪状的石头，他蹲在那里偷偷地乐，沉浸其中，笑得一脸灿烂。

接下来，我就跟大家分享一下我的一朵小花，一块石头吧。

一件事情做得久了，难免会有疲倦的感觉，就总想做一些不一样的事情，让心里的某些念想开成花。三四年前，我和我的同事打算录制一些小视频，就是把档案整理中的工作程序和一些需要注意的要点以视频的方式呈现出来，有画面有配音，我们觉得这样的业务指导效果会更好。

我和同事做了分工，各做五六个视频。

我们没有经验，都是这方面的小白。

对着实物好不容易起了头说两句话，会突然停下来，不知道接下来说什么

好；或者说着说着，会觉得说过的某句话里某个词说得不恰当；再或者，中途忍不住笑场。如此往复了五六遍，我们都有些焦躁，变得不耐烦起来。

于是，我们各找了一间安静的房子，关了门。

我打开手机录制之前，先在心里酝酿好自己准备要说的话，深吸一口气，让自己的声音听起来比较平稳。尽管这样，在这个只有我自己的房间里，我还是在中间停止了五六次。有那么一瞬，我有点沮丧。其实这件事情很简单，就是用简洁规范的语言将工作程序中一些技术性的细节表达出来，有图片有实物展现，让档案工作的新手一听就明白。

磕磕绊绊地折腾了一下午，第一个小视频结束录制的时候，我的心总算放下来了。打开回放，自己仔细地看一遍，边看边笑，虽然视频很短，大概四五分钟，而且画面里实物的角度和语言表达水平远比不上专业的水准，但我已经很满意了。

后面的录制顺畅了很多，也有了小小的经验，我们在每一次录制前都要做足功课，三四分钟的视频我们可能要准备小半天。

我和同事用了一个星期的时间，录制了十余条小视频，并进行了简单的编辑处理。全部做好后，我和同事一条条地看了一遍，心里充满了喜悦。我们会发现，有些看似很难的事情，只要敢于尝试，其实我们也可以做到。

后来，我们把小视频上传到工作群里，收到了很多竖起的大拇指和小红花，还是很开心的。

档案工作的本质就是整理过去的历史，留待以后的查考利用，这是一项有温度的工作。也许是工作使然，也许是性格因素，生活中的我会留意一些容易被人忽略的琐碎，我把它称之为"碎片"。

这些碎片很有意思。我有一个百宝箱，里面有孩子某年某月某日的一张随手涂鸦、一篇留言、一个曾经用过的卡通杯、一件爱玩的玩具，等等。我把这些零碎装好，上面附了一张纸片，上面写道"阳阳的东西（内有宝物）"，然后用胶带封起来，塞到床底下。待到来日，这个箱子送给阳阳，他一定会开心吧。

我有五六本相册，里面插满了照片，都是平日里手机随手拍下的。有的是家人在一起的，没有刻意地摆拍，都是趁他们不注意的时候留下的，有津津有

185

味吃饭往嘴里塞东西的，有一起坐着认真看电视的，有一脸嬉笑斗地主的，有跷着二郎腿呆坐的，还有的是一些不起眼的风景，比如某个晴天的白云，某个下雪天楼下的冷寂。我大概一两年去洗一次照片，整理好后送去照相馆。洗好后，那厚厚的一沓照片被我一张张放进相册，之后我是一定要做标签的，每一张照片配好文字说明，时间，地点，以及当时我们在干什么，或者就配一句感叹或者一言戏谑。比如我们全家坐在一起的场景，我就配了一句，"某年某月，一群羊的聚会"，因为我们家里属羊的太多了，算起来有六个人属羊，再比如，阳阳不知为什么在大笑，我配了一句：某年某月某日，阳阳开心的眼睛都成了一条缝。这个过程很有意思，且充满温暖。

我还有七八本小记，从十六岁到现在的四十多岁。实在无聊的时候，我会找出来一页页翻看，看着看着便会大笑起来。年少的时候小记里的语言比较矫情，就是为赋新词强说愁的感觉；年龄稍大一些，慢慢地务实起来，会关注身边父母的喜乐，会考虑以后生活的规划；再后来，字里行间出现了感恩和珍惜的字眼。印象最深的是我的第一本小记里，有一页十七岁记的关于"二十年后要做到的事情"，里面罗列了十余条：坐一次热气球，学会一两门外语，去一趟埃及，居然还有环游世界，哈哈，那时的心是有多大啊。现在，时间已经过去了不止二十年，将近三十年，我又实现了几条呢。一条也没有。还有很多本来已经忘记的场景和细节，在小记里有体现，我会想原来这些日子是这样度过的。

虽然，每一个人的最后都要灰飞烟灭，但是既然来了，还是要有热情地活着。所谓有热情，并不是要张牙舞爪，也并不是要高声呐喊，让每一个人都记住你，而是在自己的世界里，感知你经过的山有多高，体验你涉过的水有多清，珍惜自己的喜怒哀乐，感恩每一天的粮食和阳光。即使我们经受了沮丧、悲伤、茫然和孤独，即使我们看清了生活的本质和真相，依然有能力充满热情地活着。

好了，我的小花和石头的故事讲完了，也许不太起眼，但我还是想总结一下我觉得有意思的点在哪里。

有时候，尝试着迈出一小步，境况不是你想象得那么糟糕，会有意外的惊喜和满足，有些事情你也能够做到的，工作如此，生活亦是如此。而且，生活的温暖很大一部分取决于你自己，境由心造，当你整理那些琐碎的时候，温暖

的细节如涓涓细流。

我一直觉得，其实工作和生活是相通的，它们之间没有绝对的界限。在多年的工作历程中，我见过很多为了把档案工作做好，有背负病痛加班加点的，有自己掏钱买档案用品的，有压力较大失声哭泣的，也有手指关节粘连的。在旁人的眼里，也许觉得不至于，可是谁不是一边疗愈一边行走呢？

我不懂禅修，只是觉得我们需要一种安宁的，坚定的力量，这种力量很强大，能够带领你面对很多事情，不至于把自己陷入不堪的逼仄，能够让你发现自己的粗粝，逐渐变得谦卑和柔软。

也许每个人寻找这种力量的方式不一样，于我而言，记录温暖就是最好的方式。

第四章

白云深处

白云深处

一

夜色微凉。

淡淡的白月光从山岩的缝隙里如流银般泄入山洞，无声无息，温柔地流淌在石缝间。洞外，洞内，安宁得似是一个被遗忘的天地。偶有凉风缭绕而来，在发丝间调皮地转个圈便不知所踪。心中已沁凉。

洞外的山，黑魆魆地矗立着，他和白日一样，只是愈发的冰冷。这个世界万籁俱寂，宁静得似乎可以听到大山深处舒缓的呼吸，偶有青鸟熟睡的呢喃隐约传来，还有大秋和小秋不安分的梦呓穿插其间，这样的点缀，不至于让这份宁静沉沦。如果我的记忆是一条短短的线，那这条线的左边是我看不到的过去。这山，从过往到我的今天，不知荒凉了千年，抑或万年。就像一名沉默不语的修行者，到老，到终。似乎是担忧拨开那根情感的弦，便有痛排山倒海而来。

这般的荒凉，抵挡不住我的睡梦如蜜。因为在我的心中，有万千的繁花。

从我记事起，母亲便告诫我，生命的尊贵，源自于情感的存在，这存在，不仅有温暖，还有度。

今天之前和今天之后的每一天，我会戴着母亲留给我的狰狞如恶煞的面具，跳跃行走在山间岩石上，山中的百兽百禽均惊恐，伏地而心生骇然。这世上，本就是一物降一物，我若着温文尔雅之貌，身旁的甲乙丙丁似酣睡一般，若是恶狠狠地一吼，他们才好似知道你的存在露出谦恭的一笑。

其实，仅仅如此，我怎会去伤害他们！

这是母亲说过的度吗？

二

锦衣玉食，骑马打猎，这样的日子是我生命的注定。

在我的世界里，更多的是从容和潇洒。从容，是因为地位的稳固；潇洒，源自地位之上的安享。

我的城，安宁而淳朴。城中的百姓，农耕也好，商贸也罢，他们看我的眼神顺服而敬仰。如此，我的野心也顺服地蜷缩在内心深处，不曾惊醒。

时常，也有美娇娘在我身畔，莺声燕语的缠绵，丝竹之音的欢悦，可这如烟云的浮华留给我的却是一片空白。我的心里，更期盼有一位温婉如玉的女子，知我思，晓我念，如此锦上添花之事，何尝不好？

偶尔，我会带着盗骊和绿耳，徜徉在城的边缘，极目望去，远方，天与地相接的那一线里，好似有我的雍容华贵不曾涉足的轻巧和灵动。此时，微风拂过，传来小鸟的啁啾和花儿的清香，盗骊仰起脖，舒服地打着响鼻，绿耳则扬甩着顺滑的尾巴，悠然自得。

我叫满，一个小城的君王。盗骊和绿耳，是我最钟爱的良驹。

三

清晨，我睁开迷茫的双眼，世界在我眼前是一无所有的坦然。铺天盖地而来的是一群群洁白的天使，安宁而丰满地啜饮醉人的孤独。

下雪了。这个冬天格外漫长。

青鸟知人心意地从洞外绕翅而来，静静地伫立在我面前。羽毛上还沾染些许雪花，晶亮的双眼透着温和和欣喜，嘴里衔着一枚松果。

我接过松果，问："大秋和小秋呢。"青鸟眨眨眼，嘴里叽叽喳喳一番，又向

着洞外摆摆左翅，右翅红色的羽毛微微展开，朝自己委婉地一顿，然后欣喜地望着我。

呵，这个调皮而骄傲的小精灵。我知道它是说，大秋和小秋两只鸟儿外出为你取食，可它们不行，只有我，找到了松果。

我轻抚着它柔顺的羽毛。略一沉吟，唤道：双城——

四

有人说，路上的风景总是醉人而让人难以忘怀。我们每个人在这世上的一遭又何尝不是在路上的行走，每个人的路都不尽相同。有些路是没得选择的，有些路却是可以选择的。

譬如现在的我，带着盗骊和绿耳，从城的边缘出发，循着冥冥中的牵引，前行。

盗骊和绿耳是难得一见的千里良驹。

他们本是小城湖边桃林里的野马，桀骜无束。一年前的某日，造在湖边为我展示他新修的马车，轻柔的春风袭来，水波涟漪，若有若无的桃花清香沁人心脾，这景，真好。是啊，真好！造目不转睛地应和道，随着他的目光望去，我不禁一怔，呵，一黑一黄，两匹野马相依缓行，黑的体格健壮，毛发油亮，黄的身形俊逸，眼神温柔，如此悠闲自在，不负此景美意。侧目看造的心意难平，我说不如你驯来配这新修的马车，可好？

黑的盗骊，黄的绿耳。

有良驹在，岂不成全了我想远行的心思。

行走在路上的感觉，如风般自由。

伏在盗骊的背上，觉得自己如一支箭，在呼啸中飞奔。回首望去，盗骊飞扬的马尾中，属于满的帝王的荣耀安静地远去。

这样就好，此刻我只要一个人，向西。

五

似有桃花的香飘然而至。轻悄地，一件斗篷盖来。

婉儿——小心着凉！

我微微一笑，暖由心生，舒服地伸个懒腰，眼睛却不愿睁开。

晨起的巡山有些疲倦。虽是大雪封山，那些山中的精灵们都蛰伏在自己的洞穴里，但巡山的制例不可因我的懒惰而有了特殊。

吃了青鸟送来的松果，身心清爽。只是手边坚硬的面具散发的冰冷让我知道现实还在，这是我的使命。我的世界，无法摆脱。其实，存在的一人一物，一花一鸟，都有其存在的道理，不是吗？

"双城，你是刚从桃园回来吗？"

"是呢，今天有风，树上的花瓣落了一地。"一个娇糯的声音道。

我眯着眼，座前这个携着花香飘然而至的女子虽在这山中过了五年，依然秀面明眸，气韵灵动。我倾身轻轻拈下她发间的一瓣桃红，笑道："这园里的风不舍你回来吧？"双城嘴角上扬，说："再有不舍，婉儿唤我，岂能不来？"

这心似玲珑的双城，虽是我的贴身侍女，却与我情同姐妹。

六

向西一路走来，我的眼前似乎在慢慢打开一扇迥异于过去的门。我好奇地走过，以为那红的花，绿的叶和我的小城别无二致。只是，细看，才知那红、那绿、那风、那景有着记忆里不一样的陌生。

这味道，让我迷醉。

在若，茫茫雪原上，比白的雪更柔和的是玉狐的皮毛，倏忽而过的灵动引领盗骊如飞般拦截，绿耳紧随其后让那一抹如白桃花瓣的莹润无路可退。轻轻抚过，手心里的这团温柔终有一人要配得吧？

在寄，一望无际的草原，那绿随着夕阳没了边，本是牵了两匹马儿散漫前

行，忘了何时忘了何处，朦胧的夜色悄悄袭来，也袭来狼的气味。造送给我的刀剑还是锋利无比的，而小城君王的头衔也不是虚浪而来，这狼应是曾经的王吧，狼牙如此尖利，闪着冷冷的光。

在望，最是一路风光旖旎处。柔和的风，细缓的雨，燕子的呢喃让人沉醉。望的王，和我一见如故，酒醉酣言里含笑递给我一枚桃，我接过尚未入口，那清香已入心脾，丝丝缕缕似乎缠绕于骨髓间，一品一尝间随眼扫去，婢女已轻轻将桃核收起，我疑惑的眼转向望的王，他似晓我心意，颔首说道："这桃，从瑶池来！"

瑶池，在哪里？

七

五年前，一位女子手持玉笙驾鹤而来，白衣飘飘，似仙子从东方来到这蛮荒之地。

这女子，便是双城。

白的雪，白的衣，温婉可人的笑容，若有若无的花香。双城的到来为这冰冷的洞穴增添了一抹灵动。我问那香气从何而来？双城说大概是桃花的香气吧。未来之前，双城在遥远的塘江江畔种植了大片桃园，于烟霞处结庐，终日与桃花做伴，桃香相随，秀面明眸堪与繁花竞艳，并将桃花的汁液与山中芝草相融，服下令人神清气爽，日子久了，双城的气韵愈发似一位桃花仙子，就连香气也像是天生而来的。

那百花盛开处，应是世间从容绽放的繁华吧，人人向往而趋之，何似这万年尘封的冰冻。"双城，你为何而来？"

双城略一沉吟，笑道："素闻瑶池的西母，虽雷厉昆仑，但最喜桃花的柔情。"

与花待久了，是不是也会口吐莲花？

我看着双城，说道："你称我婉儿便可。"

如今，双城已是瑶池桃园的女官。她与蜜香两人共同掌管桃园蟠桃的种植与采摘。

她们似我的左膀与右臂，又似我的挚友与姐妹。每日，我们一同进食，一同洗漱。只有在我巡山时，她们才不再跟我。虽一人巡山，却不觉孤寂，也只有此时，我才觉得我是存在的。

桃香虽令人流连沉醉，偶一时闻之即可。我更喜山中所谓的蛮荒，无粉无饰。

八

一路向西。

逐渐地，视野开阔起来。那些娇俏的花草与我捉迷藏一般悄悄退隐，让我满眼都是裸露的土地。那棕黄的颜色不太讨喜，甚至，让我有些惶惑，似乎我的内心，角角落落、丝丝缝缝，都一览无余地袒露。

风，不再轻柔。冰冷中透着几许凌厉，似有根根细小的冰针疾驰而来，要穿透我身穿的皮毛刺入一骨一髓。

天，不再阴沉。蔚蓝的天空干净得没有一丝杂质，蓝得如此彻底，仰望着天空，我在想我是游走在海底世界吗？

在这天这地这风中，走了半日，还是这天这地这风，我是在原地踏步，还是在魔鬼布下的迷魂阵中徘徊绕圈？我拍拍盗骊的脸颊，问道："我们走了多远？"盗骊缓缓收住脚步，绿耳在一侧打了一个响鼻，走过来把脑袋在我的袍子上轻柔地蹭着，马尾有些撒娇地扫来扫去，我蓦然发现我的马儿似乎很疲倦。

不管怎样，找个土丘的背风处，我们就此歇下吧。

如此这般，我们不知走了几日。再好的景，也有些倦了，绿耳背上的行囊也有些空乏。

空旷的荒原渐渐在身后离别，迎接我们的是一座又一座连绵的山峦。这山，冷冰冰的，像荒原里裸露的土地一样裸露着石头的颜色，他似是沉睡了多年。我不愿，也不敢惊醒。

直到有一天，盗骊依然载着我缓步慢行，一步一顿间，溢满了困乏，我昏昏沉沉几欲睡去。不知何时，盗骊的脚步却突然停住，背微微挺了挺，我猛然

惊醒差点从马背摔下，我慌乱中抓住缰绳，正欲脱口训斥盗骊，但眼角的余光里映现出不一样的东西驱使我抬起头，就此我的目光像被一把锤子狠狠地钉住，我望着看到的，忘记了时间，忘记了身在何处。

那一片池水，远远地，像一面宝石镜子，蓝得干净，蓝得温暖，猝不及防地出现在这片荒野中，出现在我久久的疲倦里。

盗骊似是被注入了无限的活力，带着我，带着绿耳，一路狂奔，奔向那泓蓝透了池水。在急骤的喜悦里，一只鸟儿被惊扰到，盘旋在我们的上空，打个转便消失在天的蓝里。

我跪在池边，看着水波涟漪里那个粗糙疲倦的脸，你是要给我多大的惊喜啊，我是满，我是小城的王，可此时，在你的面前，我只是一个急需温饱的乞丐。

你欢迎我吗？我把脸埋下，这池水如此清凉。

九

青鸟似是踉跄而来，进洞时还擦到石壁，一根红色的羽毛飘然而落，我诧异地看着面前这只美丽的鸟儿，从我认识她，她便是从容的，温和的。此时，何以如此慌乱？

"婉儿，山外有客来！"

"有客？何方来客？"

"似是从东边来，一名男子，着棕色长裘，两匹马儿，一匹黑色，一匹黄色。"

我的心中微微一颤。就像宁静的湖水被没由来的清风吹起一圈涟漪。

东边，那是平原的繁华之地。长裘，也非普通布衣可以穿着。还有一黑一黄两匹骏马随从。这来客，能穿越旷野而来，不管是谁，都应是我们瑶池的贵客。

"双城，桃园里已熟的蟠桃还有多少？"

"蜜香，你把母亲留给我的凤冠取出来。"

青鸟呆呆地看着我，似乎从未见过我有点紧张，有点无措的样子。他的小眼神从最初的慌乱逐渐变得戏谑，我看着他微微一笑，说："你只是来报个信吗？你可不可以去石库挑选一些玉玩备好？"

蜜香一直含笑不语，看着青鸟折身出洞，然后转身面对我，柔声说道："婉儿，只是一个陌生人。"

"我知道。多年来，都是我们带着桃园的蟠桃跋山抑或涉水，去拜访各城，我们知人富贵安逸，人却不知我们辛劳几许。这个人不远万里，经历风尘而来，应该得到主人的热情款待吧？"

蜜香听罢微微一笑，说道："我去取你的凤冠。"

我看着蜜香远去的身影，心里充满平淡和安宁。蜜香是母亲在世时一次巡山捡拾回来的弃婴，由母亲抚养带大。蜜香从小就言语不多，总是默默地做事，和我的感情就像不加糖的白水一样平淡。我巡山受了伤，她会采来草药碾碎亲手为我敷上；我孤身坐着想念母亲时，她也只是一旁站着不曾远走；我生病卧榻，她端来自己做的小糕点一口一口喂我，待我想说点什么，她的身影已飘至洞口去忙碌其他的了，一声谢谢哽在咽喉。

她和双城是不同的，她甚至是没有味道的。我会天天看到双城，而蜜香，我只是偶尔会问到，"蜜香呢？"

十

一切就像做梦一般。

我忘记了自己身在何处。我忘记了自己是满。甚至，我忘记自己从何而来。最初一路驰骋的自由，潇洒就像已被磨砺成尘土吹散在戈壁的荒原。

我站在池边。我就像一个傻子。

一滴水珠，顺着嘈杂的胡须慢慢滴落在脚边。"啪嗒"一声，她是听不到我的狼狈吧。

她是如此明丽。微笑融在她的嘴角，化在她的眼里。是的，她的眼睛，好像有光一般，一种温暖缓缓淌来，徜徉在池水的涟漪里，流淌到我的疲倦中，融化了诸多的不堪却又悄悄退去。这般的暖，不会让人沉溺。

因为她是如此威仪。戴凤冠，着红袍，娇俏的女儿身姿一举一动，一颦一笑，好似弱柳扶风，但又端庄自如，仿佛拥有可以掌控一切的力量。绮丽的青鸟群

翩翩守护在她的身旁，谦恭的侍女亦步亦趋跟随在身侧。

她，她们，像从仙境走来。

我的身后，是和我一样疲惫无措的盗骊和绿耳。此刻，我已不是小城的君王，我是突然闯入别人领土的，客？如果，她们待我为客。

不觉，她的明丽和威仪，已到我的眼前。

一阵清风袭来，好像有丝缕的桃花香气。

十一

这个人，伫立在天地间。虽疲倦，不失伟岸，虽憔悴，仍有坚定。他就那样站在那里，长裘有些脏有些凌乱，就和他脸上的胡须一样。他的眼神充满了欣喜，似乎又饱含了疑惑和期待。

我带着双城和蜜香一同向他走去。风儿轻绕，青鸟唧唧。看着他，蓦地，生出一种错觉，似乎他是从天与地的尽头走来的人，向我走来的人。而我，之所以在这里，是要等待他的到来。

身侧的双城嘻嘻一笑，道这个人应是好几天未吃一顿饱饭未喝一口热汤了吧。

我沉吟片刻，转向蜜香，还未开口，蜜香轻言道，茶饭已备好了。

转眼，这个人已在身前一丈外。他眼中的欣喜愈加浓烈，他是在看我的凤冠？还是看我的红袍？我有些不敢迎着他的眼神去确定。

可是，我是婉儿。我故作从容地看向他，和他身后的马儿。

从来，在我的面前，无论兽，还是人，都是恭顺和屈服的。这个人，不是。我微微抬起头，沉声缓道："客从何来？"

十二

这熟悉的桃花香气，让我好像回到和造一同徜徉的桃林。眼前的丽人，是传说中的桃花仙子吗？身旁的碧水，就是望的王所向往的瑶池吧。

而我，是何等的幸运，一路跋涉，一身风尘，在以为走不到尽头的戈壁里，遇见了你。我相信这么大的惊喜是冥冥中的注定。

我好像还没有从梦中醒来。

珍馐、甘泉、蟠桃、美玉。

是她，好像用一根线牵着我，循着池边，踏入山林，细踩小径，倾入玉宫。她的身边轻云缭绕，她的步履轻盈如诗，她的话音字字珠玑，她的笑容，让我沉醉在梦里。

这里，哪还有戈壁的影子？哪还有荒原的离索？流水潺潺，乐音袅袅。玉宫的天窗流下蓝天的清凉，白云悠悠，似大朵的棉花糖轻盈甜润，扯一缕下来想含在嘴里又怕心化了。

她的一袭红袍已换做淡蓝的长裙，在偌大的蓝天里灵动脱俗。她坐在我的对面，轻酌淡饮，两颊如桃花般露出淡淡的粉。

我不是还没有醒来，只是不愿醒来。

神清气爽，茶饭罢了时，我与她漫步于山顶的桃园。

就像认识了许久，我们没有许多的话语，却像通晓对方心思一般。

桃香萦绕，我不禁摘下一朵为她戴在鬓旁，她两颊的粉红更甚，不知是酒醉还是情羞。她身边的一白一粉两位侍女更是轻笑着转过身去。

桃园的土地经雪水浸润格外松软，我捡起树下枯落的桃枝，信手在地上写下"白云深处，情思相结"八个字，我将桃枝递与她，她莞尔一笑接过，写下"阆苑婉儿，不负卿意"。

原来，她叫婉儿。

这位散发着桃花清香的女子，不染尘俗，温婉可人，像从我的梦境里走来，只为洗去我过往的疲倦，送我一世温暖。

婉儿，瑶池有约，三年为期。

他说，他的城在等待他。

温柔乡里也要话别离。一个人，两匹马，伫立在瑶池边。婉儿依然明丽、淡然，眼角却有掩饰不住的忧伤和期许。

她身侧那位白衣侍女款款走来，颔首微笑，递予他一件厚实的黑色皮裘，

轻语道："这是西母为你缝制的，路上风寒。"说完，飘然而去。熟悉的桃花香
翩翩飞走。

那个男人捧着裘衣，愣住了。

后记

婉儿的面具已经在岁月的风尘中磨砺得有些陈旧了，我说想为她重新绘制
一具，甚至已选好了上等的底料。她却说不必了，说有些东西还是旧的好。

我想了想，也是。

其实，偶尔不戴面具，山中的百兽见到婉儿也还是恭顺驯服的，不敢有造
次之举。面具，也只是一副面具而已。

有时，我捧了茶奉与婉儿，婉儿端着茶碗兀自坐着，茶汤氤氲，桃瓣微漾。
时间流走，一人一碗好似呆住一般，茶水渐温渐凉，我不忍换来一碗热茶，婉
儿却好似突然醒来，对我一笑，握住手中的凉茶啜饮。

有时，我抱着裘衣给婉儿披上，婉儿轻抚上面的皮毛，若有所思地问："那
件黑色的呢？"我嗫嚅着不知该说什么，其实我是故意不拿那件黑色的。婉儿
自顾自地说："当时用黑熊皮做了两件的。"

我说的有时，对婉儿来说是偶然。

更多的时候，婉儿是在巡山，体察危乱，安抚病弱；也在劳作，引水打垄，
锄耕田头。

我总觉得，婉儿的痛并不因深埋心底而消失殆尽。

因为，不知有多少个三年过去。一个又一个。瑶池边的等待好像遥遥无期。
也好像，不再等待。

婉儿曾说，情感的度，是母亲留给她需要学习的功课。第一个三年，不知
放手，第二个三年，徘徊踟蹰，第三个三年，犹有醍醐。多年后，心未灰意未冷，
情暖，人静。只是，这情，早已不囿于那个人。

婉儿轻唤，蜜香——

三　日

第一日

天气预报说今天天气晴朗。

我问小红："今天我带你出去玩，可好？"

小红眼含欣喜地点点头。

已经很久没有带着小红出来踏青了，在这本来很美好的三月。有多久了呢？似乎上一次已经遥远得记不清了。

我和小红来到九溪，这座城市的郊外。

春天的风儿轻柔而甜美，蛰伏了一季的冰冷大地也苏醒过来，好像恢复了意识般，不疾不徐地漾出春的妆容。那翠绿的小草从容地爬满了整个田野，满眼的绿映入眼帘，天和地的颜色变得如此纯粹。天，蓝得像一面宝石镜子，干净而柔润；地，绿得充满朝气和温暖。迎面袭来清新的空气，糅着泥土和小草的味道，它好像一直在等待我们来呼吸。

阳光温柔地包裹着我和小红，暖融融的。其实我们很容易满足，这久违的暖意，足以让我们有片刻的宁静与安栖。

小红的表情充满了幸福。嘴角的笑意一直没有褪去。眼神里的光芒亮闪闪的。只要你开心就好，我在心里默念着。

　　身处自然中总是让人心旷神怡。小红在青草地上时而蹦跳雀跃，时而闲庭信步，与大自然的亲近与契合是人的生命里不可或缺的特质，我们本从自然中来，又怎可远离它？

　　草地的一隅开满了缤纷的格桑，小红融入花海，捧起一朵低头去嗅，那花的清香沁人心脾。放眼望去，蓝的天、绿的地、红的花，我和小红，已经深醉其中。

　　待到天色已晚，我和小红才意犹未尽地离开。毕竟，这完全放松的一日不是经常有的。

　　这一天，很好。

第二日

　　许是前一日的小红在春暖花开中徜徉过久，今天不肯与我一同出来，她是要在家中消化一下突然出现的生活诗意与心灵懒惰吗？

　　她是如此执拗。我总是不能勉强她的。生活本已冷如冰，我们总要创造出一点温情。

　　街道有些灰冷，有些萧瑟。

　　我竖起衣领在街边匆匆而过。早春的寒意似乎可以绕进一骨一髓肆意游走。

　　街边的人群和我一样匆匆而过。眼神冰冷，嘴角下沉。

　　我可以介绍一下我自己吗？我，一名男性，至于我叫什么，其实并不重要。重要的是我在这座城市已经生活了四十年。我的父母在我很小时就因为意外离开了我，离开了这个世界。所以，在我的记忆中没有父亲母亲的身影。其实，我也不是孤孤单单长大的。小红一直陪伴在我身边，可以用"青梅竹马"这个词来形容吗？小红知我，晓我。我们互相取暖，互相陪伴。我们有共同的经历，相同的年龄，我们一起走过了四十年。

　　所以，我的四十年，这个城市的四十年，我都了如指掌。

　　就如同我知道这个城市的秘密。

　　其实从我身边飘过的每一个人都知道。只是大家都不说而已。

譬如，从我对面来的这位摩登女郎。猩红的嘴唇，苍白的面容，描了黑眼线的一对明眸。是的，明眸，透射出波斯猫眼睛的亮光。温顺、神秘、狡黠。就连一双大长腿走出的步伐都带着猫的意味。

譬如，从我左边斜拐过来的那位男士。波澜不惊的面貌，穿得有些单薄，经过我身边时不禁低头轻咳了几声。我却突然想起了童年时外婆家养的那只阿黄。

譬如，在我身后蹒跚而行的那两位阿婆，臂弯里挽着竹篮，她们边走边说。我本不想偷听什么，但那窃窃私语的话却顺着风的尾巴飘入我的耳朵里。一位阿婆说："刚开春还挖不到什么呢。"另一位说："是啊，要再等等才能采到新鲜的猪草，总是吃那些超市卖的，我都吃烦了！"

譬如，街边一位少年在滑滑板。应是技术还不熟练，一步一歪地，少年的身姿一跳一跃，灵活如兔，要想学会滑板对他来说不是难事。

我收回眼睛，不想再看任何人。

我竖起衣领，要把自己捂得更严实一点。

早春的风总是不知从哪里起。把我的衣领吹开一角。

蓦然，有一个人如一堵墙矗立在我身前。黑暗的影覆盖了我并不伟岸的身躯。似乎，有更寒的冷意袭来。

我全身发紧。脖子有些僵硬。这天冷得让我瑟瑟发抖。

我慢慢抬起头。看到我面前的这张脸。

他体格魁梧。一双眼细长却精亮，凶狠凌厉，冷漠无情，似乎要把你的五脏六腑掏出来细细翻看一遍再一把塞回去。就像荒原里的野狼看到猎物时复苏的眼神。

他看着我——是盯着我，面无表情地说："你好！"

外婆家的阿黄又跳入我的脑海。不，比阿黄厉害多了。

一股寒意从脚底升起，我如同置身于冰窖中。巨大的恐惧让我无法自如。

我僵硬地说："你——好——"

他嘴角带着冰冷的狞笑，说："我终于找到你了。"

我的头低下，眼角仓皇的余光看到四周的人群似乎不再匆匆，他们有意放慢了脚步。是想看一场角逐的游戏吗？

我的脑海里只有一个字："逃！"

我的身体就像被人突然而强劲地上了发条。有了逃的意念就不管不顾了。我把面前的这位猛地一推，转过身撒腿就跑。

一声冷冰冰的"哼"重重传来。

我脚下一步踉跄。耳边的风呼呼而过。可是，野狼的速度不是我可以比拼的。

街边的玻璃橱窗里透出身后的黑影在不紧不慢地逼近我。带着不屑的逗弄。

我边跑边开始绝望。

可剧情总是会反转的，不是吗？

我看到玻璃橱窗里，那位摩登女郎脱下自己脚上又尖又细的高跟鞋砸向黑影的头，不偏不倚，黑影的头似乎被砸中了。轻咳的阿黄突然俯下身像闪电一样扑向黑影的小腿，咬住他的裤管，黑影用力地向后踢去，"阿黄"像一团垃圾一样被甩到街边。采猪草的阿婆也停住脚步，把篮子里稀稀拉拉的猪草扔到黑影的眼前，黑影烦躁地抬起手拂去遮住视线的东西。这一当口，追风少年迅速地把滑板滑向黑影的脚边。

黑影终于摔倒了。

更多的人群围上来。

我的内心在激烈的起伏，温热的眼泪涌出眼眶。请原谅我，用"冷漠"来看待你们，此时及以后，我是如此地爱你们。

逃跑的脚步没有停止。直到身后的喧嚣逐渐静止。

小红，我回来了。

第三日

地下室阴暗潮湿。

说是地下室，是好听一点的称谓。说实话，只是一个容身的窝。

冰冷的地下水管道四通八达，我和小红在这里苟且栖身。

昨天，我在路人的帮助下终于摆脱黑影，在一个死胡同的杂草里找到我的"家门"——下水井口跳下去，才安全脱身。

今天，我再也不敢出门了。静静地坐在角落里，旁边是我的小红。

小红眨眨眼睛，温和地看着我，说："你是怕了吗？"

我轻轻地拍拍她，说："我是怕了，我怕明天早晨一睁开眼睛，你会离开我，我怕我会像街上万千人群中的一个，不再是我自己，只是在这个世界上苟延残喘，空留一口气息而已。我怕我再遇见那个让我恐惧的黑影，我可以受上天庇佑逃脱一次，却不会永世平安，他会把我抓到冰凉的手术台，为我换一颗狼的心，抑或狗的心。"

小红沉默了。

我，小红，还有除我们之外的每个人所知晓的秘密不过如是。不知从何时起，吹拂过我们脸庞的风里，不再有青草的气息，不再有花朵的芬芳。

四月天里，我想告诉小红春来了，却一时语结。因为，天空是灰色的，大地是沉默的，花朵开得小心翼翼，蛹无法破茧成蝶。

我们的身体里，五脏和六腑变得慵懒至极。我们想开心大笑时，却发现自己只是撇了撇了嘴角；我们想表达悲伤和难过时，我们的心却木然不动；我们想觅一处清静之地养心，却发现我们的脚步在忠实地走向闹市；我们在劝慰别人放下即心安时，自己却在盘算如何多谋一两银。

我们故作镇定，其实慌慌张张。

我们生病了，却不知病从何来？

我们幼稚地以为是心病了，肺病了，五脏和六腑病了。所以，我们从猫猫狗狗的身体里，从兔子和野狼的身体里，从一切行走的禽和兽身体里，取来心，取来肺，取来五脏和六腑。

我们以为这样可以医治自己。

从此，人不成人，为恶为兽。

我，是这座城市的最后一名人类。拥有拳头般大小一分钟跳动 70 下的人类的心脏。

我每天活得胆战心惊。因为小红好像已经生病了。

我渴慕有温柔的风从我的面颊拂过，我希冀有娇艳的花映入我的眼帘，我愿意看到微雨在我的心间荡起涟漪，我期望有一份相守相知的爱恋。这些渴慕、

希冀、愿意、期望，都是属于我的，属于人的感觉。

可是，当这一切都变得不确定，似乎随时都会被剥夺走时，我是惶惑的，无助的，每一分钟都可能是我的最后一分钟。

我不知道自己该怎么办？

我是该顺命只要活着就好，还是固执己见终于完全？

这似乎是一个难题。

我把小红从装满清水的小瓶子里取出，"哗啦"一声拉开胸前的皮肤拉链，轻轻地把她放入我的胸腔左边。

我们在一起，让我充满力量。

小红，是我最后的坚守。因为，她是我的心。

也许，我该出出门，在这黑夜里漫步一会儿，我看不到别人，别人也看不到我。

郊外"九溪"生命体验馆。

馆内人可罗雀。

每个座位上躺着一个遥控器。遥控器的主菜单上，有"踏青体验""继续加氧""鲜花点缀"等。有夜视效果的按键闪烁着诡异的绿。

我叫米兰

一

你满怀欣喜地将我捧在手心，一路辗转来到这个安静的小窝。

你说，这里有明媚的阳光，有干净的清水，你可以恣意成长，也可以灿烂生花。

我向远处望去，有蓝色的山峦，有成朵的白云，有偶尔掠过的飞鸟，还有婆娑摇曳的绿叶。

我闭上双眼，好像御着轻风在山峦间穿行，随手扯几缕白云，与偶遇的鸟儿比翼齐飞，缠绕在一草一叶间。

我好像看见自己伸展的自由与呼吸的惬意。

你说，喜欢看我对清水的贪婪。这水，是你在阳光里晒过的，我喝下有暖暖的感觉，好似阳光在心里弥漫，然后在一骨一髓里细细游走。

当你每次蹲在我的面前，细细聆听我喝水的声音，嘴角不自觉地轻扬，看我的眼神里写满了安静。

你认真地端详我，认真地欣喜。然后，转身离去，而我的目光牵着你的身影长了又长。

我们走过了一个个白天和黑夜的交替。

我觉得最好的日子不过如此。

二

后来，你的模样，好像生病了。

我看见，你在细碎的时光里逐日疲倦的身影和黯淡的眼神，这烟火间的尘世总有一点一滴让人消磨的稻草。

我听见，你在每个失眠的夜里碎裂地轻叹，跌到地上绕过墙角来到我的耳边，人类的悲欢就像携着热闹前行的孤单。

晒水的瓶子也几欲干涸，就像我快要龟裂的皮肤。

慢慢地，我的畅想已不再是山涧流云。我的目光已从远方触不可及的地方收回到我周围的方寸之间。

我每日感受着你由远及近又返回走开的脚步声，期望着你能笑意盈盈地来到我的身边。

我每日窥伺着瓶子里仅存的一滴水，那种可望不可即的无奈一点点蔓延在我的心里。

我就像一个等待恩赐的可怜的孩子。

我没有了力气，不能和着轻风舒展，不想在阳光中欢唱。我蜷缩在干枯的硬壳里，依靠着仅存的力气，残喘着。

一次一次，你的身影从我身旁匆匆而过，留下的冷让我黯然，当初你的欣喜，恍似我梦里的错觉。

三

直到有一天，大张的窗户外，一股戏谑的风吹来，想要晃晃我，跟我打个招呼，却不巧碰倒了轻飘飘的瓶子。哐当地坠落让你闻声而来。

你看看窗外的天空，关上窗子。弯腰捡了瓶子，转身的空当，我的一片枯叶无声地掉落在你身旁。你低头看看我。

就这样，你终于瞥到我，慢慢地弯下腰，端详着我的一枝一叶，用手轻轻晃晃我，又一片枯叶掉落。呵，我就当你和那外面的风儿一样，是在和我打招呼了。

你轻叹一声："哦，你还好吗？"

我努力地晃晃自己："嗯，我还在。"

你的目光，缓缓淌过我每一寸干涸的，萎缩的皮肤，没有言语。

你拿起晒水的瓶子，转身而去。再来时，满满当当的水随着你的脚步踉跄而出，洒在地面上，在我的眼里，就像闪闪发光的金子。

抱歉，没有晒好的水了。

我想说些什么，可"咕嘟咕嘟"地啜饮似乎就是最好的回应。

不知不觉地，一切都柔软起来。我的身体，我的目光，还有我的心。

四

我叫米兰，你还记得我。

虽然我不太懂你的疲倦和愈懒从何而来，但我想，应该就像我缺少阳光和清水时是一样的。

我想，可以治愈我的东西，应该也可以治愈你。

所以，你醒来的第二日，不知所措。

你和我一样，站在泥土中，沐浴在清晨的阳光里。

你睁开迷茫的双眼，像来到一个陌生的国度。你缩紧了身体，慌张的眼神无处安放，东瞅瞅西望望，不知发生了什么。你想转身，却发现自己桎梏在泥土中动弹不得；你害怕得想要大喊，却只听到一阵细密的碎语——听不懂的，好像植物的碎语；你想张开双臂抓住一些什么，却看到两根舒展的枝条在空中划过。

——你应该是一棵树。我的方法应该能疗愈你的蛰伏。

我伫立在你身旁，对你说："别害怕，你的泥土里有充足的水，这几天的阳光也比较柔和，过几天，你的病就好了。"

相信我。我用绿色的枝条轻轻绕住你的手臂。

你惊奇地看着我，从最初的不知所措到啼笑皆非。你想走开，可泥土已经裹住你的腿，就好像，你本来就是一棵树。

"很快就会好的"，我说。可是你听不懂。你只听到身旁的这盆好像叫米兰的草随着晨风窸窸窣窣。

你挣扎了好久却徒劳无功。自言自语道："那就先做一棵树吧。"

五

夜幕，如约而至。

晴朗的夜空像一张硕大的棋盘，闪烁的星子在我们头顶喁喁私语，我们渺小得像两粒尘土，坐在地球上仰望着星空，就像仰望着我们的心。

我说：你听到了吗？这么多的星星在和我们说话。

你说：每一颗星星都像一个小精灵。

我说：那颗明亮的星子，我每个夜晚每个黎明都会看到，就好像他一直陪伴着我呢。

你说：我的心里也曾有一片星空啊，只是我把他们弄丢了。

我说：不知道我们对面的星星能看到我们吗？

你说：弄丢的东西还能再找回来吗？

我扭过头，温柔地看着他。

我说：我的欢喜就是有阳光，有水，有自在。

沉默了好久。

你说：其实我的欢喜就是有爱，有暖，有自在。

六

清晨，如约而至。

昨晚好像做了一场梦，梦里的情景已经记不得了。我拉开窗帘，和暖的阳光温柔地和我打了个照面，我揉揉惺忪的睡眼。转身进了阳台。

呵，这盆绿意盎然的草长的真好。轻透的绿，小巧的叶，细细密密地绽放着窗外的春意。

你叫什么来着？哦，想起来了，你好像，叫米兰。

哈塔花开

似乎是在一念间，"哈塔花开"四个字涌现在我的脑海里。虽然我不知哈塔从何而来，也不知哈塔花开意味着什么。我只是凭着一种模糊而强烈的感觉，想让游离于指尖的文字一个个清晰地迸现出来，而不是暧昧于生活之下，蜷缩在疑惑和茫然中，无疾而终。

一

我是死了吗？

身体轻飘飘的，没有了重量，从一个山顶跳到另一个山顶。

放眼望去，我不知道自己在哪里。脚下是火柴盒般的房子，有平顶的，有尖顶的。林林总总，像童话里的世界，房屋、道路、树木、河流，摆放得无可挑剔。河水是流动的，树叶是摇曳的，道路弯弯绕而不可撼动，只是，这一切好像都没有颜色。脚下的房子里有星星点点的光。在那光旁，蛰伏着蚂蚁般的小人儿。

我跳来跃去的，不知疲倦。距离失去了意义，身体没有了限制。

我低下头看自己的身体，它是透明的，空洞的。我的心没了，血液没了，肌肉没了，骨骼没了。

我来到一座铁塔前，下意识地想停住，却飘然而过。我回头看看那坚硬的金属，再看看自己无损的身体轮廓，不疼的。是的，心都没了，还会有痛吗？

可是，心都没了，那突现的"下意识"从何而来？

我到底是死了，还是活着呀。

二

真是的。好像每次都是这样，我还睡眼惺忪的时候，太阳已经兴高采烈地要和我做游戏。一会儿要钻进我的眼睛，一会儿晒得我皮肤发痒。难道睡觉不是一件很惬意的事情吗？哈喽，太阳小子！你总是那么守时，不累吗？

不过，似乎我也睡得累了。

左邻的阿黄已经开始吃早饭了，好像又是糖水泡饭；右舍的彼岸也先我一步在叠被子，她的被子是用粽子叶做的吗？"咔嚓咔嚓"地，我总觉得她会把被子叠断；就连我后院的大刀也起床了，因为我感觉到他的呼吸，粗重蠢笨的呼吸，这个家伙在外面晨跑。

不要问我为什么会知道。我就是知道。

既然我的邻居们都如此勤劳，我也要配合一下他们才对。

我打开房门，大方地请阳光进屋。你不是要和我玩耍吗？来呀，我很好客的。

我的被子是一片紫红色的玫瑰花瓣。是的，花瓣，硕大无比。每晚我都在清香中安然入梦，花瓣裹挟着我的身躯，金丝绒般的温暖在我的鼾声中起伏。小窝的角落里挂着用青草叶串起来的两串粽叶杯，嘻嘻，不要问我那是什么。

阳光拖着扫帚般长长的尾巴在我的小窝里四处游走，他捏着鼻子皱着眼嘟囔着："真是可惜了你的玫瑰被子，你这是暴殄天物啊！"我哈哈一笑，手臂扬起来转个圈，说道："昨晚胳膊被我枕麻了呢。偷眼看去，阳光的丝弦被我拨弄疼了，正呲牙吸冷气呢。"

哈哈——

三

"小西，大清早的是要去哪里啊？"

"小西，今天早晨你要吃啥？"

"小西，今天要是没事可以帮我捉九只蚂蚁吗？"

我蹦着跳着奔向溪边。如果每一个清晨都这样就好了。

我喜欢这条小溪。溪水曲折蜿蜒，像一条蓝色的丝带，不知从哪里飘来，也不知要飘向哪里。偶尔有蜻蜓点水，溅开的水珠在阳光里像一粒粒闪耀的蓝宝石。

听阿黄说，溪里住着很多小人鱼，每月的初七夜，是这些小人鱼的欢乐之夜，他们会从清凉的溪水里款款走出，眼睛里的光芒像夜空里的星子。他们或三五一群找来溪边的枯叶点成篝火，或三五一行搭成人梯去采摘灌木上的浆果；有偷懒躺在青草叶上酣睡的，一呼一吸间叶片也昏昏欲睡；有两两成双的，黏稠的身影在宽大的花瓣里摇曳生姿；点点的篝火间，小人鱼们"叽叽喳喳"热闹非凡。阿黄的眼睛在树丛后看直了，听客的心也在阿黄的唾沫星子里远远地跑了。

有一次我站在的听客的后面，弱弱地问："为什么初七夜的景象我看不到呢？"我的话像一枚柔韧的小箭，毫无底气地射出，绕过我前面大刀如白痴一样傻笑的嘴角，穿过彼岸飘扬的发丝，怯怯地没有一点杀伤力地弹在阿黄的耳朵上，阿黄却如同被人使劲地揪了一下，本来洋洋自得的目光瞬间吃痛一样狠狠地看向我，我手心里的蚂蚁不安地爬来爬去。我看着阿黄喃喃道："大概我初七夜早早地就睡了。"阿黄瞪了我一眼，转过头扫视着他的忠实听众，笑意漾出。

真的是一点都不好玩。

阿黄关于小人鱼的故事每次的版本都不一样。有时是欢歌畅舞，有时是静默诵读，有时是悠闲漫步，还有时是激烈争辩。但无一例外的是，每次都是初七夜。

我只问过阿黄那么一次，我就不再问，因为他也不想回答我。每天和蚂蚁捉迷藏，然后在浅溪边蹦跳出泥点点，再让阳光的尖爪拈去我身上的水珠，或者偶尔团团蒲公英，这样的日子不是很快乐吗？何必去追寻一个别人本不想让你知道的真相。

四

好臭。

我是有多久没有洗澡了。

掰着手指头算一算，从上个月的初八到今天也快一个月了。

太阳小子也是越来越肆无忌惮，我怀疑他在暗夜时分经常用利齿磨尖他的金色小箭——那是他的法宝。数不清的如头发丝般的箭藏在他腰间的布袋里，他带着布袋洋洋得意地飞旋在我们看见的田野以及看不见的天边，高兴的时候洒出一把，常常灼疼了我的眼睛，他却狂笑着没了身影。

每当这小子跋扈无忌的时候，我就喜欢躺在草叶的阴凉处，难道惹不起还躲不起吗？如杨柳般顺长的青草叶翠绿清新，和微风一唱一和，轻轻摇曳，我嗅着草叶散发的香，身上的暗影一会在左一会在右，就像催眠的钟摆让我几欲昏昏入睡。

今天又是这样，我快要到我的梦里了，香甜得如同糖水泡饭，此时一线清凉的水珠却不知从何处来，又快又准地滴在我的额头上，又顺势流入我的脖颈里。我一激灵坐起来，四处张望，怒吼道："是哪个混小子扰了爷的梦？"话音刚落，身后传来"嘎嘎嘎"的大笑，那份肆意无忌像极了太阳小子。我猛地转身，小西！原来是小西这个鬼东西，我的怒火一下子消失得无影无踪。

小西，刚好你来了，挠挠痒啊。

阿黄大叔，你这是有多久没有洗澡了？小西捂着蒜头鼻用嫌弃的小眼神瞥着我。我瞪着他，小西无奈地把手从鼻子上拿开，不情愿地给我挠着背，东一下西一下地，我着急地嘟囔道："小西啊往左一点，哎哎再往右一点点。"小西边听我的指挥边慢腾腾地挪着手，嘴里边说："阿黄大叔你背上有只蚂蚁在蹦呢。"我急得斥他，你别想蒙我，我活得毛都快掉完了，也没见过哪只蚂蚁会蹦！

听罢我的话，小西的手停住了，我转身，却看到他小眼睛一眨一眨的，笑意漾上嘴角，那眉眼便像夜里弯弯的月牙，清秀又调皮。我作势去吠他，小西"啊"地一声跳开，站得远远的，调皮地朝我吐着舌头。我转过头挥挥手，"去吧"。

哎，小西——你朝我头上浇的是什么水？

我脚旁的一群蚂蚁瞬间笑得前仰后合。

小西，总像一个长不大的孩子。

五

我身上的这副皮囊，没有一点生气。

他跟了我几十年。我不想说曾经怎样。谁的曾经不是朝气蓬勃，谁的过往不是温婉可人，谁不想做一名翩翩公子，笑容坦然，向阳而生？谁又不想在红尘中携得一人共守温暖，围炉夜话？

我走在笔直的水泥路上，不知自己要去哪里，我假装行色匆匆，假装有一扇门在等我推开，里面有温暖的人和冒着热气的餐桌。我穿着厚厚的衣裳，却感觉不到一丝暖意，只有自己知道，这副皮囊下的心无波无澜，手脚冰凉。

河畔的杨柳依依，湖水粼粼，行人欢声笑语，嬉笑打闹，初春的气息若隐若现。

我的心里好似也有一片海，装着别人看不到的忧伤。我在人群里坐下，就像想在大海中埋没自己，期许着熙来攘往的人流能够容下我心中肆意横流的孤独，希望铺天盖地的阳光能够掩住我心中泛滥而生的荒原，这般的期许和希望，早已换了最初的颜色。

我对着熟悉的人笑意盈盈，我对着陌生的人彬彬有礼，我的皮囊虽无生气却故作教养。

当暗夜来临，酣睡四起，我躺在一榻床铺上，脑子里的琴弦却强烈地想要弹奏什么。过往的某一刻，又某一刻，像一根一根细小的刺，在这无边的黑夜里肆虐狂生，在我袒露无防备的心脏上一下一下地扎着。我本能地闭着眼睛，想让怯懦的睡眠赶走这不请自来的恶魔，可是，我的睡眠啊，已无影踪，也许正躲在某一角落享受着曼陀罗的醉意和朦胧。

我仿佛被撕裂成两半，载着面具在游荡。是的，游荡。不是漫步，不是游走，是游荡。

我与这个世界相对两无言。我已与这个世界撕裂。

我到底是死了，还是活着呢？就像看电视里多情的吸血鬼，不知是死是活，是善是恶。

只是有那么一瞬，当我走到十字路口，看到成群的孩童在温暖的阳光里"咯咯"地笑，背着书包跳着走着穿过斑马线，我好像看到童年的自己，我像个傻子一样，突然泪流满面，无法自己。

就这样，在每一个没有预料没有前奏的一瞬里，在灿烂的阳光里在突然醒来的夜里，泪水前拥后挤地涌出。

就这样，时光在春的百花秋的月，夏的凉风冬的雪里慢慢地走了，在不动声色的自愈里，我的皮囊也有了些许的温度。

我想要抓住这个烟火世界里的一根稻草，作为自己所谓安全感的最低底线。

我把每一样东西都摆放得整齐有致。一双筷子要乖巧地搭在盘子右边，盘子的颜色要淡绿或微蓝；一杯清水要放在绣花的杯垫上，盛水的杯子是玻璃的；我喂每一朵花喝水，听着泥土"咕嘟"的声音，心里也开起了花；我把每一个不起眼的角落擦拭得干净光亮，好像心里也没有了尘垢；我的储藏柜里摆满了自己喜爱的食物，有新鲜的果蔬，有美味的饮品；我的衣柜里挂满了各式衣物，冷暖厚薄，样式不一；我知道那个房间的角落里有个小小的洞，常有一只蜘蛛爬进爬出，它会在另一个角落织网，我有时会蹲在洞口说几句话，不忍破坏它的洞和网；我知道我的窗台上偶尔会有鸟儿驻足，我便放了盛满小米的盘子和装满清水的碗，让小鸟累了还有一个不至于缺失的小窝。

我放缓自己的时间仔细做每一件事情，生怕草草做完，握着一把时间不知所措。

我抓住这根稻草，乐此不疲。

六

我、彼岸和大刀，是小西的邻居。

对的，我是阿黄。就是那个喜欢吃糖水泡饭的阿黄，那个让小西挠背却被小西用什么水嘲弄了一番的阿黄，那个，被小西提问"我怎么在初七夜看不到呢"的阿黄。

我喜欢小西。

小西是个心中无忧的傻小子。他的眼睛里有一种阳光的味道，不是午后的烈阳，慵懒而浓烈，也不是傍晚的夕阳，宁静而悲凉。那是朝阳初升前的感觉，不失热情，又有一点内敛的薄荷凉。

可小西却不这么认为。

我对小西说："小西你是一个好孩子。"小西撇撇嘴角，说道："阿黄你又想吃糖水泡饭了吗？我的花蜜也没有了！呵呵。"

我对小西说："小西，夏天夜凉不要乱跑。"小西眼睛一翻，凑近我，说："阿黄夜凉不怕篝火暖啊！嘿嘿。"

这个，"咳咳"，我真的被噎住了。

小西问过我每个初七夜溪边小人鱼的秘密，这个怎么能告诉他呢，最主要的是我不知道该怎么告诉他，他的小脑瓜，简单纯朴，似乎只有一根脑回路，我怕他在我弯弯绕的回答里迷失了方向。

我宁愿小西，就像现在这般，和一只蚂蚁也能玩得如此开心，没心没肺地快乐着。

七

我喜欢这里，真的。

我每天蜷缩在不同的花瓣里，嗅着淡淡的花香安眠。

百合、木槿、栀子、海棠，她们簇拥在小木屋的周围。有花香，有鸟语。

有时我会将待谢的玫瑰花瓣送给我隔壁的小西，让他也沾染点淡雅的花香，他总是和小猫、小狗、小蚂蚁之类的待在一起，身上有股被阳光晒过的不那么让人讨厌的臭味，最主要的是，玫瑰花的一丝一绒就像类似于妈妈的手，能轻轻地拍打着裹挟着小西，让他安然入眠。

我偶尔会在清晨时分，将花瓣和叶片上的露珠滑落进我的粽叶杯，落满一杯，我就会端着走进小西的窝，把粽叶杯放在小西的床头稍远点的位置，这个家伙冒冒失失地，起床前的懒腰总是会把床头旁的东西碰得叮叮当当。这样，小西起来就可以喝到一杯清水，可这个傻小子总以为这杯清露是哪个中意他的小仙女默默送来的。

有时，我也会让小西帮我捉九只蚂蚁回来。其实，我要蚂蚁一点用也没有。只是，让小西有点事做罢了。每次，小西认真地用胖指头数着，有时不是少了就是多了，那玫瑰花糕就少给一块喽。如果刚好是九只，我就很开心，小西也很开心，玫瑰花糕就是如数的两块。

有一次，我路过小溪边，听到小西在对捉来的蚂蚁训话："你，不要再逃跑了，上次害我没有吃饱，又不是让你去做苦力，装装样子啦，她后脚就把你放生了。你，还有你，你们俩每天都像一个人似的，捉了你，你就别跟着了，多你一个我还是吃不饱啊，难道你不知道她是莫名其妙的肥姐吗？"

小西拍着自己的肚皮，胖指头戳着一个两个的蚂蚁。

呵呵，原来在小西的心里，我不仅莫名其妙，还是个不折不扣的肥姐。

你没猜对吧，我是彼岸，有一个诗意的名字。每日流连在不同的花朵里，生活在看不到阳光的草丛深处，却比任何人，都向往并拥有温暖的关爱。

咚咚咚——好了，是小西来了。

八

摊开我的手掌心，九只蚂蚁，是的，九只，不多不少的，从我的手掌心像逃离地狱一般分散开来。

肥姐看着他们沿着我的手指匆匆离去，笑意盈盈地递过来一盘玫瑰花糕，

也是不多不少的，两块散发着香甜气息的糕点，肚子里的饥肠似乎闻到友军的气息，开始发出欢快的"咕咕"声。

我端着糕点走到门口，肥姐随口问我："早晨的清露喝了吗？"

我敷衍道："喝了，喝了。"

今日初七。夕阳已西下。

床头的清露依旧未动。今天不想喝了。

天气逐渐地凉爽起来，连太阳小子也学会了睡懒觉，来我这里玩耍时腰间的小箭都不是那么尖锐了。清露有点凉，我也想偷个懒。

左邻的阿黄和右舍的彼岸静悄悄的，连后院的大刀都没了声息，他们都去哪里了？

对了，大刀，是我的邻居们中和我最为相像的一个，每天快乐得像个傻子。不过，我们还是有一点不同的。比如，肥姐也会让他每天捉九只蚂蚁，我们经常会在交蚂蚁的路上遇到，我们一样哼唱着，蹦跳着。我们的不同在于，一路上，我会把蚂蚁们紧紧地攥在我的手心，而大刀，会在哼唱中蹦跳中，不知不觉地有小蚂蚁从他的指缝逃离。

吃完两块玫瑰花糕，拿起清露的手又犹豫地放下。我想去找我的邻居们玩，他们都去哪里了？

四周一片寂静。循着远处隐隐传来的欢唱，我的脚步向小溪迈去。

想来，这是我记忆中第七个初七夜。可是今晚，我却像一个初次到访的天外来客，睁着好奇的双眼，沿着不知谁发出的不知名的歌声——这歌声像伸出了小钩子，把我一步一步地钩到这里。

这里，是哪里？一条条小鱼，像会走路的人，站立着，他们或两两翩翩起舞，柔软的鱼尾和着曲声摇曳而生姿，或三五一群围成一个圈，嘟起嘴一张一合，好似在传递属于他们的信息，或一排排挽着手，哦，是挽着鳍，一起欢唱，曼妙的曲声就出自他们。这里，就是阿黄说的溪边的小人鱼吗？

我的脚步带着我的身体来到这里，起初若隐若现的歌声如今愈发得喧闹嘈杂起来，我置身其中，惊奇地看着他们，他们的鱼尾，他们的鳍，他们嘟起的嘴和他们的气味，怎么都……如此的熟悉？

　　他们也停止了起舞，停止了交谈，甚至停止了合唱，他们睁着鼓鼓的眼睛，一起看向了我，这一起的犀利，超过了太阳小子腰间天天磨砺的小箭。

　　我甚至，看到了小溪对岸草丛间的阿黄、彼岸和大刀，阿黄眼神里陡然升起了失落、肥姐脸上现出不解的神情，还有大刀，像看到老朋友一般傻傻地向我挥挥手。

　　我，觉得时间好像已经凝固，不知所以然的空白占据了我的心。

　　初七，夜已凉。

　　一阵晚风吹来，一片硕大的叶片摇摆着旋入小溪里，激起一滴柔和的水珠，不偏不倚地，落在我的眉心。

　　有些东西，换了颜色，只是一瞬间。

九

　　我呆呆地坐着，不知坐了多久。

　　我瞅瞅坐在对面的阿黄、肥姐，欲言又止，再看看大刀，还是欲言又止。

　　他们无一例外地，眼神那么温和。

　　这温和的眼神曾经目睹了昨天晚上我不知所措下的惊慌逃离。

　　"孩子，让我来告诉你。"我抬起头，阿黄的声音是从未有过的慈爱。

　　"亲爱的孩子，我先来告诉你，你来自哪里？小西，你的感觉没有错，当你走进那个初七夜的小人国的时候，你是不是感到前所未有的熟悉，因为你从那里来。

　　那么，这里是哪里呢？你从来没有问过我们，就好像你与生俱来、理所应当的是生活在这里的居民。这里，'咳咳'，怎么说呢，这里是你的梦境。

　　孩子，不要着急。这里的确是你的梦境，或者说，这里是你希望，你梦想来到的地方。因为，这里没有痛苦。

　　所以，问题来了，我们是谁呢？呵呵，亲爱的小西，你要耐住性子听我讲完，我可不会讲第二次的。你总叫我阿黄对吗，其实我没有什么名字，就像他，和她，我们都没有名字，因为我们就是你，或者说我们是你的另一个自己。"

回家的路

此时的空气就好像停止了流动一般，我只知道自己就是一个傻子，一个听不懂别人讲话的傻子，一个怀疑自己是否还在活着的傻子。

"阿黄，你在说什么呀？"我听到一个陌生的声音从自己的嘴里跳出来。我眼前的三个邻居好像苍白了许多，像铅笔素描下的画像。

听到我急切地问话，彼岸局促地扯扯嘴角，大刀的两只手绞在一起，不知在搓磨什么。

阿黄勉强地笑笑，眼神依然温和地看向我，继续说道："我的意思是说，其实我们都是不存在的，我们是你幻想出来的另一个自己。你想要慈爱、优雅和乐观的力量，你期望通过这些来帮你抵挡你在小人国受到的纷扰，但很可惜，你没有，所以你强大的期望催生了我们的出现。"

阿黄说话的语气愈发吃力，最后几个字"我们的出现"几乎已经没有声音，我紧紧地盯着他的嘴唇，似乎那是揭露真相的出口。

我"呵呵"地笑起来，笑得自己抬不起头，笑得肩膀开始颤动，原来是这样。

十

我抬起头，脸上尽是笑出的眼泪。

面前的三位邻居像是水晶做的，若隐若现。

我看着阿黄，这个总是由着我任性的大叔，意思就是说你就是我，阿黄慈爱地点点头。我又看向彼岸，这个给了我清露和玫瑰花糕的我早就知晓的"小仙女"，"你也是我？"彼岸温柔地颔首。我抹了抹脸，看了看大刀，这个和我一起捉蚂蚁的没心没肺的玩伴，"你也是我呗"，大刀憨憨地笑着说："嗯。"

我说："那为什么现在要让我知道这些？"

阿黄的身形已经几近透明，他的话语断断续续地传来："亲爱的孩子——你已经知道了——初七夜小人国——的真相，而且——你不能一直——生活在——梦境里啊——"

听着阿黄的话，看他最后一点温和的眼神如消失的星子，看彼岸的长发和

223

她淡淡的笑容逐渐远去，看大刀一直绞着的双手无影无踪。

　　他们的身影灰飞烟灭。

　　我的对面空空如也，就好像谁也不曾来过。

　　就好像，我一直是一个人。

鱼儿之死

鱼缸不大。五尾小金鱼轻巧灵活地游来游去，穿梭摇曳在水草间，一摆一转，和着"哗啦啦"的水流声，给这个家平添了几许闲趣。

小宝很乖，每天回家放下书包，取出鱼食便要喂鱼，这是爸爸每天布置给小宝的任务。小宝完成得很好，边撒鱼食边喊：开饭了，开饭了！小鱼儿跳跃着争着抢着，溅起的水珠快要跃出鱼缸。

小鱼儿两耳不闻窗外事，在日复一日的静谧中慢慢长大，从刚开始的手指大小发展到大概两指宽一指半长。鱼儿生活得很好。

可是鱼缸外的世界却如一团麻。

爸爸要出差二十天，只剩小宝一人在家。妈妈决定在爸爸离开的这段日子，每晚回来陪着小宝，早晨可以依然为小宝做一顿热乎的早餐。因为妈妈，和爸爸已经分开了。

妈妈回来的第一晚，不经意地发现鱼儿好像不太精神，懒得游动，沉沉地待在鱼缸的一角。

第二晚，有两条鱼儿已经僵了，小小的鱼肚白浮在水面，柔软的鱼翅不再摆动。小宝说，"小鱼已经归西了"，便拿漏网把鱼儿捞出来包在纸巾里扔了。

小宝鼓足勇气给爸爸打电话，说："咱家的鱼死了两条。"

第三晚，剩余的三条小鱼也没了精神。妈妈和小宝围在鱼缸前，小宝说这几条小鱼是感染病毒了吗？

第四晚，三条小鱼重蹈覆辙，身上没了气力，沉在一角，只有加氧棒"哗啦啦"的声，却不见了小鱼的转尾游动。

第五晚，已无回天之力。小鱼一动不动。妈妈和小宝把鱼儿捞出来，顺便关了电源。

一切都安静下来。鱼缸里暗绿的水草也不再闲雅地摆动。

十五天后，爸爸出差回来。回来后对小宝各种询问：小鱼是怎么死的？为什么我走了以后鱼就死了？

小宝对爸爸的官方回答是："前两条鱼因病而亡，后三条鱼是感染病毒没的。"

小宝见到妈妈后，说："妈妈你知道咱家的鱼是怎么死的吗？我没敢告诉爸爸，前两条鱼是撑死的，后三条鱼是饿死的。"妈妈说："怎么回事呢？"小宝说："爸爸刚走的那两天我和奶奶都记着喂鱼，我上学前喂过了，上学后奶奶又来喂了一遍，所以前两条鱼是撑死的。"后来，我和奶奶商量先不要喂鱼了，免得鱼儿吃多了，所以我没喂鱼，奶奶也再没喂，后三条鱼就饿死了。

妈妈听得啼笑皆非，说原来是这样啊。却在心里暗自纳闷，为什么我一回去鱼儿就都死了。

那一边的爸爸心里也一直在纳闷，为什么我一走小鱼就死了？

小宝的爸爸有一个爱好，喜欢研究家居风水，周易八卦。认为家里物件摆放的位置，摆放何种物件对家庭成员的运气和幸福有着千丝万缕的关系。

譬如这个鱼缸的添置，在当时也是有说法的。当年小宝爸爸把小宝妈妈的生辰交给高人算了下，高人认为小宝妈妈命里带火，在五行里是暴烈的霹雳火，如果没有外力水的浸润，很容易干枯而死。所以，买了鱼缸，一顺了五行之说，二也给这个家添了几分灵动。

后来，妈妈走了。再后来，鱼儿死了。

爸爸觉得，是这火太过毒辣，把鱼儿都烤死了。又觉得小宝的名字里有阳，太阳遇到霹雳火，对很多事物都会产生妨害。

于是，爸爸跟小宝商量，你改个名字可好？以后叫沐洋吧，水和火相遇，任何一方都是不会恣意任性，有平衡在里面总是好的。

小宝没有吭声，心里念叨："为什么鱼儿死了，我要改名字？"

在尘世中穿行的我

在尘世中穿行的，有各种各样的人，或物。我们笨拙地书写自己的情绪，我们孤独地迈开脚步，我们从年轻走到老迈，我们从热情走到淡然。一直以为，自己是一个人在热闹中行走，后来，才慢慢发现，她、他，甚至它，都可以成为打动我们，温暖我们的那一个。

一 吃橙子的老人

我站在那里，很想迈出去一步，但双腿就像生了根一样，牢牢地定在地上，动弹不得。

是先迈左腿还是右腿呢？但不管哪一个，它们好像都不听我使唤了。我急出一身细密的汗，我想叫她来拉我一把，我的嘴巴嗫嚅着，连声音都不愿出来。

我就那样站着，大概有几分钟的时间。

我觉得自己就像一个废物。

我有这样的想法不是今日才有。大概几年前，我的身体就好像不是自己的。我每天早晚各吃一片药，它们可以让我手指的颤动减轻一些。是因为这个药片副作用的原因吗？又好像不全是。

从那时起，我的身体就像一架老锈的机器，各个零部件不仅锈迹斑斑，布满灰尘，而且逐渐松动，表面燥裂。我每天小心翼翼地把我的身体挪来挪去，唯恐一个不小心，它就会散架。

我每天上午坐在阳台的摇椅里，眯着眼睛靠在椅背上。她说我要多晒晒太阳，这样可以补钙。

阳光从薄纱窗帘外温婉地来到我身边，有时会捎带着把窗外的声响带进来。楼下骑着三轮车卖菜的老人喊着："油麦菜、韭菜便宜卖了啊！"有这样叫卖声的，大抵都是自家种的菜，然后老人骑着车在小区里绕着圈，碰巧谁家今天想吃油麦菜、韭菜的就会买一点，声音随着车子渐远渐近；楼下的小孩子们嬉笑打闹的声音，"咚咚咚"的脚步声，伴着拖长的喊叫，传上来就变成了"叽叽喳喳"的一团；两位临时会面的女人在热情地寒暄，窸窸窣窣，听不清在说什么。有时干脆就是一声"刺——"急刹车的声音，把我渐浓的睡意赶走。我睁开眼睛看看，薄纱窗帘在轻轻摆动。

我一晒就是一上午。不知道阳光里的钙有没有漫进我的身体里。

中午，她做了简单的饭菜。

一碗米饭——好像前天蒸的，我们每天中午热热，总也吃不完的样子。一盘西红柿炒青菜，间杂几片卤肉。她喜欢用西红柿炒菜、炖肉，可别说，味道还不错。浅浅的一小盆醪糟汤，自己用酒曲做的，我们都爱喝。

她拄着拐杖，把我从阳台的摇椅上一点一点拽过来，我握着拐杖的那一端，从阳台挪到茶几旁边。她把凳子在我屁股下面的位置放好，我扶住茶几的一角，迟缓地坐下来。

我们在茶几旁坐好，一同感恩这每日的食物。

吃了两口米饭，几筷子青菜，一小碗汤，肚子竟饱了。我想放下筷子，她夹了一片肉放在我的碗底，说："不吃点肉怎么能行呢？"我叹口气，身子往后退了下，怏怏地说："不想吃了。"她把筷子往茶几上戳了两下，不容商量地说："吃了。"我默然不语，往茶几跟前凑了凑，吃下那片肉，她又拿起我的小碗，盛了醪糟，说："再喝一碗。"

我连叹气声都没有了，到这个境地，连吃饭都由不得自己。其实我也想多吃一两口，可肚子对饭食没什么兴趣，连带着鼻子也闻不出香味。

吃罢饭，我吃力地站起身，拄着拐走向卧室。安静的午后，我还是习惯睡

一会儿。

大概两点多的样子，我爬起来，从卧室走到客厅。我停停走走，用了有七八分钟的时间吧，短短的十余米被我走出了几百米的感觉。

我走到客厅和卧室的拐角处，那里有一座鱼缸，几尾小鱼游来游去。我停住脚步，侧头看看，这一看不打紧，头转过来想接着走，腿就像一根弦松尽了劲，再也挪不动了。我低头看着，我的两只脚好像在互相怂恿对方上战场，说："你先上，你先上"，结果两只脚都在蠢蠢欲动，可谁也没有上前。我想命令它们中的一个先行，却不知怎的，一条清亮的口水如线般滴落下来。

直到她也从卧室出来，从后面轻轻地推我一下，我的两条腿才好像启动了发条。

我站在沙发的一端，把拐杖放好，然后像木偶一样转过身，腿要打弯，对的，这样才能坐下来。

我舒了一口气。坐在沙发上看着对面的鱼缸，五尾小鱼游得悠闲惬意。

鱼缸下面是一摞厚厚的宣纸，新的。旁边是一方端砚，一枚青墨，青墨是安徽歙县的。几年前，不用挂拐的时候，我常常在午后磨墨，一圈一圈地打磨，砚台里的清水洇染了墨的黑，一丝一缕地融合在一起。我嗅着墨香，在宣纸上写着二十四节气，始于立春，终于大寒。

如今，宣纸上蒙了尘，青墨虽已圆润，但多日未打磨，终是龟裂如旱田。

她在我旁边坐下，拿过一个橙子，剥了皮掰开，放一半在我的手心，我们吃着橙子，让酸甜的汁液流进萎缩的胃里，边吃边看对面游着的小鱼。

酸的东西应该能刺激人的味觉和神经吧，吃过橙子的我总是要做点事情。

我来到窗户边，这里的花花草草长得盎然有趣。我给它们松松土浇浇水，看看哪一片叶子有点发黄哪一朵花苞又快要绽放。每一盆看过来，我的身体又累了，顺势坐在阳台的摇椅里，闭上眼睛本想小睡一会儿，可睡意沉沉袭来。

窗户外的太阳慢吞吞地朝西走着，一道斜斜的影子伸进来。我睁开双眼，楼下的街道似乎热闹了些，我探头看看，下班的放学的，朝东的朝西的，如倦鸟归巢。

我和她的晚饭依然很简单。她面前一碗稀粥，我面前一碗面条，因为她喜欢喝粥，我喜欢吃面条。过了一辈子了，我还是不愿意喝稀饭，她还是不愿意吃面条。虽然几年之前漫长的日子里，我总是变着花样地熬粥。现在，她为我做面条。

晚间，电视"咿咿呀呀"地响起来。她看完电视剧，就去卫生间洗漱。我可以看看国际频道，听听专家们对台海局势的分析。

才八点多，朦胧的瞌睡又来寻我，我坐在沙发的一端昏昏欲睡。她走来碰碰我，"去卧室睡吧。"

凌晨三点多，我睡醒了。

起床，窗外却是一片漆黑。

二 流浪的小狗

我一路跌跌撞撞地奔跑而来。

我从空旷的田野来到城市的郊区。一路的沙尘，泥泞的雨水，使我身上的皮毛脏污不堪，粘连在一起。

我疲倦地走在乡村的林荫小道旁。有三轮摩托车从我身边突突而过，也有小汽车像一阵风疾驰驶过。我在小道旁的草丛间慢吞吞地一步一挪。

远处的奶牛如一只庞然大物，眼神扫过我，甩甩尾巴扭过头去。

村口的房舍升起袅袅炊烟，一阵食物的香味扑面而来。我已经实在走不动了，肚子"咕咕"叫着，几只苍蝇听到哈哈大笑，在我身边盘旋着嘲弄我的狼狈。

我站在一家敞开大门的农家前，院子里一家老小围着桌子在吃饭。他们大口大口地咀嚼着，吞咽着，我眼巴巴地看着他们上下蠕动的喉结，巴不得那食物是进了自己的肚腹。

桌子旁的一位中年女人向我招招手。我激动得跑到桌子前，仰头看着他们壮硕的身躯，尾巴不知不觉地摇着。中年女人把桌子上的一小堆骨头抹到地上，大大小小的骨头七零八落地洒落在地上，我忙不迭地低下头去寻找她恩赐的食物。

我啃着他们啃过的骨头，总有残留的肉丝在上面。我一根也没有放过，我在他们的脚下逡巡匍匐着。对于我来说，把肚子填饱是头等大事，至于其他的，我毫不在意，一直以来，不都是这样吗？我和我的同类们早已熟知这样的规则，毕竟我们是不同的生物，我们总要仰人鼻息。

骨头上的肉丝实在太少了。我的肚子是不"咕咕"叫了，但强烈的饥饿感依然存在。

嚼过每一根骨头的我抬起头，看着一众吃饭的人。他们吃饭已经接近尾声，已经有两三人抹了嘴离开了桌子。我想总有残羹剩菜留下吧，我紧走两步凑到女人可以看到我的位置，女人不紧不慢地收拾着桌子，似乎没有看到我，倒是她身旁的男人一扭头瞅到我，他站起身抄起桌旁的扫把朝我扔过来，我吓得一转身朝门口跑去，身后传来扫把落地的声音。

还好，没扔到我。"真是的，不给我吃的也就算了，干吗如恶煞一般。"

我昏昏沉沉地走着。农家的门口处停着一辆三轮摩托车，摩托车里堆满了铁锨和绳子等杂物。一只小油漆桶斜倒在地上，我在桶口停下，觉得这个小小的圆形空间真好，暂且休息一会儿吧，毕竟这里可以遮风和挡雨，况且睡着了就会忘记饥饿的感觉。

突然，小桶被人猛地拎起来，然后重重地甩在一个地方，我瞪大双眼，四只爪子紧紧地扒着，肚子里本来就不多的东西被摔到嗓子眼。一阵突突声响，小桶震颤起来，我看向桶口，那个把我撵出来的农家在颠簸中远离我的视线。

我小心翼翼地从桶口走出来，脚边是一根根绳索，一片片铁片，我看向两边，道路旁边整齐的白杨在我的视线中依次后退。"哦豁"，我开心起来。

我好奇地看着这个全新的世界，这里车来车往"嘀嘀"叫着，这里人流如潮熙来攘往，这里食物众多香气扑鼻，这里热闹非凡五彩缤纷。我觉得，我的所有劳累和饥饿都可以在这里平息。

因为，他们的微笑如阳光一般灿烂，他们说出的话语像"叮咚"的泉水一样悦耳。

我看到一群孩童在嬉笑打闹，我向他们跑去，希望和他们一起玩耍。他们中的一个小胖子最先看到我，可谁知，他捡起脚边的小石块，迅速地朝我投来，石块打在我的背上，有细微的疼痛传来，我停下脚步吃惊地看着他们。小胖子起着哄，带着他的伙伴冲我跑来。我转身跑了。

我看到人来人往的地方有腾腾冒出的热气，我在各样的小腿间穿行，来到热气升起的地方，一个个又白又胖的包子出现在我眼前。如果不是我紧闭着嘴，不争气的口水就要流出来，一位中年大叔在包子前忙碌着，我看一会儿包子看一会儿看他，似乎在说，"可以给我一个包子吗？"可谁知，大叔看到我的那一刻，慈眉拧在一起，善目也变了色，冲我大声地嘘着，我看着他巨大的身形逼来，不觉有些惊慌。我转身跑了。

我有些疲累。我离人群远远的，不敢靠近他们。

一对年轻男女挽着手缓步走来。我在一棵树下卧着静静地休憩。女孩不经意地看到我，发出一声轻呼，然后拽紧身边男孩的胳膊。男孩看向我，拖着女孩的手往前走两步，然后在地上狠狠地跺了一下脚。虽然，我只是一条狗，但是我也会察言观色，他的意思我明白。我低眉耷眼地站起来，往远处走开两步，眼角的余光里，男孩搂着女孩的腰肢，翩然远去。我转身也走了。

我拖着疲惫的身躯来到一个十字路口，我想到路的对面去，那里有一堵墙，墙的拐角处很适合让我卧着，那里应该没有人驱赶我。

我想一股劲地跑过去，但才起步，一辆小汽车疾驰而过，卷起的风冷飕飕的。我在路口站了很久，终于等到车少了些，我鼓起勇气准备又一次冲刺，跑到中间时另一个方向冲来一辆车，它在离我两米的地方急促地停下，一声刺耳的声音在我耳边飞过，我立即停下，心里弥漫了恐惧，它是如此庞大，我走还是等它走呢？它的身体里传来一声声咆哮，显得格外不耐烦。不管了，就赌这一次吧，我的身体又一次充满力量，朝对面跑去。那堵墙，朝我招着手。

夜色袭来。街道清冷。

不过一天的工夫，这个世界已经在我眼里变了颜色。

我趴在透明的玻璃橱窗前，看着对面的那个我。棕黄的毛纠结成一小撮一小撮，上面深一块浅一团，不知是什么脏东西沾染在上面，一张愁苦的脸在这一堆脏乱的毛发中。哦，我真的是太丑陋了，自己看着都心生厌弃。

我不仅是一只流浪的狗，而且是一只流浪的野狗，粗劣、卑下。在我不长的记忆里，从来都是人类居高临下地抛给我一些东西，发霉的或者长毛的食物，

为此我呕吐生病，以至于皮包骨头，一点都不讨人类的喜悦。

这一天里，我并不是没有见过我的同类。但它们看上去或者听上去都比我高贵很多。

我看到一位穿着花裙子的女人身后跟着一只小白狗，滴溜溜地转着像一个小雪团，女人拽拽雪团脖子处的细绳，娇滴滴地喊着："宝贝，快来，跟妈妈回家！"我讶异于她语气里的亲昵，更羡慕小雪团是她嘴里的宝贝。不，不是羡慕，是嫉妒。

我还看到一只黄色的小萌狗，一身的卷毛干净整洁，它身上套着一件小红花的背心，四只小爪子居然也套着同色的脚套，那是它的鞋子吧。它应该是狗类中的贵族，人类抱着它就像抱着自己的孩子。我以尊崇的目光看着小黄狗，那件红花背心是我永远达不到的高度。

我听到不远处的两位大妈在闲聊。一位说："我们家那只多多啊，前几天刚产了小崽，最近精神不太好，我打算等下去药店开点乌鸡白凤丸，好好补一补。"另一位说："你别说，这小狗啊和我们人一样，也要补补气血才行。"两位大妈边说边走远。我身子一软，那个什么丸是仙丹吗？是不是可以延长我们的狗命。我摇摇头不再去想，这本就是一个我融不进去的世界。

我离开玻璃橱窗，茫然地朝前晃着。前面的高楼闪烁着点点灯火，每一点橘黄都是那么温暖。

我窝在一楼的阳台下，这个夜晚能有这样一个安身之地，我已经很满足了。一楼的住户还没有入睡，因为和阳台毗邻的窗户朝外打开着。

我在角落里蜷成一团，看着满天的星辰陪着我，我的眼皮越来越沉。此时，一个苍老的轻柔的声音从窗户里传出，若隐若现，"你是我的牧者，我必不至缺乏，他使我躺卧在青草地上，领我在可安歇的水边"。这声音真好听，青草地上，水边，这些词听上去就很安享。

第二天醒来，天色大亮。我的肚子已经"叽咕、叽咕"唱个不停。我缓缓移动着，把鼻子凑近地面，嗅着细微的气味，不放过任何一个可以吃的东西。

一个女人看看我，脚步有些迟缓，我犹豫片刻便朝她身边走去。不过，她还是扭身走了。

不一会儿，这个女人又一次走来，这次她举着一根火腿肠——已经提前剥开了肠衣，我的心脏"怦怦"跳起来："这是给我的吗？"她来到我的面前，蹲下来，把火腿肠放在我鼻子下面，我紧张得要晕过去，我嗅了又嗅，没有什么奇怪的味道。我迫不及待地用前爪按住它，头低下去，用尖利的牙齿撕开肠衣，一口咬下去，心里顿时充满了满足，我狼吞虎咽地吃着，三下两下，火腿肠已经装在了我的肚子里。

我知道，我以后的日子还是在胆战心惊中度过，在人类的鄙视和追打中"嗷嗷"叫着，也会在人类居高临下的善意里摇尾乞怜。可是，今天的火腿肠也是一个好的开始，不是吗？

一棵树的光阴

我是一棵树。站在这里已经三十多年。

我不是席慕蓉笔下那棵开花的树，也没有要等待的人，我只是一棵普通的榆树。三十年间，我从一棵青涩的小树苗长到如今的枝条繁茂，树影婆娑。

每天，当这个城市还未醒来的时候，昏黄的路灯下，街道静谧安宁。只有三三两两的学生娃们骑着自行车压着路灯的剪影，从街道的这一头骑到那一头；还有一两个清洁工挥着大扫把，有节奏地清扫着，那"沙沙"的响声似乎在唤醒酣睡的大地，又好像是黎明来临之前时钟的轻吟。

天色渐亮时，经营早餐的小店开始忙活。一屉屉热乎乎的小笼包，一根根酥软的油条，在缭绕的烟火气息里，这个城市逐渐醒过来，喧嚣的声音在天地间弥漫开来。

我的面前，这条街道就像一条狭长的舞台，你方唱罢我登场，而我就像一名观众，每天看着这一个个小人儿的喜怒哀乐。

一只小狗朝我跑来，跷起后腿在我脚上撒了一泡尿，尿完就飞快地跑远；一个着黄衣的清洁工拎着簸箕来到我身边，靠着我的腿疲累地坐下，从随身的袋子里取出一大杯熬茶一块焜锅馍馍，吃着馍就着茶；两个顽皮的小男孩背着书包蹦着跳着，从书包里摸出一叠圆形卡片，趴在我的树荫里"啪啪"地摔

打起来。

两位老人蹒跚而来，头发花白衣着朴素，女的好像眼神不好，男的紧紧地拉着她的手往前走；三五个年轻女学生轻声细语地聊着天，时而推下细边眼镜，时而往后拢拢细碎的头发，时而捂着嘴吃吃地笑；偶尔也有一两位张扬的小青年，开着"轰隆隆"的机车嘶吼着疾驰驶过，引得众人的目光看过去，我的树叶也在震颤中突兀地掉下几片。

一个身着长裙的女子娉娉婷婷地从我面前经过，另一位男子迎面而来，两个人擦肩而过，男子走过十几米远，却又回过头偷偷地看了一眼女子的背影。我悄悄笑着，笑得树叶"哗啦啦"响；一位大妈，经常在太阳不温不燥的时候，拉着小推车颤颤巍巍地来到我的树荫下，把一面旧床单铺开，上面整齐地摆满各样鞋垫、马桶垫、自行车座垫以及一些针头线脑。树影西斜时，她又收拾起一众零碎，叠好床单，拉着小推车慢慢悠悠地回家。她对别人说："我一个人在家里没事，我只是想出来看看人。"哦，人孤单的时候，看看其他人的热闹原来也是一件有趣的事情，十年里，我的树荫盛下了你的寂寞，你却看白了头。

暮色悄然来临的时候，浮在半空的喧声慢慢沉寂下来。路灯们像约好了时间，一同亮起来，就像转了场，要有新的话剧上演。

小狗不见了身影，黄衣工人剩余的熬茶渣子撒在我脚旁，一张圆形卡片被小主人遗忘在草丛里，大妈的小推车印歪歪扭扭地离开了我。

街道两旁方正的水泥鸟巢里，一点点灯光亮起。每一点灯火的后面，人间的尘世烟火继续上演，或温暖，或冷清，或欢笑，或争吵。

虽然，我只是一棵树，我没有坚硬的巢穴，但脚下的土壤就是我柔软的小窝；我没有守候的灯火，但头顶的朗朗星空就是我的温暖；我和我的"树侣"虽然没有手挽手，但他就在离我十米远的地方，我们会在风的伴奏下喁喁私语。

你看，晚风吹来，还有人类未结束的喜乐。

一对年轻人拉着手来到我身边，在朦胧的夜色里，我的身影竟成了甜蜜的掩护，他们轻轻拥吻着，我羞涩地垂下枝条，想遮挡住月亮的清辉，无奈一两盏路灯却不解风情；两个醉汉勾肩搭背地踉跄走来，一个说："兄弟你今天真不够意思"，另一个说："咋啦兄弟，我今晚是看在你的面子上都底朝天了。"两个人大着舌头嚼着不清楚的话，一个扶着我的肩膀，另一个喉咙里翻腾着，我真担心他一口涌出所有的醉意；一位中年女子穿着单薄的衣衫，头发在风中凌乱着，她拿着手机对着那一头的人歇斯底里地吼叫着："你说，你说什么时候回家？你要是不想过了就算了。"我有些隐隐的疼痛，枝条拂过才想起来我本没有心。女子已不年轻的脸庞上聚集着焦躁、痛苦，眼角坠着透亮的泪珠。一群嗨皮的小年轻叼着烟走在马路的中间，有的喊着跑调的歌，有的哈哈大笑，有的吹着尖声的口哨，还有一个突然踹了我一脚，黑夜皱了皱眉头，心底的安宁被他们撕裂。

我脚旁的小草说："他们这是怎么了，怎么和白天有点不一样？天亮的时候，他们彬彬有礼，温文尔雅，欢声笑语，天黑了，他们的心情也变黑了吗？"小草的语气充满了讶异，还溢着淡淡的茶香。我说："我已经习惯了，人类的世界就是如此，三十多年了，他们的柴米油盐和着喜怒哀乐，每天磕磕绊绊地走来走去。你相信吗，明天太阳升起的时候，他们都不会是现在这个样子，他们需要在暗夜里疗愈自己的伤口。"小草嘟囔着："他们的伤口不是他们自己弄的吗？"

这就是我的光阴，一棵树的光阴。我面前的这个世界，每天都在上演不同的片段，有的人笑得前仰后合，有的人默默地吞咽眼泪，有的人挂着不悲不喜的面具，有的人麻木地行走只为活着。

只有我，我们，站在一旁默然不语，像这个华丽冗长的舞台剧的观众。在我们的观望里，小孩子蹦蹦跳跳地长大，中年人慢慢驼了腰背步履蹒跚，有的人走着走着就没了，有的人走着走着身边多了一位。街道上有些东西逐渐消失了，譬如成群的自行车，譬如砰的一声响的爆米花；有些东西倒是被添了进来，譬如黄色格子的停车线，譬如透亮的玻璃橱窗。

我的光阴里，因为有了这些可爱的人们和他们热闹的生活，我才不至于孤单。他们把我和我的伙伴们一棵棵地遍布在他们的世界里，为我们引来水流，给我们驱走害虫，总之，对我们还算爱惜。他们喜爱我们繁盛的绿荫，我们喜爱他们的琐碎烟火，不，应该是我们一同生活在尘世的屋檐下。

再过三十年，我和我的"树侣"可以越过那十米的距离，一起挽手连起一

片绿荫吗?

我来过,我很乖

我怯怯地坐在小板凳上,两只脚并在一起,两只手起先放在膝盖上,觉得似乎不太妥当,就把手扭在一起,一根手指抚摸着另一只手的指头。

茶几上摊着一袋蛋糕,看上去喷香酥软的样子。我盯着看了几秒,有口水从舌头的最里面溢出,我低下头装作看地板,顺势把口水咽下去,并挪挪两只脚的位置——也就往外挪了两厘米而已。

我再次抬起头。他从厨房端来两盘炒好的菜,她拿着碗筷跟过来,两个人摆好饭菜,招呼我说:"吃饭了。"我说"好的。"

我低着头扒着自己碗里的米饭,她夹过来一筷子菜放在我碗里,不一会吃完菜,我继续扒拉米饭吃,他说:"多吃点菜。"我说:"好的。"

吃完饭。她说:"以后每天吃完饭,你要把那把小板凳搬回到阳台上去。"我说:"好的。"

晚上临睡前。她说:"以后每天晚上睡觉你要把自己的袜子洗干净晾起来。"我说:"好的。"

早晨起床后。他说:"以后你每天早晨的任务就是喂鱼缸里的鱼,一条鱼喂三粒。"我说:"好的。"

上午,他认真地在本子上写满了算术题,放在我面前说:"今天上午把这个写完,写不完中午不能吃饭。"我说:"好的。"

下午,她打着哈欠说:"你出去跟小朋友玩吧。"我嗫嚅着想说点什么的,结果什么也没说出来,她想了想继续说:"你不认识那些小朋友是吧,时间长就认识了,六点钟大喇叭响起来的时候就要回家。"我说:"好的。"

我记不清自己说了多少个"好的",我只记得,我要乖一点,因为今时不同往日。

往日,我是什么样子呢?

哈，往日，我的快乐就像山坡上开满的野花，藏都藏不住。我和爷爷奶奶住在宽敞的窑洞里，爷爷每日去后面山上的林场巡护，奶奶就在窑洞里给我们做各种好吃的，疙瘩汤、洋芋擦擦、大烩菜、碗托等，院子里飘满了香味。哥哥每天背着书包去上学，爸爸在院子里的枣树上给我们绑了一个结实的秋千，我和哥哥荡来荡去，我的长头发飘起来，我们开心得像两只飞翔的小鸟。

我和小羊赛跑。我追在小羊羔的后面，小羊惊慌地乱转，腾起的尘土弥漫在我们周围，我"咯咯"笑着，尘土外奶奶喊着："慢一些，慢一些哟。"

我和狗子打架——外面的小狗咬了我一口，虽然隔着裤子不是很疼，可它咬我，我也要咬回去。我扑上去对着狗子的耳朵咬下去，狗子"啊呜"一声跳开了。

我和小猫玩耍。小猫跳来跳去，我也跳来跳去，玩着玩着，小猫不知怎的生气了，"喵"的一声伸出爪子，往我眼睛下面抓了过去，我吃痛，"哇"的一声大哭起来，在我朦胧的泪眼里，小猫逃之夭夭。

我和窑洞外和我一样大的小朋友玩耍。我们爬树打枣子，我们下河摸泥鳅，我们在垄上骑黄牛，我们在田间摘野花。我们的快乐像风一样，无拘无束。

后来。"后来"这个词，可以是往日的继续，也可以是往日的转折。

我喊着爸爸妈妈的那两个人分开了。妈妈不知去了哪里，爸爸每日垂头丧气。

再后来，奶奶得了重病去世了。

窑洞在一阵吹吹打打之后突然地沉寂下来，小羊不再乱跑，猫儿狗儿也识趣地躲起来，连院子里的秋千架也不再高高荡起，只在有风吹过的时候，独自摇摆几下。

这个院子就剩下爷爷、哥哥和我。哦，还有爸爸，他本来在外面打工，奶奶去世后就不再出去了。

一天，爸爸把我叫到跟前，眉头皱成一疙瘩，脚跟前躺着好几个烟头。好一会儿，爸爸抬起脚，把手里的烟在鞋底捻灭，看着院子里的秋千对我说："爸爸把你送人吧。"

我呆呆地站着，不懂爸爸说的是什么意思。送人，把我送人，为啥呀，就是不要我了吗？

一切都变了颜色。

我只是一个六岁的小女孩，虽然我不知道为什么生活要变一个样子，但我知道奶奶死了，妈妈不要我了，爸爸要把我送人。

我想起来就会哭。我的眼泪就像从井里涌出来一样，往里面扔一块小石头，井水就会源源不断地出来。

好的是，我被她带走了。

她是我姑姑，我爸爸的姐姐。她对她弟弟说："你与其送给别人养，不如我来养，好歹我是她姑姑。"就是这个女人，此后给了我一世温暖。

所以，姑姑带着我，离开我的窑洞，来到这里。

在这里，我很乖。

我每天吃饭，只吃我跟前的菜，从不站起来去夹我够不着的那盘，除非他们给我夹。

我吃完饭，就赶紧把小板凳搬到阳台，然后爬上床，给自己盖上小毯子，因为大家都要午睡。

我下午出去和小朋友玩，有小姐姐让我给她拿着玩具，说她要骑会自行车，我抱着她的玩具，看她骑了一圈又一圈。

我数着红色小颗粒，三条鱼九粒鱼食，喂完后我说我可以看会动画片吗？

我每晚洗自己的小袜子，每星期刷自己的鞋子，不知是否干净，反正这都是我自己的事情。

我看姑姑坐在沙发上，我会说姑姑我给你揉揉肩吧；我看姑父在洗脚，我会说姑父我给你捶捶背吧。我的小手揉不了多久也捶不上几下就酸了，我甩甩手继续揉着捶着。他们回头看看我，有些不忍心，说好乖不揉了不捶了。

我的红色羽绒服的袖子破了一个小口，我找来针线盒，穿上白色的线，歪歪扭扭地把那个口子缝住，就像一个白色的四不像匍匐着，甚是扎眼。

我悄悄地用座机给爸爸打电话，可一次也没有打通过，爸爸在忙吗？他总是不接我的电话，是把我忘记了吧。

　　偶尔，姑姑会问我，你想你妈不？我总是坚定地说不想，因为爸爸给我说过，是妈妈不要我们了。

　　晚上睡觉，姑姑看我穿着一件粉色的小背心，说真好看，谁给你买的？我说妈妈买的。

　　妈妈的模样，我真的已经记不清了。

　　在这里，我不敢哭不敢闹，因为没有人哄我；我每天认真地写字写算术题，我怕写不好，姑姑会把我送回窑洞，然后爸爸把我送给别人；我看到自己喜欢的东西，我不敢说我想要，我怕他们不喜欢我；他们问我你想吃什么？我会乖巧地说你吃什么我就吃什么。

　　是的，我很乖巧。这个世界在我的眼睛里依然五颜六色，可是我不敢去随意地涂鸦，我知道我乖一点，才可以不用走得太远。

误入河流的小白

误　入

我叫小白。误入这条河流。

误入这条河流的并不只有我，还有我的伙伴们。

起初，我们纤细瘦弱。在误入的这条河流里，我们茫然四顾地游来游去，想找到一个可以重见天日的出口。可最终发现我们像进入一个迷宫，我们努力地向着河流前方游去，我们看到河流的末梢消失在地平线里，我们以为那里有柔软的沙滩可以让我们的脚丫尽情地伸展，有明媚的阳光可以晒晒我们湿漉漉的身体。

可是，当我们终于游到所谓的地平线时，我们悲哀地发现，河流只是在那里拐了一个大大的弯。我们转过身，前面，又是看不到头的奔涌的河水。

还是继续游吧，不然，又能怎样？我们互相吐着泡泡，似乎在说加油哦。我们游过了一道又一道弯。

不仅如此，我们还会遇到岔路口，两岔的，三岔的，甚至更多。我们停在旋涡中间，思考着该游哪一条。这岔出去的河流有宽阔的，有窄细的，有河水湍急的，有缓缓流淌的。我们思量水流平缓的，大概是要到岸边了吧，可当我们满怀欣喜地游去，却看到漫长的缓流后，河道逐渐变宽，河水也愈发多起来。

我们不知疲倦地游着，可心里却堆积了一个接一个的失望，直至绝望。我和我的同伴们不再前呼后拥地一路欢歌，我们停下脚步，连吐泡泡的心情都没有了，我们翻翻白眼就算是打个招呼。

我们不知游了多久。在一个个的拐弯和岔路后，我们不得不承认一个事实，这条河流没有岸。

安　生

这是一条怎样的河流呢，给你们说说，你们是聪明的，也许可以帮我们找到上岸的出口。

这是一条红色的河流，没错，红色的。奔涌的浪花，湍急的旋涡，平缓的小溪，溅起的水滴，统统都是红色的。我们睁开眼睛，看到的是红色，我们闭上眼睛，依然是红色，我们看看自己的身体，已经看不清原本的颜色。这条红色的河流里，没有摇曳的水草，没有灵动的小鱼。

我们逐渐习惯了这里，既然出不去，那就在这个世界里安然地活着吧。我们惊奇地发现，我们的身体不像刚来时那么纤细瘦弱，我们似乎更强壮了一些，哈哈，这真是一件值得庆祝的事情。我们以为自己上不了岸，会疲乏饥饿，然后萎缩消失。难不成，这红色的河水里，有我们可以汲取的养分？

我们从来不会一根筋到底。当我们想通了这些，就不再去寻找什么出口，什么岸边，也许岸上的世界还不如这条红色的河流。起码在这里，我们什么都不用做，总有养分在不知不觉地滋养着我们。河流里，岸边，不管在哪里，不都是为了要活下去吗？

这是一条属于我们的河流。这是我们的天下。

如果有所谓的天堂，那一定就是这里。我们停下寻找的脚步，我们在这里肆意生长，我和我的伙伴们在红色的河流里贪婪地啜饮，这似乎是一条用之不竭的河流。我们日日饕餮，夜夜欢歌，我们吹着口哨沐浴、打闹，我们尖着嗓子歌唱、尖叫。

红色的河水被我们的亢奋感染，"咕嘟、咕嘟"地冒着热气腾腾的泡泡，就像当初我们互相打气一样，似乎在对我们说，"继续啊，小白们！"

惊　觉

我们的身体日渐肥硕。红色的河流里挤满了我和我的同伴，一眼望去，密密麻麻。我们每一个几乎都是一样的——胖乎乎的身体，一张嘴居然占据了脸的一大半，当它张开的时候，像一个黑色的山洞，嘶哑的喊声吐出来，然后吸进去一大口红色的河水。

我看到一张嘴慢慢地闭上，扭过头去，另一张嘴兀自张开，我的眼前，出现了一张又一张嘴。他们似乎在狰狞地变形，变成一个可怕的黑洞，要把我整个吸进去。

我突然害怕起来。我不再尖叫，不再摇摆。我安静下来，看着我周围的一切，就像看着另一个世界。

我发现，我的身体在逐渐下沉。我逐渐脱离我的同伴，我的头将要没入红色河水的时候，我看到，有千百张嘴在呼唤我，回来啊——

这里好安静。这里是红色河流的底部，一个我从未涉足的地方。我睁着惊奇的双眼，发现在这里有一个陌生的小人国。

他们和我们一样密密麻麻的，只不过他们的身体很小巧，就像我们刚来这条河流一样。我低下头俯视着他们，嗨，你们好呀！

水波涌去，把他们孱弱的身体推出去巴掌远。我捂住自己的嘴巴，蓦然发现自己这个庞然大物惊扰到了他们，他们会群起攻击我吗？转念一想，他们如此羸弱细小，就算全上，也不是我的对手。我放下手，洋洋自得地看着他们。

他们中的一个，对我露出微笑，轻轻地说：“你好啊！”

原　来

我愣住了。因为，他在对我微笑。

我好久没有见到微笑这种表情了。我脸部的肌肉已经习惯了每天唱歌和尖叫，哦，那算唱歌吗？那只是嘶喊而已，没有感情的嘶喊。这种嘴角上扬的动作真好看。我试着动动嘴角的肌肉，也想让它们往上走，可谁知它们不听我的，我试着用手指把它们往上推。

对面的他笑意更浓。他说："你还好吗？"

我撇撇嘴，我过得比你们好多了。我来了兴致，看着他细小的身体说："和我一起上去吧，上面什么都有，不仅有吃的，还有玩的。"我其实，他们长得和我大致无异，只不过是缩小版的我们，另外嘴巴也没有那么大。

他淡淡地笑着，说："你知道吗？这条红色的河流原本是我们的家。"

我呆住了，你们的家？我停了片刻，继续说道："意思就是我们占领了你们的家园！"

他没有说话，不置可否的样子。

我不以为意，说："这有什么呢？这里可以是我们共同的家园，我们只需要一个可以让我们生养的地方，我们不会欺负你们，也不会把你们赶跑，你们大可不必沉寂在这个河底，过着暗无天日的生活。"

我说得义正辞严。突然觉得自己就像是小白们派来谈判的使者。哈哈，也许我沉入河底是天意如此。

他摇了摇头，看着我的眼神突然犀利起来。"还记得你没入河流时害怕的感觉吗？你是他们中特殊的一个，所以你会来到河底。我们是不能共生的，你们在这里的贪婪，会成为最后吞噬你们，不，是吞噬你们和我们的恶魔。这条红色的河流原本是我们的家，温暖而健康，我们每天自律有序地穿行其中，我们勤勉劳作，养殖小鱼，打捞废物，我们和着太阳的呼吸生活着，自古以来，都是如此。可是，你们的侵入，让这里整个乱套了，你是明白的，对吗？乱套的结果，就是玉石俱焚。"

他说了这一大堆话，有些力不从心。他靠在另一位小人身上，看着我笑了笑。

这一笑充满了悲悯的意味。似乎在歉疚自己是如此虚弱，又似乎在怜惜我已经忘记了如何微笑。

真　相

他厌弃地看着这一堆堆东西，如同对着镜子厌弃自己的样子。

他的嘴角残留着食物的残渣，他的肚皮像充了气的气球。可是，即使厌弃着，却依然想把那一堆堆食物塞进自己嘴里。

他的嘴里好像有一个空虚的无底洞，怎么都填不满。他就像宫崎骏笔下小千的父母，把自己吃成了一个球，吃成了一头猪。

他在厌弃里咀嚼着各种食物，企图从肚腹的鼓胀中找到一点点安全的感觉。这种感觉很奇特，似乎有所依靠，有所安慰。

他在厌弃中祈求自己，拜托，停下来吧，我不想这样，真的不想。

他烦躁地抹去嘴角的残渣，他把一块食物扔到墙上悬挂的镜子上，镜子晃了晃，好像嘲弄地摇摇头，依然坚守自己的阵地。他暴戾地一把推开桌子上的食物，盘碗杯碟"咣当、咣当"地掉落在地上，似乎在为他的焦躁伴奏，他的嗓子里发出无助的喊声。

一阵清风吹过，轻抚他的脸庞。他呆坐着，不知坐了多久，看着这狼藉的一切，突然想起小时候，一个四五岁的小女孩微笑着，柔声对他说："你明天要记得来上学哦，爱你！"

别来无恙

我对蜜香说："我们去一趟东边吧，可好？"

蜜香怯怯地问我："这样做，你开心吗？"我看着蜜香干净的眼睛微微笑着，说："不止开心，还有安心呢！"

我们让青鸟守着家，说我们要去东方游玩，青鸟眨眨眼，知道我们去意已决，说："东边虽热闹，但总有轻滑之人，婉儿，你要保重才好。"

我轻抚青鸟身上的羽毛，说你当我是去寻谁呢？你多存些松果，等我们回来就好。

我和蜜香一路跋涉，从荒芜走到热闹，从天高云阔走到鸟语花香。还好，一路上有蜜香相伴，我们虽疲乏劳累，但不至于半路转回。

我和蜜香行走在这座陌生的城——这座属于他的城。这里繁花似锦，这里熙熙攘攘。

我们沐浴更衣，洗去一路劳顿。我们换上干净的衣裳，挽起简单的发髻。我说："蜜香啊，我们也去那热闹的小巷去转一转。"蜜香瞪大眼睛，小声地说："我们不是去寻人吗？"

"寻人啊，不急的。"我拉着蜜香的衣袖隐入熙来攘往的人群。

我们看街边的男人们担着谷米，赶着牛羊，大声吆喝着，遇到相识的走来，则笑容满面，谦恭有礼；也有那富贵人家的公子，执着扇子款步而来，温文儒雅；往来的女人们，衣着朴素，笑容温良，有提着一尾鱼挽着菜篮的，有牵着小儿柔声细语的，也有二三大家闺秀轻语巧笑的。我和蜜香就在扑面而来的烟火气息中认识了这座城。真好，民风古朴，他的君王总不会差到哪里。

晚间，我和蜜香吃着白天在街市上买的桃子和杏子。蜜香被杏子酸到了牙，又拿起一枚桃，说这哪里比得上我们桃园的蟠桃？我笑道："一方水土养一方风物，我们既到了这里，尝一尝这里的果子，虽比不上我们山里的，但它也滋养了这一众的生命。"

蜜香顿了一顿，终是鼓了一番勇气问道："婉儿，你当真是来游玩的，还是来寻人的？"

我咬了一口手中的桃，慢慢品尝着。

蜜香啊，我们的蟠桃纵是好的，可这东方世界的桃也是好的。已经九年了，三个三年，我可以接纳自己，也可以接纳旁人了。

我转向这个善良的女子，继续说道："你还记得吗？母亲总是教导我们情感要有度，我一直参不透这个度，究竟是怎样的。就像眼前的这个桃子，你没吃之前会想，这里的桃子是酸还是甜？如果你一直不吃，就永远不知道它的味道，只有咬下去，才知酸甜。如果是甜的，一枚即可，若是酸的，心中没有疑问了，不是吗？我来这里，是想放下他人，也放下自己。我们要在世间走那么久，总要让自己心中有天地，澄澈似明月啊。"

蜜香诧异地看着我，好似从来没有听我说过这么多的话。

我拍拍蜜香鼓鼓的腮，说："早点歇息吧，我明日带你去一个地方。"

翌日，我和蜜香站在一个华丽的大房子前。门人说："你们有何事？"我从袖中摸出一枚桃核，让蜜香递给门人。门人处变不惊地收起桃核，进到那宽阔的大门里。

不一会儿，他和她，一起挽手走来，步态虽还端庄，却也透着急促。

我们两两相对，一时竟无言。我笑了笑，对着满和双城问道："别来无恙？"双城红了眼眶，轻唤道："婉儿——"

我转过头，取过蜜香手里的包袱，递于双城，说："这里虽不似那边寒冷，可也要保暖为好。"

包袱里，是另一件黑色裘衣。

我面对着满，淡淡地说："白云悠悠，曾有情思；两缘相投，终是良事；阆苑青鸟，守玉理桃；三年之约，就此终了。"